Malditas mulheres

JOSÉ EL-JAICK

Malditas mulheres

ROCCO

Copyright © 2008 *by* José El-Jaick

Direitos desta edição reservados à
EDITORA ROCCO LTDA.
Av. Presidente Wilson, 231 – 8º andar
20030-021 – Rio de Janeiro, RJ
Tel.: (21) 3525-2000 – Fax: (21) 3525-2001
rocco@rocco.com.br
www.rocco.com.br

Printed in Brazil/Impresso no Brasil

preparação de originais JULIA MARINHO

imagem de capa © Larry Dale Gordon/zefa/Corbis/LatinStock

diagramação FA EDITORAÇÃO ELETRÔNICA

CIP-Brasil. Catalogação-na-fonte.
Sindicato Nacional dos Editores de Livros, RJ.

E39m
El-Jaick, José
Malditas mulheres / José El-Jaick. – Rio de Janeiro: Rocco, 2008.

ISBN 978-85-325-2346-4

1. Romance brasileiro. I. Título.

08-1898   CDD-869.93
                CDU-821.134.3(81)-3

Para
Teresa
Márcio
Juliana
Ana Paula

Garanto: não há nada mais importante do que respirar. Digo até que nada existe além de respirar. O mundo, o universo é só meu esforço para sorver o ar da Terra. Respiro. Emerjo da letargia flácida e bege para a luz branca e agressiva. Pálpebras fechadas protegem meus olhos. Sim, voltei. Respiro. Mal, mas respiro. Mal. Muito mal. Ouço bipes, cada vez mais espaçados. Esforço-me em vão: o ritmo, ao invés de acelerar, diminui. Não, por favor, Deus!, de novo não, estou indo, preciso respirar, obedecer às vozes e aos berros, respira, Cláudia, respira respira, ela está indo de novo, está fibrilando, ah, Deus, piedade!, quero abrir os olhos, gritar não! aquele troço de novo não!, e minha impotência é muda e imóvel, ecoa o grito alheio do outro lado, afastem-se!, não!, eu imploro!, aquele coice no peito, mil coices concentrados em duas patas no meu peito, por favor, prefiro morrer, Deus!, me deixe ir. Ah!

As brumas se esgarçam à passagem dos raios de sol. Sobre o rio são mais densas. Ao redor, nas relvas e árvores, esvaem-se, e já se pode descortinar o verde e ouvir os pássaros. Ainda hoje não me conformo. Ver um filho morto. Nem compreendo.

Menos pela mão assassina, a do próprio irmão, do que pela morte em si. O trabalho multiplicado não me custa. Suar o rosto para comer, nada me diz. A expulsão do jardim das delícias talvez tenha sido apenas grata prevenção do tédio. Sofrer a dor da carne é fagulha comparada às labaredas da dor maior, a da perda. Aceito tudo, sem protesto, mesmo estranhando as razões do rancor desmedido. Fruto proibido? Se estava ali! Se a árvore da ciência do bem e do mal fora ali plantada para crescer e se, crescida, não se tratou de ceifá-la a tempo, por que deixar seus apetitosos frutos à mercê de olhos cúpidos? E se o homem quis, por que o dedo apontado para mim, a mulher, a irmã ou serva?

Tantas maldições, todas incompreensíveis. Eu, mais que o homem, me perguntava o que seria trabalhar e suar, parir, parir com dor, morte. Que palavras inauditas eram essas? Que terrores, jamais acontecidos, ocultavam? Quem poderia responder, se ninguém vivera tais experiências? Como e por quem ser alertada de fenômenos inéditos? O medo do desconhecido irrompeu em nós, e talvez esse fosse o primeiro dos cruéis intuitos.

Mas não discuti. Nem me revolto. Aceitei. Submeti-me. Também, que outro jeito? Nem sabia quem eu era, o porquê da existência, o propósito de estar aqui. Para fazer companhia ao homem? Servir a seus desejos? Era irmã? Companheira? Serva? Adjutório (que palavra!)? Pouco me dava conta das diferenças do corpo e dos anseios. Como pude ser castigada por isso? Pelo crime ardilosamente premeditado por outro no início dos tempos e a ser pago por mim e pelos meus, pelos séculos afora?

Não sei. E jamais saberei. Nem me importo. Ouvi e obedeci. Agüentei. Mas a lembrança do sangue no rosto sem vida daquele a quem o homem chamou Abel, isso não suporto.

Culpei-me por longas noites. Onde estava eu que não vi? Por que paisagens vagavam meus olhos quando os sinais premonitórios da tragédia talvez se externaram em trejeitos furtivos do homicida? Que gestos e palavras escaparam de minhas mãos e boca, inadvertidamente, e moveram o ódio no coração do primogênito?

A desculpa da inexperiência não me consola. O argumento da dificuldade de julgar fenômenos jamais presenciados, como o ineditismo da relação entre mãe e rebento e do comportamento incomparável deste primeiro de todos os filhos, não ameniza a dor. Em algum momento eu poderia e deveria ter captado sinais, pois sempre estranhei os amargores inatos daquele filho. Causava-me um mal-estar que descompassava meu coração. Desde seus primeiros anos, vendo-o crescer sem esboçar um sorriso sequer, constantemente sisudo a se esgueirar no fundo da caverna, recolhido à escuridão, seu hábitat preferido, convenci-me, no íntimo, de que fora gerado com maus fluidos. Nutriu-se de uma linfa contaminada de meus sustos, culpa, vergonha, arrependimento; e das pragas despejadas, a ferir-me os ouvidos e entranhas. Com certeza, atingiram-no. Com certeza, ele bebeu o sangue podre. Foi concebido durante minha inocência e ignorância, mas se desenvolveu açoitado por líquidos venenosos.

Com Abel foi diferente. Eu e o homem brincávamos nos areais, cultivávamos o solo arroxeado, regozijávamo-nos com o crescimento das plantas e a colheita dos frutos, por nós semeados, afundávamos nos lagos e boiávamos e nos abraçávamos e copulávamos ali e onde mais o desejo aflorasse.

E nasceu Abel, numa noite amena e estrelada, naquela época em que acabávamos de perceber o orgulho e a alegria aderidos às colheitas após os suores do plantio e em que fizemos dos suores o prenúncio prazeroso do alimento vital. Tinha tudo para ser diferente do irmão, e foi. Pudemos, então, notar as diferenças de temperamento. O mais novo era alegre, brincava, corria atrás de bichos assustados, gargalhava à toa, tentava, aos pulos, voar com passarinhos que açulava, enquanto o outro se recolhia na sombra e lá ficava a espreitar, quieto e taciturno. O mais novo era extrovertido, amoroso, dedicado, atencioso. O primogênito, com o sangue empestado, fechava-se em si, carrancudo, desconfiado, a fermentar as peçonhas recebidas, acentuando-lhes a maligna eficácia, por mais que tentássemos remediá-las. O homem ponderou que, embora o comportamento de Abel nos agradasse mais, não podíamos concluir qual dos dois era inatural a pessoas daquela idade, nem se podíamos esperar um padrão único de comportamento para os humanos como observávamos nos animais. Talvez cada criança nascesse com um caráter peculiar e depois de algum tempo haveríamos de coabitar com milhares de seres tão distintos uns dos outros a ponto de se tornar impossível a afirmação de pertencerem à mesma espécie. Eram elucubrações e dúvidas irrespondíveis. Resolvemos deixar que a natureza desse conta de seus próprios produtos. Só depois, arrependidos, percebemos que a natureza segue regras alheias às emoções humanas e se processa segundo leis impiedosas, a despeito de nossas ânsias de moral e justiça. Já era tarde. Contudo, nunca poderíamos imaginar o inimaginável. Estranhávamos o comportamento, mas nunca supomos que chegaria ao horror inconcebível. Essa é a dor agregada à recordação do rosto ensangüentado.

As dores que nos filhos doem, doem tanto quanto doem em mim? Os risos que os filhos soltam, soltam encantados como soltam de mim? Como saber?

Sei que o infortúnio desaguado sobre Abel não constou do rol de maldições zoadas nos meus ouvidos e, no entanto, ele sim se fez dor pungente e inesgotável. Quanto ao mais, juntos, o homem e eu, aprendemos a rir, e de tudo ríamos, principalmente de nós mesmos. O homem e eu já havíamos compreendido a nova vida e se a morte anunciada e prometida era inescapável, a preocupação com ela seria tolice e só iria nos entristecer e amedrontar, para deleite alheio. Desviamos o olhar do Céu e contemplamos a Terra. E nos deparamos com delícias idênticas às do jardim de onde fomos alijados. Elas apenas se faziam menos explícitas e concentradas e nos desafiavam ao empenho de surpreendê-las espalhadas e muitas vezes ocultas por matagais cerrados ou escarpas quase intransponíveis ou mares procelosos ou cortinas densas de chuvas. Aspiramos seus olores e fedentinas; saboreamos raízes e ervas e cuspimos as muito ácidas e amargas; mastigamos carnes de bichos mortos e tomamos água dos córregos; ouvimos as canções dos pássaros e deciframos o perigo nos urros das feras; tateamos trilhas nas noites sem lua e nos arrepiamos na friagem das chuvas. Desvendamos a beleza das selvas e dos penhascos. Passado o susto das palavras malditas, dedicamo-nos a inventar nomes para flores e bichos e frutas e cores. As dores provocadas por cascalhos e espinhos nos ensinaram a geografia de trilhas nas florestas e outras dores me despertaram para a anatomia de mim mesma, quase toda desapercebida até então. No fim das contas, surtiram mais alegrias que padecimentos. Descobrimos a nós mesmos, a maior e melhor das descobertas: a de nossos corpos e potencialidades. Cheiramos nossos declives e grutas; lambemos nossos líquidos; acariciamos nossa pele afogueada; escutamos nossos gemidos; e nos misturamos e confundimos um no outro. E nos divertimos. Inventamos brincadeiras e instrumentos, e tudo era exultação. Além de nós, exploramos matas, abismos, cachoeiras e montanhas. Fatigados, deitávamos e dormíamos. Descobrimos tinturas em flores e folhas e com elas pintávamos nossos corpos. Desfazíamo-nos das túnicas de peles e com desenhos coloridos burlávamos os olhares censores que decerto nos vigiavam.

Quando, mais tarde, pela boca de Set, o terceiro filho, soube que o motivo do ato tresloucado de Caim fora o sofrimento por desprezo inclemente, não de nossa parte, mas descido do Céu e de quem propala aos quatro ventos benevolência infinita, a culpa que me corroía e na qual me enroscava, ganindo, dias e noites sem fim, transformou-se em gelo e altivez.

Estou convencida de que a última peçonha instilada no coração de Caim fora um ardil proposital. Quando ele e Abel ofereceram, em oblação, produtos de seus labores, o olhar celeste desceu somente em Abel. O primogênito, com o temperamento turvo desde sempre, abateu-se e irou-se com razão. Das sombras em que vivia, fez o óbvio esperado. Ora, nem eu, mulher ignorante, e mesmo se me faltasse a inata intuição, seria capaz de tamanha carência de discernimento e tato, se bem que hoje me atrevo a dizer que tudo não passou de um plano funesto e muito bem premeditado. Já que suplantávamos as maldições horrendas, o jeito era desferir um golpe baixo e cruel para nos dilacerar, e a mim especialmente: roubar da mãe um filho e pela mão odienta e invejosa de outro.

Livrei-me da culpa. A dor, no entanto, persistiu. Passadas milhares de luas, a amargura me sufoca. Vejo os outros filhos e filhas sorrindo, amando-se, povoando o vale, mas as imagens e os sons da alegria esbatem-se na muralha erguida em torno de mim pela memória do sangue na face do filho morto.

Estou condenada. Disso eu sei.

De todas as dores, essa é a única que me rouba forças dos braços magros e curtidos de sol e chuva.

Reajo. É preciso vencer a lembrança, sustentar-me nas pernas e colher os frutos para alimentar os filhos de meus filhos. Qual é o proibido? Tanto tempo... Esqueci. Ou finjo que esqueci, para mim mesma? Talvez todos sejam proibidos. Talvez nenhum. Talvez o tal tenha sido pretexto para desígnio inconfessável.

Estou condenada, mas não pelas maldições. Tão logo cruzamos as fronteiras do jardim, o homem contrariou o desígnio de me subjugar a seu poder e domínio. Acho que por vergonha de, na sua inocência, ter me apontado como única responsável pela transgressão, assim acendendo a ira expelida em vociferações, vaticínios e sentenças. Desde o princípio, fora do jardim, ele rejeitou a exclusividade do poder e domínio. Mostrou-se, então, destemido. Se não fôramos irmãos e companheiros, passamos a ser.

Nossos passos vacilavam à saída do jardim, as pernas tremiam, o coração descompassava. Transpor a fronteira nos aterrorizava. A expectativa de que a ultrapassagem dos limites redundaria em conseqüências insuportáveis devastava nossas parcas forças. No entanto, transpusemos a fronteira do jardim sem sequer identificá-la. Caminhamos vários dias na expectativa de nos depararmos com um cenário oposto ao que conhecêramos e não demos por ele. Havia bosques diferentes, rios mais largos ou mais estreitos, colinas e penhascos, porém nenhuma demarcação notável. Custamos a perceber que a fronteira só existia no nosso medo.

O trabalho com suor do rosto foi aprendido e feito. Para suprir nossas necessidades, caçar, semear e colher foi sempre trabalho parco e até agradável.

Pari com dor. Mas a dor despertou-me para meu próprio corpo. Só por ela dediquei atenção merecida a cada parte de mim mesma, e descobri, para além do sofrimento, deleites insuspeitados. Cada parto foi menos doloroso e cada filho, novo aprendizado. A todos ensinamos tarefas e segredos da vida e do mundo, enquanto aprendíamos com cada criança novos olhares e caminhos.

Só a morte me feriu realmente, sem piedade. Até hoje me faz sofrer, indo e vindo na lembrança. Não a minha, mas a do filho. A que me foi prometida, aguardo com serenidade.

O homem também desdenhou do horror vaticinado. Morreu em paz. Presidimos juntos a prole multiplicada, imensa, nos 930 anos em que ele viveu. Alguém contou 930 anos. Tenho dúvidas; no entanto, não posso contradizer. Acho que foi menos. O tempo, porém, corre demais. Desconheço rio ou ventania que corra tanto. Talvez os anos tenham sido aqueles e nós os tenhamos vivido, desatentos e jubilosos, sem vê-los fluir.

Seja como for, só sei que, amaldiçoada, vivi com ele o suficiente para povoar a Terra. Dezenas de filhos depois de Set. Talvez centenas. E fomos felizes, apesar de tudo, inclusive das pragas carregadas de imprecações.

Sobrevivo ao homem há milhares de luas. Hoje deve passar de um milênio o império da candura, como uma vez o denominamos, embriagados de ingênuas emoções. Sinto sua falta. Um dia dormimos e só eu acordei. Acho que a maldita morte, anunciada com trovões e gritos roucos, é apenas isso, um sono sem despertar.

Prossigo, agora solitária, a desvelar para a descendência os mistérios e prazeres contidos em carícias e risos, cavernas e mares, passos e colheitas, cantos e sementes.

Incumbi-me de aconselhar os caminhos e revelar os segredos dos campos. À despedida do homem, prometi erigir-me nos encargos de cuidar e ensinar os gestos e as palavras dos afetos capazes de superar, para não mais ressurgir, o fel da morte violenta e prematura de um filho frente aos olhos de mãe sobrevivente. Sinto entranhada na carne a missão e a vontade de proteger a prole e criar um mundo onde os afagos desfaçam os tremores dos raios, os sussurros sobrepujem o ribombar das tempestades e todos possam viver livres dos pavores e das pragas.

Supero a dor para mostrar a meu povo a alegria de viver, mesmo banidos do jardim decantado, se é que um dia ele foi algo além de uma falácia.

E consigo.

Nas várzeas, os frutos são inumeráveis e saborosos, suculentos e doces, e os folguedos das paixões, voluptuosos.

No futuro, saberão disso? Quem relatará o quê? Meus sussurros atravessarão mares e montanhas ou se esfumarão nos estrondos de berros monstruosos? Alguma de minhas filhas terá voz para nos libertar da maldição que nos sufoca?

Preciso de ar!
"Nicole, o que é que está acontecendo aí?"
"É o respirador, dona Solange. Já estou ajustando."

Eu sufoco. Antes de apertar a corda no pescoço, já sufoco. De dor e desespero. Só a morte me libertará do horror. Mas tenho de adiá-la. Castigo e penitência me serão maiores, mas mesmo assim tenho de conter minhas mãos suicidas.

A família e a cidade precisam de orientação e só eu poderei ajudar. Não é soberba, é a realidade. Infelizmente. Bom seria poder me despedir desse mundo quanto antes. Mas o que me resta de lucidez, nessa hora, me obriga a esperar. Se não fui poupada da primeira profecia, tentarei salvar Etéocles e Polinice, queridos filhos, da outra, que assegura a morte de ambos como resultado de crescentes divergências. Quanto mais depressa eu conseguir que eles concordem com o revezamento anual no trono, melhor para todos, especialmente para mim, pois será insuportável carregar a dor da perda de filhos somada às ofensas dos tebanos.

O ar me falta e não é de agora. Começou aos poucos, com a estiagem e o calor em Tebas, e atingiu a todos. Clima seco, quente e abafado. Piorou, no meu caso, em progressão insuportável, após cada episódio narrado pelo mensageiro vindo de Corinto. E cada episódio, como um punhal a me ferir o peito, se encaixava na história de nossas vidas, espalhando desdita por todo canto do palácio e derramando nódoas em todos os membros da família. O corpo inteiro me doía e as pernas fraquejavam e eu abria a boca e sorvia o ar com sofreguidão para não morrer antes de escutar o relato até o fim, numa ânsia insana por palavras que apenas descreviam cenários antevistos ou intuídos no peito constrangido.

A cada etapa da narrativa meu coração descompassava e o peito se contraía um pouco mais. Desde as primeiras palavras a aflição se estampou no semblante de Édipo e contaminou meus nervos. O mensageiro, velho pastor, anunciou a morte de Pólibo e, antes que Édipo se abatesse com a perda de seu ente querido, procurou consolá-lo com a afirmação convicta de que o rei de Corinto não era seu verdadeiro pai. Quase se podia ouvir o chão rachando sob os pés de Édipo. Em vez de chorar a morte do suposto pai, ficou lívido e trêmulo. Foi o bastante para a erupção de meus pressentimentos. Uma sombra nefasta encobriu-me a vida.

O velho prosseguia na narrativa. Eu acompanhava as cenas descritas, muitas das quais houvera presenciado. Ao que até então desconhecia associavam-se lembranças despertadas de acontecimentos vividos ou testemunhados por mim. Laio, meu falecido esposo, rei da querida Tebas, pegando no colo nosso filho, envolvendo-o com delicadeza em um pequeno manto, levando-o para longe de meus olhos e retornando sem ele. Como chorei! E, ainda em lágrimas, perdoei-o. Compreendia. Ele não podia arriscar. Apolo o prevenira a não gestar filho, pois este lhe causaria a morte. Uma noite, exageramos no vinho e nos folguedos e engravidei. Apesar do agouro, fiquei feliz. Mas quando dei à luz, o terror no semblante de Laio me fez compreender a gravidade da situação. O perigo exigia precauções e justificava alguma medida, mesmo drástica como a que foi tomada. No entanto, como agora todos sabem, foi em vão. O mensageiro nos pôs a par do que desconhecíamos. Laio não previu a compaixão do pastor a quem incumbira de levar a criança e abandoná-la na floresta com os tornozelos trespassados por pinças de ferro. A piedade do homem desencadeou a série de eventos que agora atingem o tétrico ápice. Condoído, o serviçal entregou o menino, chamado Édipo, o de pés inchados, em razão do artefato imobilizador, a um pastor conhecido, com a recomendação de levar a criança para terra distante de Tebas, e ele o fez, até muito bem, pois o bondoso homem servia ao rei de Corinto, Pólibo, que havia muito almejava ter um filho, sem sucesso. Como era de se esperar — quem não se enterneceria diante daquele bebê? —, rei e rainha se encantaram com o menino e tomaram-no como deles. Anos depois, o jovem Édipo, preocupado com boatos ouvidos, vai a Delfos consultar o oráculo e sai de lá estarrecido com a confirmação dos rumores: ele mataria o pai e se casaria com a mãe. Apavorado, toma a decisão aparentemente mais sensata: afasta-se de Corinto e daquelas queridas criaturas que julgava serem seus pais, com a disposição de jamais voltar a vê-las. Na jornada em direção a Tebas, hoje toda a gente sabe, Édipo topa com Laio e sua escolta numa encruzilhada; um dos homens o empurra para tirá-lo do caminho, dando início à tola contenda que resultará em trágico fim: Édipo reage, Laio o atinge com um bastão, ele revida e mata o agressor, sem saber que se tratava do rei tebano. Os passos seguintes de Édipo eram de conhecimento público desde aquela época. Chegou a Tebas quando a cidade era aterrorizada pela Esfinge, o portento misto de donzela e leão alado, empenhado em atirar no precipício quem falhasse na tentativa de desvendar o enigma proposto e assim salvar a cidade da praga que a assolava. Com rapidez e simplicidade, e um discreto sorriso no belo rosto, Édipo respondeu à Donzela: o homem é esse que anda com quatro pernas, com duas e com três, é ele que de manhã engatinha, à tarde caminha ereto e à noite se apóia na bengala. Mal concluíra as palavras e a Esfinge se lançou no abismo. O povo exultou. Podia-se apostar em prosperidade e paz daí em diante.

A presteza e graça da decifração do enigma, que antes causara a morte de centenas de tebanos, conferiram certeza insofismável do acerto dos prêmios prometidos àquele que livrasse a cidade das desgraças sofridas havia meses. Vi no semblante de Édipo a estupefação ao me receber como esposa por haver livrado Tebas da desdita. Seus olhos, dirigidos a mim, brilharam mais do que quando fitaram o trono. E por muitas noites, em muitos anos, ele me repetiu que, dos prêmios recebidos, abriria mão do trono sem pestanejar, porém jamais do leito da rainha.

Outro fato conhecido de todos, e que hoje os tebanos esquecem ou fingem esquecer, são os muitos anos de governo sensato, pacífico e profícuo realizado por nós. Mas não sou mulher de choramingar. Vou me ater aos episódios vivos na memória dos cidadãos, ocorridos há pouco.

Ao surgirem os primeiros sinais de infertilidade na natureza — parcas colheitas, animais improdutivos, crianças enfermas e frágeis —, meu irmão Creonte foi saber do oráculo o motivo do infortúnio e a maneira de superá-lo. "Trazendo à justiça o assassino de Laio", foi a resposta ouvida. E Édipo, o rei, com majestosa determinação, tomou a si o dever das providências para descobrir o malfeitor. Mandou buscar Tirésias, o vidente cego, e este, após muita hesitação, acabou por se enraivecer com as insinuações de Édipo de que ele se esquivava à pergunta por ter alguma culpa naquela morte e por fim revelou ser o próprio inquiridor o responsável pela maldição que torturava a cidade. Édipo, enlouquecido com aquelas palavras, apontou o dedo na direção de Creonte, acusando-o de conluio com o velho cego para ocupar o trono de Tebas. E eu, mais uma vez castigada pela ingenuidade, fui quem desfechou o golpe fatal ao proferir depoimento que julgava favorável a Édipo: assegurei que seria impossível sua culpa, uma vez que Laio não morrera em Corinto nem em Tebas, e sim numa encruzilhada de três estradas entre os dois reinos. Ao ver Édipo paralisado, pálido e com o olhar estático fixo no vazio, percebi que ele se dava conta da desgraça. Minha vontade era urrar, como uma fera, para que a frase fosse apagada. Mas onde encontrar forças e fôlego para qualquer ação?

Desarvorada, corri para o quarto e fechei a porta. Queria esconder de todos, principalmente de Édipo, o desespero e a vergonha. Mas eis que ouço seus passos. Conheço-os, até esses, ligeiros e pesados, raramente vistos, diferentes dos suaves e cadenciados de costume, imagens condizentes ao seu jeito terno e seguro de viver e administrar os negócios do governo. Se bem me lembro, agitação de passos só quando estava para nascer algum dos filhos. Os meninos, Etéocles e Polinice, nasceram rápido, assim como Ismênia. Mas Antígona, diferente de todos desde sempre, demorou muito, e me fez ouvir passadas nervosas do pai no lado de fora do quarto durante várias horas. Como as que agora me trazem, quem?, meu marido?, meu filho primogênito? Ah, sol, que chamas lançastes em nossa casa, para incendiá-la, e que me queima a garganta e o coração, enquanto o sangue me gela nas veias?

Édipo empurra a porta e se aproxima. Seu corpo treme tanto quanto o meu. Suas mãos se agitam no espaço, à cata inútil de palavras. Seu olhar vagueia nas paredes à procura do que quer que fosse capaz de explicar absurdos e amainar tormentos invencíveis. Enfim, de sua boca escapam indagações banhadas no veneno do desvario: Por que sou alvo de tamanha desgraça? Qual ofensa uma criatura terrena é capaz de cometer para merecer castigos tão hediondos e numerosos? Por que você não impediu tudo isso? Por que não me matastes com suas próprias mãos? Ou Laio, meu pai?

Pobre filho, querido companheiro. Perdoei-lhe no mesmo instante. Tento chamá-lo à razão. Pondero: é fácil julgar os outros. Você não sabe o que passamos, seu pai e eu. Saber do oráculo e ter nos braços o filho, a pele morna e delicada, o rosto cheio e rosado, as pernas alvoroçadas e roliças... Quem teria coragem de matar aquela criança? Como Laio poderia, depois, me olhar nos olhos? E eu, como poderia suportar o convívio com o assassino de meu filho? E como viveríamos, cada qual com desmesurada culpa? É fácil, de fora, julgar os outros. Seu pai não agüentou e fez o melhor que pôde.

Édipo abaixa a cabeça. Parece fatigado. De repente, ergue o rosto e brada: Como pude ser tão cego?! Como pude não ver o que sempre esteve na frente de meus olhos?! Ah, céus, de que servem esses olhos?! E antes que eu possa reagir, num ímpeto arranca de minha túnica o broche de ouro e com ele vaza os olhos.

"Ela abriu os olhos!"
"O quê?!"
"Cláudia. Abriu os olhos. Eu vi. Arregalou assim, os dois, apavorados, olhando o teto. Cheguei a levar um susto."
"E aí?"
"Aí ela fechou de novo e voltou a ficar assim, parada."
"De qualquer modo, é um bom sinal. Vou falar com doutor Bruno. Acho que vai gostar. Depois de esperar tanto tempo..."

Depois de esperar tanto tempo, meus cabelos, tosquiados à navalha, estão grisalhos e, afinal, chega o dia em que tentarei reconciliar os irmãos briguentos. Vivi muito além do que imaginara e desejara. Chego ao meu limite. Tentarei convencê-los a respeitar a antiga proposta de revezamento anual no trono de Tebas. Contudo, qualquer que seja o desfecho da empreitada...

Avisaram-me da chegada de Polinice às portas da cidade com uma expedição comandada por ele e outros seis heróis. Etéocles, fico sabendo, empunha lança e espada e conclama seus homens a derrotar aqueles sete que arremetem contra Tebas. Embora fatigada e velha, esforço-me para concluir a missão à qual me reservei. Espero ter forças surpreendentes em mulher encanecida e frágil. Beleza, graça, frescor e alegria me fugiram há muito, desde que despi as vestes brancas e me enlutei com trapos negros. Foi quando Édipo cometeu o desatino contra os próprios olhos, ato tresloucado que doeu mais em mim do que nele, tenho certeza. Assistir ao sangue esguichar dos sítios onde outrora, vívidos, brilhavam os olhos amados, onde eu via, hoje sei, o amor desmedido do filho e do amante, somados, razão da intensidade desarrazoada dos êxtases. Quem viveu amor tão formidável? Quem se deleitou com tantas e tão ternas carícias? Quem amou com tanto desvelo e plenitude no torvelinho de emoções filiais e maternas misturadas à paixão desenfreada?

  Amor e paixão em nossas vidas, imensos, transbordavam aos filhos, ao palácio e aos cidadãos. Hoje nos escusamos de sequer lembrar — tal é a vergonha que nos aterra — o misto de ternura e volúpia das carícias trocadas por nós no leito onde geramos os quatro filhos. Quando o sangue apagou o brilho daqueles olhos, extinguiram-se os dias de ventura e deleite saboreados na nossa cega ignorância.

  Desde então, Édipo vive recolhido em dois aposentos do palácio. Esconde-se, envergonhado. No início recusou minha presença. Preferia ficar sozinho. Demonstrava asco à minha voz. Debatia-se e me afastava com brutalidade quando eu tentava tocá-lo. Aos poucos a repulsa abrandou. Ele chorava muito e acabou aceitando o consolo de minha voz e o amparo de minhas mãos. Uma vez me confessou a esperança de que, com o tempo, o povo esqueça seu opróbrio. Por enquanto, mantém-se arredio. Só eu cuido dele, sustento seus passos vacilantes. Envelheceu muito. Parece ter a minha idade, coitado.

  Tudo ter acontecido sem que soubéssemos não serviria de argumento para aplacar a ira dos tebanos nem o meu pesar. A dor de viver tem sido maior que a de morrer. Quanto mais breve durarem as horas restantes, melhor.

Ninguém parece ter mais dúvida sobre tudo que ocorreu. Os fatos foram esses aqui relatados. Se na verdade não foram, foram aos olhos dos cidadãos. De todos. A maioria conteve as ofensas. Alguns, no entanto, expeliram o ódio aos brados e suas imprecações ainda ecoam nas paredes do palácio, indiferentes aos amargores que me corroem as entranhas: Jocasta, rainha maldita, não te envergonhas?! Dormir com o próprio filho?! Por quatro vezes conceber dele, assassino do próprio pai?! Como ousastes?! Como consegues sobreviver?! Como ousas?! Como podes acordar e abrir os olhos e ver quem és e o que fizestes?! Como te atreves a arriscar a sorte do povo, depondo-a sob a ira dos deuses?!

Ouvi calada, cabisbaixa. Custei a reerguer a cabeça. Uma noite, contemplei a lua cheia por detrás do velho carvalho à frente de minha janela e tive a impressão de que a luz aclarava recantos de meu íntimo e despertava questões adormecidas. Se vocês não sabiam — indaguei a mim mesma —, por que se envergonham? Por que negar o amor e a paixão vividos e saboreados durante tantos anos? Existem amantes tão fervorosos como vocês foram? Quem sabe se as imprecações que o povaréu há tempos lhes lançou não passam de impotente inveja e desejo aprisionado pelas amarras de tabus e medos inexplicáveis do incesto?

Ah, desvairo! Ah, essa lua... Fiquei louca? Ou louca é a vida? Ou, afinal, é na loucura que a verdade se aloja e se protege?

Não soube e não sei responder. Nem sei até onde essas divagações são tão ou mais escabrosas que os atos em si. Sei apenas, e me recuso a calar, que amor e paixão nos alçou ao delírio, por luas e luas sem fim nos abrasamos em êxtases, afundamos em volúpias. Se, durante o dia, éramos governantes serenos e sensatos, reconhecidos de toda a gente e aclamados como soberanos pacíficos e ponderados, à noite nos transformávamos em amantes ébrios de lascívia. Devo me acabrunhar, repreender, punir? Volúpia, lascívia, êxtase são prazeres criminosos e pecaminosos? Quem os decretou assim? Se são naturais, humanos, por que abster-se de usufruí-los? E por que Édipo e eu, ignorantes de nosso parentesco, haveríamos ou havemos de nos humilhar? Ah, quanta pergunta, quanta loucura! Mas não consigo aquietar, engolir a revolta. Durante todo esse tempo, onde se meteu a prometida paz e prosperidade de Tebas após a punição do responsável pela morte de Laio? A cidade vive em aflição e penúria, à beira de uma batalha. Onde está a infalibilidade dos vaticínios? Em que gruta se esconderam os videntes? Estaria Creonte mancomunado com o velho Tirésias para destronar o rei e assumir seu posto, como suspeitara Édipo? Na ocasião, todos, inclusive eu, consideramos absurda a hipótese, fruto de mente acuada e ensandecida, e o próprio Édipo cedo admitiu tratar-se de engano. Agora, tenho minhas dúvidas. E se tudo não passou de artimanhas muito bem planejadas? E se toda a tragédia foi pura farsa e nossa dor e desgraça meras conseqüências de invencionices peçonhentas de uma criatura gananciosa? Oráculos, maldições, profecias, esfinge, pastores piedosos, rei infértil e solícito, encontros insólitos, coincidências implausíveis, não será tudo isso pura fábula engendrada pela astúcia humana para encobrir a avidez de riqueza e poder?

Que perguntas são essas, para as quais ninguém deve ter respostas e que só servem para piorar meu tormento? Só ele já não basta? O que é que eu tenho com isso? O que querem essas mulheres vagando dentro de mim e me inquietando ainda mais com suas desgraças?

Mandei chamar Antígona. Necessito dela para persuadir os irmãos à desistência do duelo. Conheço minhas filhas. Ismênia é doce e sensível. Não que Antígona não seja. Entretanto, Ismênia é frágil para certas agruras. Antígona é o oposto. Dentro daquela bela mulher, de longos cabelos cacheados e corpo esbelto sob vestes esvoaçantes, amante da lira, cítara e dança, habita um espírito destemido e determinado.

Etéocles é teimoso demais. A vez de ocupar o trono de Tebas é de Polinice, mas Etéocles se recusa a sair. Além disso, eu soube de sua intenção de defender, das sete portas, justamente a que será atacada pelo irmão.

Daqui, eu e Antígona já podemos ver os dois, ambos trajados e armados para a batalha. Vamos até eles. Empenho-me em convencê-los da insanidade das guerras, insisto na eficácia maior e mais sensata das palavras e dos pactos, alerto sobre o risco das armas, clamo pelo entendimento, levanto a voz, zango, advirto, peço, imploro, choro. Em vão. Eles discutem e se preparam para o combate.

Aspiro todo o ar que posso. Profundamente. Sei que estou a me despedir desse prazer. Contemplo o rosto moreno de Antígona. Ela está séria. Parece saber o que acontecerá. Também sei. Minha intuição, que falhou algumas vezes no passado, não mais haverá de falhar. Sei que, à custa de lágrimas, Antígona tirará o pai dos aposentos onde se confinou e dele cuidará, em meu lugar, com idêntica brandura, amparando seus passos aqui ou onde for exilado, conduzindo-o na treva em que vive, murmurando palavras corriqueiras, dessas sem nenhum propósito, mas que são talvez as únicas a revelar com simplicidade a permanência inabalável do amor.

Está para se cumprir o outro vaticínio: a morte de Etéocles e Polinice. Quando se concretizou o primeiro augúrio, cheguei a envolver meu pescoço com o cordão da túnica. Mas havia outro presságio sombrio, o fratricídio. Para tentar evitá-lo decidi adiar o alívio de minhas desgraças. Agora, transcorrido todo esse tempo, concluo que a protelação, além de inútil, foi pior. Testemunhei o isolamento e a angústia de Édipo e não conseguirei evitar o fim prematuro dos filhos.

Vejo lágrimas escorrendo nas faces de Antígona. Ela também já percebeu o que irá suceder. Olha para mim e, antes que lhe peça, me tranqüiliza: Não deixarei nenhum parente insepulto. Cuidarei de todos. Se preciso for, enfrentarei ameaças, prisão e exílio; abdicarei do noivado com Hémon, meu primo, filho de Creonte; desdenharei a felicidade e até a vida.

Seguro suas mãos. Tão delicadas. Quem as afagar jamais avaliará a força escondida no âmago dessa filha adorada.

Chamo-lhe a atenção: Olhe, Antígona, seus irmãos se batem!

Impotentes, pomos os olhos na cena tenebrosa. Etéocles enfia a espada nas costelas do irmão e rasga-lhe o ventre. Julgando-o morto, larga a arma no chão e se aproxima de Polinice. Mal teve tempo de gemer ao ser atingido no fígado pela espada do irmão agonizante, porém suficientemente vivo para sair deste mundo acompanhado.

Antígona e eu gememos e choramos sobre os corpos ainda quentes, porém inertes.

De nada valeram meus esforços, tampouco o longo adiamento da libertação das amarguras. Ergo a mão e toco o rosto de minha filha. Ela tem os meus olhos, minha boca, é meu espelho rejuvenescido. E tem minha voz.

Tenho sim, mãe, tua voz, e sinto teus dedos frios enxugando-me as lágrimas das faces e, em seguida, com suavidade, cobrindo-me os olhos como a pedir que os mantenha fechados por alguns instantes. Tua mão se afasta e eu abro um pouco os olhos. Nem precisava ter-te desobedecido. Acontecia o que se esperava: tu, minha mãe, te aconchegas aos dois corpos. Prestes a deitar sobre meus irmãos, agarras a espada de bronze de um deles e, súbito, a enterras na garganta.

"*Ah, meu Deus! Cláudia fez outra apnéia, dona Solange.*"
"*Me dê o ressuscitador manual, Nicole.*"
"*Tome.*"
"*Acho que tiramos o respirador muito cedo.*"
"*A senhora acha? Ela ficou quatro dias no aparelho.*"
"*Não é uma questão de tempo, Nicole, é de condição clínica. A dela é muito instável. Vá chamar o doutor Bruno enquanto eu ventilo a Cláudia. E traga o material de intubação e também o de traqueotomia, por via das dúvidas.*"
"*Não, por favor! Cortar a garganta, não! Vou respirar. Esperem. Vejam. Vejam.*"
"*Espere um pouco, Nicole. Parece que ela está voltando. Dê uma auscultada no coração.*"

"Está batendo forte, dona Solange."
"Vamos esperar um pouco. Ela voltou a respirar. Ligue o monitor."
"Pronto, está ligado."
"É, o coração está batendo bem, só um pouco acelerado."

— ... agita no meu peito o coração e corta bem no fundo da garganta...

— Gostei, mestra. Acho assim bem melhor.
— Não sei... Vamos ver como ficou. Cante comigo desde o início.
— Espere. Antes preciso ler o poema inteiro para ver se consigo entender tudo que você escreveu.
— Ora, Anactória, não se faça de tola. Você já conhece muito bem o dialeto eoliano.
— Sim, mas não é isso, Safo. É essa sua mania de escrever tudo junto, sem separar uma palavra da outra nem deixar espaços entre os versos. E cada hora escrever os nomes de um jeito. Fica difícil para quem lê.

— Deixe de bobagens, menina bonita. Já lhe disse mil vezes: versos são feitos para cantarmos e dançarmos, não importa como os escrevo. E grafar o nome de alguém de modos diferentes não vai mudar o dono do nome. Se escrevem meu nome diferente de Psappha, como gosto, eu serei outra mulher?

— Claro que não. Safo, Psappha, Sappho é única, a mestra incomparável, a mais...

— Pare, Anactória. Não estou para bajulações. Estou amargurada, você sabe. Como nunca estive. Pior do que quando Girina me deixou. Espero que Atis, ao ouvir essa ode, feita para ela, reconsidere sua intenção de me abandonar para se casar com aquele sujeito. Se isso acontecer, acho que enlouqueço ou morro, como digo aí, não é?

— Sim, mestra. Está aqui.

— Então, venha para cá e sente-se; fiquemos lado a lado. Dedilhe a lira límpida e terna e cante comigo, garota, cante.

A meus olhos se compara aos próprios deuses
o homem que, sentado à tua frente,
inclina o rosto para ouvir de perto
tua voz melodiosa

e o riso teu a despertar desejos
agita no meu peito o coração
e corta bem no fundo da garganta
as asas das palavras,

a língua paralisa e se parte,
sob a pele me corre um fogo estranho,
me escurece a visão e nada enxergo,
nem nada mais escuto;

frio suor me banha e tremo toda,
fico mais verde do que as verdes ervas,
parece que estou no limiar da morte
ou tonta de loucura.

— Ficou lindo, Safo.

— Não sei. Precisa de uns retoques. Mais tarde tentarei melhorá-lo. É meu último recurso para dissuadir aquele coração juvenil de levar de mim sua dona, minha favorita.

— Ah, querida fonte de luz. Você me entristece. Pensei que...

— Sei, sei. Amo todas vocês, raparigas de belos tornozelos.

— E nós todas amamos Safo. Mais do que poesia, música e dança, na escola da mestra aprendemos o amor.

— Claro. Afinal, dediquei a escola a Afrodite, Eros e às Musas.

— O amor acima de tudo?

— E existe alguma coisa que suplante o amor? Ou que se lhe compare? Poesia e música, para mim, devem cantar a beleza da pessoa amada e as emoções desabrochadas, sensuais, eróticas, furiosas de paixões, quaisquer que sejam, pois nada há mais valioso na vida que o amor, amor a todas as criaturas.

— Principalmente a nós, mulheres.

— Não brinque com coisas sérias, Anactória.

— Ora, você não pode negar que nossa vida aqui, onde homens não são admitidos, é muito mais tranqüila e prazerosa.

— Mas não há razão para desdenhar o amor dos homens.

— Principalmente dos ricos.

— O que está insinuando? Suas palavras me ofendem.

— Desculpe, mestra. Não tive intenção.

— Teve, sim. Eu sei que vocês repetem aqui na escola o que se comenta em todas as cidades da Ilha de Lesbos: que Safo, quando estava exilada na Sicília, casou com um homem por puro interesse. Não é isso que fuxicam, Anactória? Pode confessar, eu sei, não sou imbecil. O que se cochicha longe de meus ouvidos?

— Promete que não vai brigar nem ficar triste?

— Fale, garota.

— Promete?

— Prometo, pronto. Fale.

— Algumas amigas dizem, com um sorriso mal dissimulado no canto da boca, que nenhum marido poderia ser melhor que Cercilas, o escolhido de Safo: era muito rico e morreu logo.

— Isso é uma terrível maldade!

— Você prometeu...

— Está bem, não vou brigar com você. Mas saiba que Cercilas não me deixou só riqueza, me deu o maior de todos os tesouros, minha adorada Kleís, filha querida, flor de ouro que não troco por toda a Lídia, nem pela formosa Lesbos. Admito que a herança deixada por Cercilas foi fundamental para a criação dessa escola. Embora eu descenda de família aristocrática, após ser banida de Mitilene por duas vezes, acabei perdendo muito do que possuía. O exílio me custou sofrimento e ouro. Pitaco se mostrou quem realmente é, um tirano insensível. Baniu a mim e a Alceu da maior cidade de Lesbos. Eu pouco me envolvia com política, jamais gostei. Fiz, reconheço, algumas críticas a seu governo, na adolescência, mas nunca participei de conspirações contra ele. Alceu, sim, se exaltava e até nos seus poemas atacava o ditador. No primeiro exílio fui para Pirra. No segundo, na Sicília, conheci Cercilas, nos apaixonamos e casamos. Fomos felizes e geramos uma bela menina. Ele era rico e morreu cedo, como você disse. E foi com seu legado que pude retornar a Lesbos e fundar essa Escola de Amigas, como a chamei. Essa é a verdade, Anactória. Nunca esqueça disto: maledicência e intolerância são peçonhas perigosas e cruéis. Hoje são usadas para manchar minha reputação como antes usaram para me exilar. Estou convencida de que fui banida por causa de minhas canções de amor a mulheres. As compostas para homens eram aplaudidas por todos, até pelo tirano Pitaco, acredito. As outras eram enxovalhadas por pessoas preconceituosas, infladas de capenga moralidade, inclusive algumas mulheres, dessas que dizem sim a toda besteira proferida pelo marido ou pelo pai. Você se lembra dos versos da macieira?

— Como poderia não lembrar?

— Então cante que eu quero ver.
— Como a vermelha e doce maçã
lá em cima amadurada, no ramo
mais alto, esquecida pelos colhedores.
Esquecida, não. Cresceu além de suas mãos.

— Isso mesmo, Anactória. Alguns frutos são até mais fáceis de colher com o coração do que com as mãos. Em muitos homens, minha querida, os músculos sobrepujam o coração. Por isso, são truculentos, apelam à força física ou bélica para impor sua vontade e opinião. À falta de argumentos e bom senso, decretam no grito como querem que todos procedam. E ai da pobre criatura que se comportar fora dos padrões ditados por eles. Ai de quem buscar um destino diverso do traçado por eles e regido por seus códigos. Pouco importa se a conduta da pessoa em nada interferir com a vida deles ou de quem quer que seja. Será amaldiçoada e ultrajada de qualquer maneira. Durante muito tempo, no exílio, me atormentei com esses despautérios. Por fim, sosseguei. Convenci-me de que a violenta reação de muitos homens ao amor que praticamos irrompe da mistura de ciúme e inveja. Não suportam imaginar nossas carícias delicadas, sussurros cálidos e sensuais, paixão compartilhada e ardente. E todo esse prazer fluir independente deles, indiferente à existência deles, lhes é insuportável e inadmissível. Então, em vez de procurarem desvendar nossos mistérios e descobrir o caminho para conquistar e usufruir conosco essas alegrias voluptuosas, usando mente e coração, reagem com músculos e berros, atributos dos mais fortes, ou com injúrias, o que às vezes é pior. Tenho sido alvo delas há muito tempo. Decerto, nem todas as pessoas das cidades de Lesbos são intolerantes e preconceituosas. Mas as que são sabem ferir e atingir seus objetivos. Minha briga com Caraxo, por exemplo. Você soube?

— Ouvi, sim. Aliás, todas as amigas ouviram falar dela.

— E o que ouviram? Não, não precisa responder. Já sei. Falaram a vocês que Safo brigou com seu irmão Caraxo porque estava apaixonada por ele e foi preterida em favor de uma cortesã egípcia de Alexandria. Ora, uma irmã que se preza deve ser apaixonada pelo irmão. Mas minha briga nada teve a ver com ciúme. Foi pela escolha desastrosa de Caraxo. Sofri com sua partida? Chorei? Puxei os cabelos? Urrei de raiva? Claro! Mas quem sofreu? Eles, os moralistas? O que eles têm com isso? Que mal lhes fiz?

— Calma, querida mestra. Essas emoções envenenam o sangue. Você mesma nos ensina assim. Deixe para lá os homens, são uns brutamontes. Isso, respire fundo e se acalme.

— Doce e meiga Anactória, menina bonita, preste atenção. Minha revolta é contra a atitude de certos homens, não de todos. Muitos até nos admiram, além de respeitar.

— Respeitam e admiram particularmente você, mestra. Atestam que Safo é a maior expressão intelectual e artística da ilha.

— Respeito e admiração têm duas faces: a da pessoa apreciada e a de quem aprecia. Por isso insisto com você para não julgar todos os homens por alguns. Você estaria sendo preconceituosa como aqueles que me chamam de depravada e prostituta. E não se esqueça de que essa escola foi criada com o propósito de preparar raparigas virgens para a vida e a felicidade com quem queiram casar e viver. Daqui a pouco todas vocês irão embora. Nosso convívio na escola é efêmero, como tudo na vida. Um dia você também partirá e eu continuarei aqui.

— Não quero pensar nisso, Safo. Fico triste.

— Compreendo. A separação nos fere sem piedade.

— Então se prepare para a dor, querida mestra.

— Quem é essa que chega com maus presságios, Anactória?

— É a jovem Irana, Safo.

— Qual a mensagem funesta, Irana?

— A família de Atis veio e levou-a embora.

— Ah, garota, a notícia não podia ser pior. Oh, Atis, deliciosa Atis! Oh, Eros, dociamargo Eros! O tormento me esmaga como o vento que desaba sobre os carvalhos na montanha. Meu coração, silencioso e sereno, foi apunhalado, e minha dor dele sangra gota a gota.

— Querida mestra, não sofra tanto. Não vale a pena.

— Como não, Irana? Ontem mesmo a adorada Atis jurou, enquanto chorava, com a cabeça deitada nos meus seios: me vou contra a vontade, Safo. Diga, menina, como ela partiu?

— ...

— Responda, menina, não tenha medo. Ela partiu em prantos?

— Não, mestra. Ela disse que estava noiva de um belo rapaz. Despediu-se de nós e saiu com a família, sorrindo.

— Oh, Afrodite, tecelã de tramas, socorra-me, seja piedosa! Por que Atis fez isso? Por que me abandona? Para mim seria melhor se tivesse morrido.

Seria melhor se tivesse morrido. Não suporto esse medo, esse mau pressentimento, esse pavor de acabar inválida para o resto da vida, um vegetal esparramado numa cama, inerte, alimentando-se por sonda, urinando por sonda, respirando por sonda, sobrevivendo apenas e a duras penas, inconsciente ou, pior ainda, consciente, ah, doutor, enfermeiras, socorram-me, sejam piedosos!

— E estarás morta, sem nada
deixar como lembrança de ti.

— Quanto ódio nesses versos, querida Safo. Quem merece tamanha praga?

— Todas as medíocres criaturas como Gorghó e Andrômeda.

O mundo está repleto delas, Safo. Infectam o ar, tornando-o menos respirável ainda, esse ar pesado, fedendo a podre, a morte. Vale a pena viver, lutar por uma vida a ser vivida nesse mundo degradado? Talvez valha para cantar seus versos. Mas se você soubesse...

— Ah, sedutora amiga. Abrande seu coração. Fico tensa quando a vejo assim. Volta-me à memória o dia em que Atis partiu.

— Cale-se. Nenhuma amiga deve mencionar esse nome aqui. Já sofri bastante por aquela mulher. Agora estou livre, você é minha favorita. Todavia, não quero ouvir o nome de quem me magoou tão fundamente. As outras amigas, quando completam o aprendizado e vêm se despedir de mim, lamentam com voz embargada: querida Safo, parto contra a minha vontade. Aquela a quem você se referiu virou-me as costas e se foi sorrindo.

— Está bem, mestra. Acalme-se. Suas palavras me entristecem, exceto quando declaram sua preferência por mim. Hoje sou mesmo a favorita de Safo?

— Perdoe-me, menina bonita. Minhas palavras foram injustas. Você é muito mais. Não há na terra, nem jamais haverá, donzela que a você se compare.

— Ah, você me seduz, bela mentora.

— Não precisa mentir, Anactória. Sei que me faltam encantos. Quem me dera ser linda como você, ter a pele dourada e o corpo sinuoso. Ao contrário, sou muito morena, magra e pequena.

— Pare de se menosprezar, mulher adorada. Você mesma sempre diz que a coisa mais linda da terra é o ser amado.

— E eu sou o seu ser amado, garota linda?

— Safo é minha deusa adorada.

— Uma deusa que se lamenta?

— Uma deusa temperamental, como todas.

— E o que minha súdita inigualável tem a me oferecer?

— Tudo, querida Safo. Deite-se nessas macias almofadas. Isso. Aproveitemos cada momento do dia prestes a terminar. Aspire o incenso perfumado. Segure essa taça de ouro e beba o doce vinho. Embale-se ao som da flauta e da cítara tocadas por amigas ali no jardim. Desfaçamo-nos dos braceletes e anéis. Retiremos as curtas e transparentes túnicas purpúreas. Deixe-me afagar seus negros cabelos e pousar os lábios nos seus seios mornos e macios. O sangue me queima quando seus olhos negros percorrem grutas e colinas de meu corpo.

— E eu ardo só de contemplar seu corpo, Anactória. Vou aquecer sua pele com meu amor. O dociamargo Eros, invencível serpente, outra vez me arrebata, enfeitiça e enlanguesce. Versos antigos me voltam à lembrança. Chegue à minha boca seu ouvido, vou sussurrá-los com hálito quente: toda noite de amor corre o risco de ser a última; o futuro é incerto; rogo para essa noite, junto a você, minha amada, durar duas noites.

— Será pouco, mulher, deusa. Queimo de volúpia.

— Dourada Anactória, mais do que um cavalo, fogosa; mais do que uma rosa, frágil. Que nenhum pudor nos turve os desejos. Vergar a mulher é fácil, se o fascínio da paixão lhe rouba o senso. Possa esta noite ser tantas quantas suportarem nossas forças. Derramo no seu corpo o meu, afago sua pele, me perco nos seus recantos...

Quem está me violentando?! Quem explora meu corpo inanimado, me toca, desliza as mãos em meus seios, no ventre, ah, não posso gritar, nem sei se quero...

"Nicole, já acabou o banho?"

"Estou quase, dona Solange."

"Quando terminar avise o doutor Bruno e o acompanhante."

"O professor Roberto?"

"Sim, eles estão esperando aí fora."

Roberto, meu acompanhante? Lembro do nome... namorado... não lembro da pessoa, mas não importa.

"Os senhores já podem entrar."

"Obrigado, Nicole. Como está se comportando a nossa paciente?"

"Bem, doutor."

"Vamos ver, vamos dar uma examinada nesses olhos."

"Ontem ela abriu os olhos. Dona Solange contou ao senhor?"

"Contou. Disse que foi de repente e logo depois fechou de novo."

"É, foi assim."

"Deve ter sido um reflexo involuntário. Bem, eles estão perfeitos: ambas as pupilas reagem à luz e não há desvios anormais."

"E os outros exames, doutor?"

"Quase todos estão bons, professor. Só a pesquisa de drogas é que deu alterada."

"Drogas?"

"É. Foram detectados níveis elevados de etanol e cocaína no sangue. Sua amiga estava alcoolizada e drogada quando houve o acidente."

Drogada, eu?!

"Drogada, Cláudia?! Impossível. Ela tem horror a drogas, doutor."

"Mas estava. Não admira ter caído com o carro na pirambeira. Sorte não ter morrido no acidente."

Eu me lembro do acidente. Não. Engano. Meus lapsos de lembranças revivem antigas recordações de outro desastre, muito pior, um milhão de vezes pior. Não estou no carro. Mamãe, papai e meu irmãozinho é que estão. Estou na casa de uma amiga, aos beijos com seu irmão de 13 anos, um ano mais velho que eu. Ele alisa meus seios pouco crescidos e tenta esfregar sua mão desajeitada entre minhas coxas.

"Isso é verdade. O carro acabou. Quem vê não acredita que alguém pudesse sair vivo dali. Não sobrou nada. Mas álcool e droga..."

Impossível. Você sabe, Roberto. Não aceite. Proteste. Esses exames estão errados ou foram trocados com os de outra pessoa. Você me conhece.

"Mas agora está tudo bem. Ela já respira sem a ajuda de aparelhos, os últimos exames não mostram mais vestígios daquelas substâncias e as outras taxas também estão dentro da normalidade."

"Então por que ela continua em coma, doutor?"

"Professor, isso é uma situação que eu gostaria mesmo de conversar com você. Existem vários tipos de coma, com vários níveis de profundidade. Num acidente como o da Cláudia, o que se costuma ver é o coma por TCE, traumatismo craniencefálico. A pancada na cabeça provoca fratura, hemorragia, lesão cerebral, e a pessoa entra em coma. É o pior tipo, o prognóstico quase sempre é reservado, pode haver seqüelas ou até..."

"Mas parece que não aconteceu isso com a Cláudia, não é? Pelo menos foi o que o senhor me disse."

"Sim, os exames de imagem que realizamos, radiografias, tomografias e ressonância magnética, não evidenciaram nenhuma lesão grave, só um pouco de edema cerebral, o que era de se esperar e já deve ter regredido totalmente com o tratamento."

"Então ela está em coma por causa do álcool e da cocaína?"

"Não. Essas substâncias foram detectadas nos dois primeiros exames de sangue e não mais nos seguintes. A Cláudia poderia estar em coma por algum distúrbio metabólico, quer dizer, alguma alteração nas taxas de outras substâncias orgânicas como glicose, sódio..."

"Quando as taxas dessas substâncias estiverem normais ela sairá do coma, é isso?"

"Não é o que eu ia dizer. As taxas estão normais. Não apenas elas: todos os exames, clínicos e complementares, estão normais."

"E por que ela continua assim?"

"Há duas hipóteses, e elas podem coexistir. A primeira é o que se pode chamar de coma histérico."

Histérica, eu?! Isso é demais! Esse cara não me conhece. Ele está falando de outra pessoa. Drogada, bêbada e agora histérica? O que é que ele pensa?...

"Acho essa hipótese pouco provável. A Cláudia é uma mulher controladíssima, muito segura de si."

Isso, Roberto.

"Pode ser pouco provável, mas não é impossível. Mesmo pessoas muito equilibradas emocionalmente se descontrolam em determinadas circunstâncias. Não podemos esquecer que o acidente foi terrível."

"É verdade."

"*Pois é. A segunda hipótese, que pode estar associada à primeira, é a síndrome pós-traumática. É uma ocorrência freqüente. A vítima apresenta amnésia, geralmente parcial, e em alguns casos há uma espécie de recusa a despertar e se ver deformada. São reações psíquicas e emocionais de defesa. O próprio organismo, para resguardar a sanidade mental da acidentada, tolhe a lembrança do brutal acontecimento e a visão dos ferimentos resultantes. Desse modo, a pessoa interpõe uma barreira entre ela e o mundo.*"

Estou ficando louca? Ah, Deus, prefiro morrer.

"*Mas, nas duas hipóteses, por que ela estaria inconsciente?*"

"*Talvez ela não esteja, professor. Talvez esteja só fechada em si mesma.*"

Estou só.

E foi tudo tão depressa. É breve a vida e efêmeros os afetos. Fui compelida a fechar a Escola das Amigas. Sofri com isso, claro. Hoje, passado tanto tempo, a dor amainou. Não sei quem perdeu mais, se eu ou se a cidade, porquanto uma sociedade carente de música e dança está fadada a morrer. O prazer é criativo, a alegria é fecundidade. A tristeza é irmã da morte. Embora tenha esta convicção, não consigo afastá-la de mim. Não bastasse a solidão, pesam sobre mim imprecações e mentiras, frutos podres da pequenez humana. Humilham, caluniam, amaldiçoam, inventam absurdos. Soube há pouco do meu suicídio. Espalharam por toda a ilha que me atirei de um penhasco ao saber que um tal de Faon, marinheiro, desdenhara minha paixão por ele. Quanta maldade! Mais uma difamação despejada sobre alguém cujo crime foi amar mulheres e homens, e ensinar e cantar o prazer fugidio capaz de ser fruído nessa vida precária.

Estou só. Dormi um pouco à tarde, um sono breve, porém maravilhoso. Sonhei com Anactória. Repousando a cabeça sobre mim, adormeceu nos meus seios. Despertei exultante e fui logo abatida pela solidão.

Quantas vezes me perdi de amor! Anactória seguiu as pegadas de Atis, Girina, Dika, Irana, Mnasídica, Caraxo e tantos outros e outras. Saiu da escola e não mais voltou. Tenho de me conformar, afinal criei aquela comunidade para isso mesmo: ensinar às belas raparigas arte e amor, mas não poderia exigir amor só para mim e muito menos que permanecessem para sempre a meu lado. No entanto, a dor é inevitável e me dilacera.

É meia-noite. A lua já se pôs. O tempo escorre e eu estou deitada, sozinha. Bem antes do que imaginamos, tudo acaba. Daqui a pouco, Safo e seus versos tolos desaparecerão.

O cansaço me abate. Fecho os olhos. Desmaio nos braços de Girina. Ela murmura nos meus ouvidos um suave acalanto. Safo, ela diz, o negrume do sono perturbou-lhe os sentidos. Você ficou melancólica e pessimista. A humanidade não se faz apenas de truculentos e medíocres. Suas canções ecoarão no âmago de homens e mulheres mundo afora e pela eternidade, e hão de inspirar milhares de outras canções, garantindo a imortalidade de seu nome. Alegre-se, bem-amada. Veja: Atis pega a lira, Anactória a cítara. A música nos envolve. Repouse. Com nossa melodia embalaremos seu sono:

> A coisa mais linda no mundo,
> meu bem, é quem você ama.
> E como é simples convencer a todos
> dessa verdade. Helena, a de incomparável
> formosura, viu no homem que desonraria
> Tróia o mais nobre e melhor da Terra.
>
> Fascinada de amor, o coração rendido,
> atenta ao rumo que Afrodite lhe apontava,
> esqueceu-se da filha, dos queridos pais
> e do marido, e para longe navegou.

Antes deleitar-me, querida, com a lembrança
da luminosidade de seu lindo rosto
e do jeito de andar que desperta desejos,
do que com soldados e carros de combate...

Soldados e carros de combate em volta das muralhas de Tróia durante dez anos. Mas foram dez anos de guerra? Dez anos?! Quem acredita numa história dessa? E por minha causa? Balelas! Se foram dez meses de luta foram muito.

Mais de nove anos os soldados ficaram de farra, libidinagens, bebedeiras e pilhagens nas cercanias das fortificações inexpugnáveis da cidade. De dentro da cidade ouvíamos as cantorias e os urros de safadezas. Quando aportaram, com estardalhaço de armas e berros, confesso que fiquei apavorada. A custo Páris me acalmou: "Não há como ultrapassar nossas muralhas." Dias depois podia-se dizer que a vida no palácio voltara ao normal.

Dez anos de guerra! Quem agüentaria? Lorota, como tantas outras.

Quando lembro de como fui ingênua na ocasião, tenho raiva de mim. Devia ter contestado com veemência logo que os rumores começaram a surgir. Onde estava minha decantada intuição? Mulher tão inteligente quanto bela, conforme diziam, por que não percebi que aqueles comentários, ao se espalharem feito praga, seriam admitidos como verdadeiros?

Agora é tarde. Muito tarde. Faz quase vinte anos da noite sangrenta e as versões pueris ou maliciosas tornaram-se história incontestável mesmo aos olhos de renomados estudiosos.

Consolo-me com a desculpa de que não julgava concebível, como até hoje não julgo, qualquer pessoa levar a sério a afirmativa de que reis e nobres se juntaram numa enorme campanha bélica e se lançaram ao mar para combater por dez anos uma cidade-estado a fim de resgatar uma mulher. Na época, se me falassem que alguém acreditaria nisso, ia me contorcer de rir. Nem lisonjeada eu conseguiria ficar, tal o absurdo da versão. Por mais que me quisessem convencer de minha beleza e do amor que despertava, não conteria a gargalhada. Ouvi, sim, no palácio de Príamo, o disse-que-disse, porém não me dei o trabalho de lhe dar atenção. O despropósito do boato não merecia. Para mim, ou pessoas pouco imaginativas tentavam ser galantes com a nova mulher do filho do rei ou eu era um pretexto alinhavado por gregos astutos, que a ninguém enganaria, com vistas a objetivos inconfessáveis.

Tudo se apresenta claro a meus olhos, mas só agora, nesse palácio onde me hospedo ou refugio. A paz desse jardim — coberto de violetas, rosas e jasmins e sombreado aqui por esse plátano, a mim consagrado pela amiga Polixo, rainha da Ilha de Rodes — me ajuda a discernir a verdade através da fumaça produzida pelos astutos estrategistas gregos, uma fumaça mais espessa e asfixiante que a dos incêndios de Tróia. Do lago à minha frente, onde gansos e cisnes passeiam sobre peixes dourados e vermelhos, um dos cisnes deixa a água e se aproxima com justificada desconfiança. O longo pescoço vem e volta a cada passada. Seguro o riso. Não quero assustá-lo. Rio de mim, também. Divirto-me com a idéia de que as histórias fabulosas, inacreditáveis, fazem parte de minha biografia desde sempre. E é impressionante como as pessoas são crédulas. Muitas histórias são contos de engabelar crianças e mesmo assim, com a repetição e o tempo, se sedimentaram como fatos certificados até por eruditos austeros.

Quando éramos pequenos, Leda, nossa mãe, disfarçando um sorriso maroto, respondeu à minha indagação de como viemos ao mundo contando a história do cisne. Era um branco como este que receia acercar-se de mim, porém enorme e bem mais atrevido. Três de meus irmãos e eu escutávamos atentos, enquanto Tíndaro, nosso pai, sabedor da criatividade da esposa, divertia-se com a narrativa. Leda, a rainha da preguiça, explanou como foi abusada por um grande, belo e libidinoso cisne enquanto fazia a sesta habitual à sombra de um cipreste. Algum tempo depois, encontrou dois ovos maravilhosos escondidos sob jacintos perto de onde fora surpreendente e perfidamente coberta pela ave. De um dos ovos nasceram os gêmeos Clitemnestra e Cástor; do outro, Pólux e eu, Helena. Não falou como nasceram Timandra e Filonoé, respectivamente a mais velha e a mais nova de nossas irmãs, que não estavam presentes. Se estivessem, com certeza Leda, a dos belos cachos, nos brindaria com duas outras narrativas fantásticas. Era sempre assim que acontecia. E, passados alguns instantes de estupefação após o término dos contos de mamãe, ela e papai sorriam e todos nós ríamos sem conseguir parar.

Por muito tempo continuei rindo de histórias formidáveis inventadas por uns e outros, sem imaginar que um dia alguém pudesse acreditar em várias delas. Ou usá-las com segundas intenções. Como a história dos raptos.

Ora, em Esparta, para qualquer escapadela ou aventura mais demorada se dá a desculpa de rapto. E se leva na galhofa. Pelo menos era assim, quando Tíndaro e Leda governavam com alegria e desprendimento a terra das danças, canções e liberdade de homens e mulheres.

Num dia quente e luminoso, enquanto eu brincava com algumas pepitas de ouro trazidas do leito do rio Eurotas pelas servas, um homem se aproximou de mim, sem a hesitação desse cisne que agora bica sementes no jardim. Embora velho, era empertigado e vivaz. E palrador. "Eu me chamo Teseu", ele disse. Sentou-se a meu lado e começou a falar, falar, falar. Eu ria, encantada com suas narrativas, enfeitiçada. Quando me convidou a ir até sua casa em outra cidade aceitei de imediato.

Lá fiquei alguns meses. Não havia nada de mais. No entanto, tempos depois, alguns estrangeiros relataram que esse acontecimento foi o meu primeiro rapto, do qual fui resgatada por meus irmãos indignados. Lorotas! Assim que chegamos a sua casa, Teseu foi severamente repreendido por Etra, sua mãe. "Onde você está com a cabeça?", ela bradou. "Trazer para cá uma criança. É uma menina bonita, sem dúvida, mas uma criança, sem seios, quadris ou compleição de mulher." E me tomou sob seus cuidados. Ensinou-me tudo que julgava importante, e o que Etra julgava importante não era o trivial doméstico e cotidiano, mas os temas essenciais para a vida individual e da comunidade. Passava as manhãs dissertando acerca de alimentos, flores, passarinhos, liberdade, perfumes, diversões e paz, e alertava contra o perigo das disputas e discriminações, e fazia caretas ao recriminar a brutalidade de certos comportamentos. Aprendi muito com ela. Meus pais nunca haviam me falado a respeito de governo, negócios de Estado, modos de organização e controle, comunicação e integração com os cidadãos. Para eles tudo era muito óbvio e haveria de ocorrer naturalmente, como se não houvesse outra forma de viver a não ser a dos espartanos, com prazer e autonomia.

Um dia Etra mandou um mensageiro a Esparta solicitar que alguém fosse me buscar. Meus irmãos logo se puseram a caminho. Sempre foram sequiosos por viagens e aventuras. Essa avidez por peripécias e novidades foi que os levaram, alguns anos depois, a aceitar sem titubeio o convite de Jasão para integrar o grupo de cinqüenta amigos valentes e hábeis nas mais diversas artes e ofícios em um périplo em busca do Tosão de Ouro, a lã dourada e mágica largada sobre um carvalho na longínqua Cólquida. Alguém prometera a Jasão, caso ele trouxesse o Velocino de Ouro, o trono de Iolco que lhe haviam usurpado. Ele então encomendou a Argos a construção de uma nau e convidou as cinco dezenas de argonautas para ajudá-lo na empresa. Essa participação de Cástor e Pólux acabaria sendo lamentada por eles. Se soubessem a imensidade da cobiça de Jasão não teriam ido. Depois do que Medéia fez por ele, abandoná-la? E daquela forma? "Não me és mais útil", dizem que ele disse. Sem Medéia ele não teria obtido êxito algum. Ela lhe mostrou os caminhos seguros e lhe ensinou artimanhas para se proteger e outras tantas para derrotar inimigos. Devia a ela não só o êxito como a própria vida. E aí, dez anos e dois filhos depois, resolve deixar a mulher para ficar com Creusa, a princesa de Corinto. "Não me serves mais." Patife! Ferida e humilhada, Medéia ferveu em ciúme e ódio. Reagiu. Mandou os filhos levarem seu presente de casamento para Creusa, uma prenda com veneno bastante para tirá-la, e ao pai, desse mundo. Mas essas mortes destroçariam Jasão tanto quanto ela fora destroçada? Provocar-lhe-iam exaspero, sim, por perder a oportunidade de, ingressando na nobre família, aumentar seu prestígio e riqueza. Mas só isso. E era muito pouco, para ela. Ele precisava perder muito mais. Algo que amasse, como ela perdera. E o que Jasão amava, se amava algo além de si, eram os filhos. A reação de Medéia, alimentada pela fúria insana, mas planejada com fria minúcia, cresce, atinge o ápice e nomeia-se vingança. Não importa quanto ela tivesse de sofrer. A morte dos filhos era seu chicote.

Ah, mulher, que loucura! Que vingança desmedida! Que tamanha maldição cai sobre você desde aquele dia!

O que Pólux e Cástor lamentaram, a princípio, multiplicou-se com a sucessão dos acontecimentos inauditos, culminando com o sacrifício das crianças. Ah, se tivéssemos previsto? Mas quem pode saber do futuro? Os profetas? Os oráculos? Sempre os considerei embuste interesseiro. Ou fantasias pueris, como as divertidas histórias de Leda sobre aves lúbricas que se aproveitam da distração ou ingenuidade das jovens para fecundá-las. Ou que servem de pretexto à esperteza de outras para ludibriar pais ou maridos simplórios. O mundo sempre esteve cheio dessas narrativas despretensiosas que tanto me faziam rir. Até o dia em que alguns vaticínios de doidos e inconseqüentes, cognominados adivinhos, causaram desgraças inconcebíveis bem perto de mim. Como a de minha sobrinha Ifigênia. Jamais gostei do pai dela, Agamémnon, rei de Micenas. De Micenas, não; da cobiça e do arrivismo. Minha irmã casou com ele por insistência de nossos pais, enganados com a pose do canalha. Dizer que Clitemnestra, a dos olhos sombrios, não gostava dele é minorar demais sua aversão. Ela detestava o sujeito. E com razão. Ele matara seu primeiro marido, Tântalo, e o filho deles. Que vida a sua, querida irmã! Quando penso em você envergonho-me de todas as queixas, que deixei escapar, pelos reveses por que passei. Cástor e Pólux, ao saberem dos preparativos para o casamento de Clitemnestra com Agamémnon, mandaram recado a nosso pai de que viriam dar cabo do patife. Tíndaro usou do velho expediente causador de tanto mal-entendido: aconselhou o futuro genro a raptar a filha até que ele tivesse tempo de convencer os filhos exaltados a esquecer o passado e a compreender as viravoltas dos acasos e circunstâncias desse estranho mundo.

Isso acontecia durante a hospedagem de meus pretendentes no palácio de Esparta. A fama de mulher mais bela do mundo, me disseram, chegara a todos os rincões e ali estavam dezenas de reis, nobres e chefes tribais disputando, às vezes com grosseria, a minha mão. Eu já não era a menina bonita, sem seios e sem nádegas, que acompanhara Teseu poucos anos atrás. Estava com quinze anos, transformada em uma mulher atraente, de longas pernas, belos tornozelos e cabelos mais claros que as pepitas de ouro do Eurotas. Toda aquela corte buliçosa convencia-me, enfim, de que a admiração por minha beleza era real e não amabilidade de parentes e amigos, e me trazia à memória advertências de Etra quanto aos assédios que induziria. Mais que na aparência, meu íntimo havia se desenvolvido: minha intuição inata havia se aguçado e adquiri a capacidade de conservar o tirocínio mesmo sob a carga de emoções atordoantes. Observava aqueles homens pomposamente paramentados andando pelos salões e atinava outros interesses além de em minha pessoa. Não só porque muitos se divertiam com as moças espartanas. A sucessão do trono de Esparta era um chamariz óbvio, porém não muito simples de alcançar, pois, concretizando-se a união de Agamémnon com Clitemnestra, irmã mais velha, ele haveria de assumir o posto antes de meu marido. Minha intuição alertava sobre algum ou alguns motivos da presença de tantos pretendentes, afora a propalada formosura, mas eu não conseguia identificar nenhum. Vários senões me inquietavam. Ulisses, por exemplo. O que viera fazer ali o rei de Ítaca? Não iria concorrer à minha mão, porquanto era apaixonado por minha prima Penélope. No entanto, era quem mais circulava, cochichando, confabulando com cada um dos presentes, especialmente com meus pais. Hoje, passado tanto tempo e sofrimento, vejo tudo com clareza. Naquela ocasião, a despeito de toda perspicácia aprimorada, me era impossível. As circunstâncias também dificultavam o exame detalhado das contingências: não me sobrava um instante de tranqüilidade para analisar qualquer assunto que não fosse escolher um dos pretendentes entre tantos. Via aqueles homens andando nos aposentos e jardins do palácio e entendia afinal por que, numa época remota, de acordo com Leda, a rainha matava e comia um marido a cada ano, com o pretexto de garantir boa colheita.

Enquanto me concentrava na análise de cada um, Tíndaro e Leda apareceram com sugestões. Sim, as famosas sugestões dos pais, explanadas com paciência e brandura que as tornam quase (?) irrecusáveis. Proporiam aos pretendentes, cujos ânimos já se exaltavam, um acordo de respeitarem minha escolha e aliarem-se ao escolhido na preservação do pacto. Foram sinceros ao revelar que a idéia partira de Ulisses. E, com ternura redobrada e suspeita, segredaram outra sugestão: embora respeitassem minha vontade, achavam Menelau o mais adequado dos pretendentes. Meu espanto foi descomunal. Não pude evitá-lo nem disfarçá-lo.

— Menelau?! — consegui bradar. — O irmão de Agamémnon, o canalha?!

Tíndaro e Leda logo foram afagar meus cachos louros, como costumavam fazer quando eu caía e os procurava com os joelhos ralados. Depois, ladeando-me, cada um segurando uma de minhas mãos e dando tapinhas de carinho, fundamentaram suas razões. A substituição das imagens aterradoras, que eu tinha em mente, pelas alvissareiras, não se deu com rapidez, mas também não custou muito: antes de o sol se pôr eu já anuía às ponderações deles, as quais, admito, se confirmariam no futuro. Menelau não era arrogante, prepotente, ambicioso e violento como o irmão mais velho. Era bonito e rico. Poderoso, sem a ganância do irmão. Parecia o caçula apagado na sombra do primogênito. Contudo, possuía qualidades que prenunciavam, se um dia o reino lhe coubesse, um bom governante. E eu seria a rainha que canta e dança, sensual e lírica, sucessora do reinado pacífico e alegre de Tíndaro. Garantiria a permanência do conceito de virtude como apanágio do prazer. Esparta continuaria sendo a terra onde mulheres cortesãs era expressão redundante, porquanto todas nós, com ou sem vestimentas e adornos, vivíamos prontas para a vida deleitosa. Por que pôr em risco esses costumes? "E será lindo o casamento de duas irmãs com dois irmãos", arrematou Leda, para quem a vida, no final das contas, é uma sucessão de peripécias que terminam em amenidades divertidas.

Casamos. O convívio com Menelau foi respeitoso, rotineiro e morno. Não havia amor nem paixão, mas também eu não o odiava como Clitemnestra ao novo marido. Dei à luz Hermíone, apenas, enquanto minha irmã, a despeito do nojo sentido por Agamémnon, gerou Ifigênia, Electra e Orestes.

Hermíone completara nove anos quando Páris, um dos filhos de Príamo, rei de Tróia, nos visitou. No instante em que nos olhamos soubemos de pronto que haveríamos de fundir nossos corpos cedo ou tarde. A paixão, de cujos arroubos eu até então só ouvira falar, me queria subjugada. Sensações violentas e paradoxais turbilhonavam em mim num misto de deleite e dor. O príncipe, por mais que se esforçasse, não conseguia esconder as emoções que lhe desordenavam os gestos e lhe dificultavam as conversas. No terceiro dia após sua chegada encontramo-nos no jardim, pela primeira vez a sós. Ficamos contemplando um ao outro por uma eternidade até que ele me convidou a sentar num banco de pedra para ouvir uma história fantástica, e verdadeira, segundo ele, mas que sem dúvida ele inventara para me seduzir (e sem dúvida fora bastante eficaz no seu objetivo).

"Príamo, meu pai, tem 50 filhos: 19 homens e 31 mulheres." Eu ri. Sério, ele prosseguiu: "Dos homens, o mais bonito e forte é meu irmão mais velho, Heitor." Continuei rindo e ele sério. "Hécuba, minha mãe, quando grávida de mim, sonhou que daria à luz uma tocha da qual surgiriam serpentes. Então meus pais, horrorizados, decidiram me entregar a uma serva para me matar no Monte Ida. Penalizada e acovardada, a mulher me deixou lá. Fui recolhido por pastor piedoso e criado por ele e sua bondosa mulher." Ri mais alto e aparteei: "Já ouvi uma história igual ou semelhante, ocorrida em outro lugar." "Pode ter sido coincidência", ele argumentou, "mas essa aconteceu em Tróia. Você acredita?" Como poderia dizer não? Acenei que sim, sem conseguir deixar de sorrir. "Pois bem. Ao completar a juventude, todos no vilarejo me consideravam perspicaz e atlético. Essa fama chegou aos ouvidos de Hermes." "O filho de Zeus?!" "Sim, o melhor intérprete da vontade divina. Uma tarde, quando eu descansava do pastoreio, ele me abordou, solicitando ajuda." "Ele teve essa audácia? É muito atrevimento!" "Você acha que estou mentindo?" "De jeito nenhum. O que o inconveniente queria?" "Apaziguar uma briga antiga." "E você conseguiu, claro." "Modéstia à parte, sim. E depois disso meus pais verdadeiros me reconheceram e me levaram para o palácio." "E que briga foi aquela?" "A das deusas mais belas, você não sabe? Então eu conto: quando

Peleu e Tétis, futuros pais de Aquiles, resolveram se casar, convidaram todos os deuses e deusas para a festa, exceto Éris. No meio da cerimônia, Éris entrou de repente e pôs na mesa um pomo de ouro onde estava escrito 'Para a mais bela'. O fruto foi reivindicado com gana por três formosas deusas: Hera, Atena e Afrodite. Éris atingiu seu objetivo: fez daquele presente o Pomo da Discórdia. Zeus, irritado com a balbúrdia, encarregou Hermes de dar fim à contenda. Ele então me procurou. 'Confio no seu juízo', afirmou, e me mostrou as três lindas deusas para que julgasse qual a mais bela. De que você ri? De nada? Duvida? Não? Ah, bem. Pois elas tentaram me subornar. Cada uma prometeu recompensar-me se fosse escolhida. Hera me tornaria poderoso e o mais rico dos homens; Atena me daria habilidade para vencer todas as batalhas, além de tornar-me o homem mais belo e sábio; e Afrodite, garantiu-me o amor da mais bela mulher do mundo, Helena."

Tentei conservar o sorriso, mas o descompasso do coração impossibilitava qualquer encenação, o ouvido zumbia, o ar me abrasava, uma nuvem branca me envolvia.

"Preciso dizer que escolhi Afrodite?", ele completou, enquanto eu ruborizava pela primeira e única vez na vida.

O acaso — essa eventualidade crucial à felicidade ou desgraça de qualquer um — favoreceu nossa união. Chegou ao palácio a notícia da morte de Catreu, avô de Menelau. Este cuidou logo de viajar para participar das cerimônias de sepultamento.

Páris e eu pudemos nos embrenhar na paixão, entrelaçados, ardentes, desvairados. Ela nos extasiava e machucava ao mesmo tempo. Páris não conseguia aplacar seus desejos. Se sou realmente bela, aos 25 anos então estava no apogeu. E açulava ainda mais a sede por meu corpo. Começava negando, arredando-me, para melhor ser vencida (vencer) e ser sacrificada (sacrificar). Embriagava-me de pouco vinho e muita volúpia e me deixava possuir, e possuía o belo amado, viril e assíduo.

Eu queria saciar os desejos, acumulados durante tantos anos, em poucos dias, até o regresso de Menelau. Otimismo ingênuo. O sol sucedia a lua e ela a ele sem que aquele incêndio abrandasse em nós. Preciso de mais tempo, pensei. Qual a solução? A de sempre: a desculpa galhofeira e provisória do rapto. Menelau se irritaria, talvez a solidão lhe abatesse o ânimo por alguns dias, mas não haveria maiores conseqüências. Nós não nos amávamos. Nossa relação era formal, cortês e sem arroubos. Ele era homem de sexualidade reles. É claro que meu corpo excitou-o com freqüência e intensidade nos primeiros meses do casamento. Contudo, sem amor e paixão, o interesse declinou e se conformou em encontros de rotina para alívio das tensões naturais. Menelau iria se acalmar e eu, saciada após um ou dois meses de delírios, retornaria a Esparta para os deveres da casa e do trono. Embora em meio ao arrebatamento dos sentidos, eu me gabava de saber, com esforço da razão, a fugacidade das emoções, mesmo as abrasadoras como aquelas.

Convoquei as servas e escolhi as que me acompanhariam. Na despedida, reuni as que permaneceriam no palácio. Deixei Hermíone sob os cuidados da mais madura entre elas e expliquei a todas que seguiria Páris porque ele ameaçara matar minha filha caso fosse contrariado.

Eu sabia o que estava fazendo. Conhecia Hermíone muito bem. Ela estava crescidinha e sempre fora mais chegada ao pai. Ficaria melhor com ele. Além disso, evitaria o pretexto de perseguição para resgate da descendência. De qualquer modo, logo, logo eu estaria de volta.

Algum tempo depois os maledicentes espalhavam que abandonei marido, pais e filha sem voltar-lhe sequer um pensamento. Quanta maldade!

Tróia era uma cidade pequena e rica à beira-mar, no Estreito do Dodecaneso. Já atingira o ápice da prosperidade. Conseqüentemente, o excesso de ócio e festas gerava certa sensação de fastio prenunciador de decadência. Príamo, Hécuba e seus filhos pareciam não perceber a conjuntura em que viviam. "Tróia é das mulheres", proclamava Páris. "Você, minhas irmãs e cunhadas decidirão sobre a vida e os negócios da cidade." A princípio julguei que ele estivesse proferindo meras cortesias para me adular. Cedo vi que não. As troianas eram mescla de deusas e libertinas. Ditavam os costumes daquela sociedade em que ninguém pensava em guerra: mulheres e homens interessavam-se por roupas vistosas, jóias, perfumes, boa comida e bebida, refinamento e diversões. Assemelhava-se a Esparta. Nada era mais natural e óbvio nas duas cidades que o culto à sensualidade. Os povos sabiam viver com alegria. A fruição do prazer era a maior virtude.

As mulheres mais influentes no palácio e no governo eram a rainha Hécuba, Cassandra, sua filha mais velha, e Andrômaca, esposa de Heitor. Poucos dias após minha chegada fui integrada a esse grupo, ainda constrangida pelo afastamento de Enone, mulher de Páris, de cuja existência só fui saber quando já estava lá, o que não quer dizer que, se soubesse antes, não teria dado os passos que dei. Superado o mal-estar inicial, minha vida se tornou uma incessante fruição de prazeres. O tempo corria e eu não vislumbrava o esgotamento da paixão, o esmaecimento dos delírios para poder retornar a Esparta, saciada e em paz.

Surpreendi-me ao ver desembarcar em Ílion, onde Tróia se estende, a enorme expedição. Ao me informarem que o intuito de todo aquele aparato visava apenas me resgatar e reagir à ofensa sofrida por um marido ultrajado, não contive o riso, mesmo diante da ameaça colossal. A pilhéria tinha graça. Para mim, não para os outros. Em Andrômaca e Cassandra, de hábito circunspectas, a seriedade era de se esperar. Quanto aos demais, pensei que fossem responder com descrédito zombeteiro àquela notícia. Mas logo vi que meus amigos troianos desconheciam certos costumes e tradições espartanos, como as criativas histórias que lá contávamos para nosso entretenimento e a forma de encararmos o adultério, com grande condescendência e até como método eficaz de educar o controle sobre ciúmes exagerados. Meu riso solitário transmudou-se em espanto à medida que as pessoas insistiam, sérias, na absurda versão, acrescentando detalhes sobre o acordo firmado por meus antigos pretendentes, a maioria dos quais presente no comando de seus exércitos ali desembarcados.

Havia muito eu nem lembrava mais do tal pacto, mas ao ouvir troianos se referindo a ele me dei conta de que não estavam brincando. Ulisses o desenterrara e convocara os reis, nobres e chefes tribais para navegarem ao reino do raptor da mulher de Menelau, a mais bela do mundo. A história fantasiosa deixava de ser engraçada como as de Leda. Percebi que me usavam como subterfúgio para atacar Tróia. Súbito, todo o ardil se esclareceu: a reunião dos pretendentes, articulada e conduzida por Ulisses, serviu para congregar os soberanos helenos e lhes conferir poder avassalador.

Enéias instou que me devolvessem. Recebeu de Páris um desdenhoso não como resposta. Lembro-me perfeitamente de suas palavras (e como poderia esquecer?): "Em primeiro lugar, Helena é minha própria vida", ele declarou, olhando de soslaio meu peito se encher de admiração e enlevo. "Em segundo lugar, não creio que desistiriam da peleja se lhes entregássemos Helena." Meu amado não era tolo. Percebera também a existência de outro objetivo, mais amplo e desastroso para a cidade-estado: sua invasão e conquista.

A expedição inteira era comandada por Agamémnon, rei de Micenas, irmão sangüinário do marido ofendido. A seu lado, além dos reis e nobres que, cerca de dez anos atrás, circularam em torno de mim no palácio de Esparta, postava-se Aquiles, o guerreiro considerado indispensável por Ulisses ao sucesso da empreitada.

O cisne até se assustou com essas minhas lembranças. Ou foi porque pensei alto? A solidão me faz falar sozinha de vez em quando. Vem, ave desengonçada, parenta minha. Não tenha medo. Isso, chegue-se mais.

O cerco a Tróia se estabeleceu. Para além das muralhas se instalaram milhares de tendas e se espalharam os carros de combate, catapultas, aríetes, cavalos e soldados. Tensão, ansiedade e medo nos assaltaram. Páris, altivo e sereno, nos tranqüilizou: "Tróia é inexpugnável." E, à medida que os dias e os meses passavam nossa tranqüilidade acabou por se consolidar, sem embargo do alvoroço nos arredores.

Passaram-se anos. De guerra? Ao contrário, de folias e orgias nos povoados em volta das fortificações, suspensas apenas esporadicamente para breves arremetidas até o limite dos muros. Eram quase ininterruptas as libidinagens com prostitutas locais ou de Tróia, que se esgueiravam para fora da cidade. Havia facilidade em sair e entrar na cidade. Não um exército: pessoas isoladas. Mensageiros, prostitutas e até espiões, sob reles disfarces, transitavam de um a outro lado.

Do alto das torres podia-se ver o movimento em torno das muralhas, nos lugarejos circunvizinhos. O som das melodias e danças, estimuladas por jarros de vinho, às vezes ultrapassava as maciças e largas pedras e invadia o palácio. Campos mais distantes, soubemos, foram saqueados. Nos vilarejos próximos as escaramuças de soldados com habitantes locais faziam parte do dia-a-dia, pois milhares de homens precisavam comer e beber. Mas a terra era pródiga. Sorte deles e dos campesinos, senão, em poucas semanas, fome e doenças eliminariam todos.

No interior do palácio e na cidade a vida voltava praticamente ao normal. De vez em quando bolas incandescentes lançadas por catapultas caíam na cidade e logo centenas de guerreiros troianos saíam a enfrentar os inimigos. Nesses dias eu me sentia tensa e minhas servas se apressavam a apaziguar-me os nervos usando os métodos empregados no preparo dos noivos: aprontavam-me um banho quente com ervas calmantes e depois me massageavam com óleos perfumados.

O otimismo de Páris tinha fôlego de gato. A Heitor, seu irmão, tentava sossegar com a ponderação de que os aqueus, após tantos anos e gastos, cedo desistiriam do sítio e voltariam a suas casas. Eu concordava. Convencera-me de que o objetivo principal de Ulisses era constituir uma federação grega poderosa. O primeiro passo fora dado vinte anos atrás ao reunir em Esparta, com o consentimento de Tíndaro e Leda, reis, nobres e chefes tribais com o pretexto de me cortejarem. O acordo de solidariedade ali realizado foi na verdade a primeira aliança firmada por helenos de diversos reinos. Os nove anos de assédio a Tróia com certeza foram suficientes para consolidar a federação. Durante esse tempo, aqueles chefes se conheceram melhor e muitos se tornaram amigos. Poderiam voltar para casa, pensávamos eu e Páris. Ou tentávamos nos enganar. Pois ali permaneciam eles, armados, prontos para o combate. Por que não conquistar Tróia e dominar o Estreito do Dodecaneso, a via de acesso às riquezas da Ásia? E Agamémnon jamais abdicaria da oportunidade de dar pasto à sua cupidez e de caçar a glória para sua soberba. E foi o que aconteceu: pôs Menelau à frente, a bradar por meu resgate. Disseram-me, na ocasião, que Páris resolveu enfrentá-lo. "A guerra será decidida pela luta entre nós dois", teria ele dito. Depois fiquei sabendo que a idéia não partira dele. Ao contrário, refutara-a. Só após ser chamado aos brios pelo irmão mais velho é que aceitou a sugestão. Príamo foi convocado a selar o acordo. De qualquer modo, o resultado foi pífio. Páris encontrou um meio de sumir das vistas do adversário e disse depois que foi obra dos deuses o transporte dele do campo de luta para o nosso quarto, num passe de mágica. Meu amado era mesmo um mestre na invenção de lorotas.

A longa duração do sítio se deveu em grande parte à desavença de Aquiles com Agamémnon. Não fosse ela, nossa tranqüilidade não teria durado tanto. Níobe, uma de minhas servas, sabia das fofocas que corriam na cidade e me contou:

"Num dos ataques comandados por Aquiles nas cercanias de Tróia, Criseida, filha de Crisos, sacerdote do templo de Apolo, fez parte dos tesouros saqueados e ofertados a Agamémnon. O sujeito, ao bater os olhos naquela formosura, caiu de amores por ela. O pai da moça apelou à compaixão dele e foi repelido com impropérios e ameaças. Crisos, então, rogou a intervenção de Apolo e uma praga se abateu sobre o acampamento. Aquiles exigiu a devolução de Criseida ao pai. Agamémnon disse concordar, desde que Briseida, escrava de Aquiles, ficasse no lugar de Criseida. Aquiles tentou se safar da condição: propôs a Agamémnon devolver Criseida e esperar até a queda de Tróia para receber Briseida, mas o safado não concordou: abriu mão da filha de Crisos, para satisfazer os anseios dos que se afligiam com a praga, e se apossou de Briseida, por quem Aquiles estava apaixonado. Ao saber da decisão, Aquiles saiu bufando e se fechou em sua tenda. Recusou-se a lutar e a comparecer às reuniões do conselho. Quis voltar para casa com seus guerreiros, os terríveis mirmidões, e foi preciso Ulisses e Nestor convencerem os soldados a não desistir, apesar do endurecimento das lutas eventuais contra nossos queridos amigos. Agamémnon viu a besteira que fez — mais uma, a senhora sabe, não tão feia como a da pobre Ifigênia, sua sobrinha, mas não deixa de ser outra maldade — e quis voltar atrás. Jurou não haver tocado em Briseida e ofereceu-a de volta a Aquiles, junto a muitas riquezas. Tudo em vão. Aquiles estava irredutível e os soldados, desestimulados. Pátroclo, amigo e amante de Aquiles, pediu-lhe permissão para se travestir com sua armadura e liderar os mirmidões, a fim de incentivar os soldados e aterrorizar os inimigos. A situação está nesse pé."

O relato de Níobe evocou Ifigênia. É a segunda vez, hoje, que a lembrança dela me assola. Apartei-me dela quanto pude. Tomo coragem. Embora me magoe demais, deixo a memória aflorar. Agamémnon era tão insensível e egoísta que, por impaciência de suportar uma calmaria no percurso até Ílion, foi capaz de acreditar na predição alucinada de um tal profeta Calcas de que bastaria imolar Ifigênia, sua filha com Clitemnestra, para a deusa Ártemis ordenar o retorno dos ventos. Após breve hesitação, o crápula mandou mensagem à filha, convencendo-a a viajar para se casar com Aquiles. Minha sobrinha, doce e crédula, foi. Sobre o altar, em vez de um noivo, encontrou a morte. Cassandra, irmã de Páris, envolvida em assuntos de profecias, me assegurou que no último instante Ifigênia foi substituída por um cervo e salva pela deusa Ártemis, penalizada. Acho que isso aconteceu só na cabeça dela. Em Clitemnestra foi mais um golpe desferido por Agamémnon. Até então resistira ao cortejo de Egisto, irmão de Tântalo, seu primeiro marido. Quando soube da desdita de Ifigênia, aninhou seu desespero nos braços do ex-cunhado.

Não creio em profecias, oráculos, o que seja. Se acreditasse talvez sofresse menos essas tragédias todas. É o destino, diria a mim mesma, confortando-me. Mas não consigo. Jamais acreditei, como jamais pude crer naqueles endeusados heróis. Era voz corrente que Ulisses, o famoso rei de Ítaca, ao saber da profecia de que ficaria afastado de casa por vinte anos, se fingiu de louco para não ir à guerra, mesmo sabendo que seria uma oportunidade para estreitar os laços da aliança entre os soberanos helênicos. Atrelou ao arado um burro ao lado de um boi e saiu com os animais assincrônicos ziguezagueando pelo campo. Palamedes, que o fora buscar, desconfiou da tramóia. Pegou Telêmaco das mãos de Penélope e o colocou diante do arado. Ulisses, mostrando que não era insano, denunciou-se ao se desviar do filho. Aquiles, por sua vez, foi mandado para o palácio do rei Licomedes, em Ciros, pelos pais. Disfarçou-se de mulher, junto às filhas do rei. Ulisses, já conformado com sua sina, foi a Ciros buscar Aquiles, a quem julgava indispensável à vitória. Viu a encenação e desmascarou o pilantra: distribuiu presentes às moças e fez soar ruídos de batalha fora dos aposentos. Enquanto as mulheres fugiam apavoradas, Aquiles empunhava armas que estavam escondidas sob as roupas e permanecia pronto para a luta. Mais tarde, quando a expedição já se estabelecera em Ílion, soube-se que Deidamia, uma das filhas do rei Licomedes, dera à luz um filho de Aquiles.

    Após relutar bastante, Aquiles concordou com a proposta de Pátroclo, para desgraça de ambos. Fantasiado de Aquiles, seu amigo e amante entusiasmou os mirmidões e desafiou os brios do inimigo. Heitor, o maior guerreiro troiano, enfrentou e matou Pátroclo. As comemorações pelo feito duraram pouco, só o tempo de recebermos a informação de que Aquiles continuava vivo. E furibundo, para desgraça de todos. Reconciliou-se com Agamémnon e decidiu voltar à luta, agora tresvariado de cólera pela perda de Pátroclo. À falta do companheiro somava-se o sentimento de culpa. Armou uma emboscada para Heitor e o aniquilou. As amazonas e os etíopes, aliados dos troianos que vieram ajudá-los, foram também vencidos pelo furacão em que se transformara Aquiles. Mas era pouco, a seu ver, para vingar a morte de Pátroclo. Amarrou o cadáver de Heitor pelos pés na carruagem e o arrastou ao redor das muralhas para que todos vissem.

Depois, no acampamento, largou o corpo do príncipe ao léu durante dias, exposto a animais, enquanto preparava belo funeral para seu companheiro. Concluída a feitura de urna dourada onde descansariam os ossos de Pátroclo, Aquiles novamente se apossou do cadáver de Heitor e o arrastou três vezes em volta da urna. Afronta e profanação tamanhas consternavam a todos. Príamo, arrasado, humilhou-se. Rogou ao verdugo os restos mortais do filho. Não era mais um rei a reivindicar um direito; era um pai em prantos a implorar piedade. Aquiles se comoveu, enfim. Entregou-lhe o que fora o nobre Heitor e decretou onze dias de trégua para celebração do funeral.

Mas a ira se inflamara. A luta aqueceria. De um lado, Aquiles inconformado com a perda de Pátroclo. De outro, Páris, sofrendo a morte de Heitor e o ultraje a que o corpo havia sido submetido. Pela primeira vez vi Páris se interessar pela guerra. Uma noite surpreendi-o colocando veneno nas flechas. "Vou matar Aquiles", asseverou, convicto. Acenei que sim. Não questionei os meios. Veneno, armadilha, tocaia, qualquer estratégia seria válida. E ele primava mais pela lucidez e argúcia que por ousadia e destemor. Que usasse seus dons da melhor maneira. Embora não fosse tão exímio arqueiro quanto Heitor, Páris não ficava muito atrás. No dia seguinte, à tardinha, soubemos que ele ferira Aquiles no peito, na coxa e no calcanhar.

A morte de Aquiles foi festejada com cantos e danças. O vinho pouco descansava nas taças de ouro. Dias depois encontrei Príamo e Hécuba muito preocupados. Chegara-lhes a mensagem de que Filoctetes, famoso por sua habilidade com armas e venenos, havia sido chamado para ajudar o comandante Agamémnon.

A morte de Aquiles e Heitor acirrou rancores em gregos e troianos. Após nove anos de sítio improdutivo e não amedrontador, guerreiros se dispunham a lutar no lado de fora das muralhas da cidade com muito mais freqüência e intensidade. E foi em um desses combates que Filoctetes feriu Páris. Trazido ao palácio, meu amado, lívido, agonizava. Flechado no ombro, sucumbia ao efeito do veneno. "Chamem Enone", pedi. A esposa de Páris, afastada desde que eu chegara, era quem mais conhecia ervas medicinais. A pobre mulher atendeu o apelo de imediato. Em lágrimas, deu de beber ao marido infiel as infusões mais eficazes e pôs na ferida emplastros com folhas de diversas plantas milagrosas. Aguardando o efeito dos tratamentos, acariciava e beijava o rosto exangue de Páris, sem parar de chorar.

Vi-me perdida quando ele morreu. Vi-me, acima de tudo e pela primeira vez, uma estrangeira naquele lugar, embora as mãos de Cassandra e Andrômaca não parassem de me amparar e consolar. Vi-me estrangeira não só naquele palácio, naquela cidade, mas no mundo. Nada mais tinha valor.

No dia seguinte à morte de Páris nos veio a notícia de que Enone havia se matado.

Eu vivia em estado letárgico. Quando anunciaram a morte do rei Príamo, custei a entender. "Foi Neoptólemo, o filho de Aquiles", alguém gritou.

Um dia, não sei quando, Cassandra me falou: "Você vai casar com meu irmão Deífobo. Ele sempre foi louco por você, como todos os demais, mas o direito é dele, pois é o sucessor de nosso pai." Ah, querido Páris, lamentei, você se enganou duas vezes. Não há estado inexpugnável e Tróia não é das mulheres. A jactância é a fresta pela qual penetra a corrosão, seja num homem ou num império. E a partir de agora Tróia é dos homens.

Pouco tempo depois, um tal de Sínon informou que os gregos haviam desistido da guerra e partido, deixando uma oferenda à deusa Cibele para que ela protegesse os troianos. Era um enorme cavalo de madeira feito por Epeu, engenhoso construtor de catapultas e aríetes. Todos corremos a ver o acampamento inimigo. Estava vazio. No mar, ao longe, os navios se afastavam. Dentro do palácio houve alívio. Na cidade, festa. Contra a vontade de Cassandra, que em tudo antevia indícios funestos, os portões invulneráveis foram abertos e o cavalo puxado com cordas para dentro da muralha, ao som dos urros e risos dos cidadãos em torno. O dia inteiro foi de danças, canções e vinho. O povo se embriagou, e com razão. À noite, no entanto, aconteceu o que todos sabem. Do interior do cavalo saltaram Ulisses, Menelau, Neoptólemo e outros dos melhores guerreiros de Agamémnon. Tróia caiu em uma noite de carnificina. Sínon era um falso mensageiro, espião dos gregos, designado para nos iludir. Os navios que saíram de Ílion, esconderam-se detrás das Ilhas Calidnes e, ao cair da noite, retornaram. Vencida a muralha, não havia resistência em Tróia. Além do mais, o povo jazia inerte, alcoolizado. A cidade foi quase toda incendiada. Poucos troianos foram poupados e raros conseguiram fugir.

O palácio foi invadido. Vi Menelau avançar contra mim com a espada erguida acima de sua cabeça e, num átimo, segurei Deífobo e me protegi atrás dele. O golpe cortou-lhe a garganta e amainou um pouco a raiva do agressor. Viu meu rosto transtornado, sofrido e alheado pelos últimos infortúnios, e conteve os ímpetos mortais.

Fui parte de seus despojos. Antes isso que ficar à sanha e cobiça dos guerreiros. Cassandra foi desvirginada por Ájax Telamônio no templo. Na manhã seguinte, Agamémnon, sem saber da infâmia, tomou-a para si, ardendo de desejo. Andrômaca foi feita escrava por Neoptólemo, o autor da morte de seu filho, seu pai e sua irmã Polixena — de beleza insuperável — e filho do assassino de Heitor. Como se não bastasse tanta ignomínia, o cretino ansiava pelo amor de sua presa e não apenas por seu corpo, cuja posse detinha como despojo legítimo. Queria o impossível, claro. Quem esposou Heitor jamais amaria um miserável daquele.

Esses cretinos tiveram fins trágicos. Ainda bem. Ao menos no caso deles a justiça foi feita. Agamémnon, ao chegar em Micenas, foi recebido por um cutelo de bronze na cabeça, desferido por Clitemnestra, auxiliada por Egisto, seu amante. Minha irmã, a dos olhos sombrios, vingava a morte de Tântalo e de dois filhos. Livrou o mundo de uma praga ao dar vazão à loucura que durante todo o tempo dormitara no seu âmago. É um traço familiar. Nossas irmãs Timandra e Filonoé havia anos permaneciam reclusas por causa de suas alucinações.

Para minha tristeza, Hermíone se apaixonou por Neoptólemo. O safado, de olho no trono, casou-se com minha filha, embora continuasse obcecado por Andrômaca, a quem conservava para lhe servir.

Como são esquisitas e diferentes as pessoas! Cada uma vê as coisas a seu modo. Os filhos, então, nem se fala: raramente enxergam o mundo como os pais. Para Electra e Orestes, meus sobrinhos, a mãe matara o marido para ficar com o amante. Não atinavam com a dor e humilhação de Clitemnestra por anos a fio. Para eles, a mãe era a vilã e o pai, aquele crápula, a vítima. A ser vingada. Eram pequenos na época. Mas a sombra funesta dos olhos de Clitemnestra já se podia ver nos olhos deles. Tiveram tempo de alimentar o ódio a minha irmã e a Egisto até o dia em que Orestes, incentivado por Electra, matou os dois.

E esse mesmo Orestes era apaixonado por Hermíone. Desde criança dizia que a prima lhe estava destinada. "Faço qualquer coisa por você", confessou-lhe, ao encontrá-la casada. E fez. Minha filha, revelando a insanidade hereditária, pediu-lhe que matasse Andrômaca, sua involuntária e desventurada rival. Orestes aproveitou a oportunidade para satisfazer o desejo de Hermíone e o seu próprio: assassinou a majestosa Andrômaca e o calhorda Neoptólemo. Convenceu a prima de que era melhor assim e ficou com a boba. Pobre Hermíone, além de herdar a loucura casou-se com ela por duas vezes.

Após a queda de Tróia voltei a Esparta com Menelau. Meu estado letárgico perdurou por meses. A morte de Tíndaro e a coroação de Menelau foram notícias que soaram na minha cabeça como zumbidos de gafanhotos, atordoando-me mais ainda. Não sei como sobrevivi. Não sei como sobrevivi sem ser tomada de completa loucura.

Menelau, contudo, não era Agamémnon. Preocupava-se comigo. Ajudou-me. Insistiu para que me interessasse nos negócios do governo. Dizia ser necessário manter acesa a chama do matriarcado em Esparta. Ele não se interessava muito em governar, preferia acomodar-se no ócio e nos prazeres da mesa. Caberia a mim influenciar nos costumes e negócios do povo, praticando o que aprendera com meus pais, Etra e os troianos, além do que inventasse.

Era hora de apagar a memória da guerra e seus produtos nefastos imediatos — penúria, viuvez e orfandade — e tardios — crenças exóticas, superstições, depressão e imolações de crianças e virgens. O mundo de prazer, feito de cantos, danças e amores, especialmente em festas de fertilidade, por tanto tempo desfrutado, podia então ressurgir pelas minhas mãos. Aproveitando-me da inoperância e da omissão de Menelau, cujos olhos voltavam-se apenas para si mesmo, pude exercer o poder e a liberdade. Pus em prática meus conceitos de uma vida alegre na comunidade.

E bem devagar retornei à vida privada. Aos poucos, redescobri-me. Criei uma nova Helena, mais madura, serena e estável. Até o ponto de resolver usufruir prazeres com alguns poucos nobres, eventuais hóspedes do palácio. Até então mantivera o recato de esposa, resistindo às investidas discretas ou ousadas. Um dia, resolvi livrar-me de todos os embustes. Eu não era esposa. Nunca fora esposa de ninguém. E exercia fascínio aos olhos de homens e mulheres. Por que o recato, o pudor? Minha reputação de promíscua, mulher que dormira com deuses e o mundo era totalmente injusta. Até aquele dia, afora brincadeiras normais e sem conseqüências na juventude, só recebera entre as coxas três homens: Menelau, Páris e Deífobo, dos quais dois me foram impingidos. Fui joguete de um e despojo de outro, nunca esposa. Amante, sim, de Páris, e como! Depravação? Depravação entre duas pessoas nada mais é do que prazer livre de censuras e constrangimento. Fui alcunhada de todos os títulos degradantes. Deusa das cortesãs, prostitutas, adúlteras, volúveis, promíscuas e, pior, fúteis. Bruxa. De um eu gosto: sacerdotisa do amor. Promíscua? Afora brincadeiras infanto-juvenis com irmãos, irmãs, primos, primas e servas, durante as quais nós ríamos mais do que gozávamos, copulei com meia dúzia de pessoas em toda a vida. Traí? A quem, se nunca me senti esposa? E umas poucas aventuras compensatórias ao descaso de Menelau não podem ser rotuladas de traição ou adultério.

Aprendi a arte da serenidade e lucidez. No pandemônio das paixões, costumamos desejar o que vemos, tonteamos de excitação, atordoamo-nos, enlouquecemos e ofertamos o que temos e o que não temos. Cultivei a capacidade de readquirir equilíbrio e raciocínio para preservar a individualidade e a liberdade, a despeito da entrega às alucinadas lascívias e aos delirantes orgasmos. A beleza enaltecida foi a culpada das alcunhas e das imaginadas aventuras. A beleza é maldita? E a paixão que ela desencadeia e da qual se nutre, também é?

A beleza é maldita, Helena. Sempre foi a culpada de grandes desgraças. Mas a falta dela é também uma maldição. Não possuir o corpo perfeito, o rosto deslumbrante, é inaceitável. As que não são como você, ou próximas de sua formosura, são postas à margem. Eu que o diga. Aquela a quem a natureza ou a idade negam a silhueta e o semblante perfeitos, definidos pelos seus contemporâneos, sofrerá a maldição do desdém, da exclusão. E acredite, Helena: entre a maldição da beleza inigualável e a da ausência dela, é preferível a primeira.

Tenho dúvidas. Hoje tenho dúvidas até dessa beleza. Com tanta mulher linda em toda parte, seria possível uma sobressair tanto a ponto de ofuscar a beleza de todas as outras? E só a afortunada é capaz de atrair o desejo de homens e mulheres? Muita lenda!

Acho que não, Helena.

Se sou dotada de alguma beleza ela é comparável à de muitas mulheres. Acho que possuo dois atributos que despertam a paixão. Um é a intuição para conhecer os desejos e pensamentos das pessoas. O outro é a exteriorização espontânea, involuntária e inata da volúpia, que salta aos olhos de quem contempla meu corpo, meu olhar, meu riso solto, meus gestos, meu jeito de andar. Ou é o tanto de loucura que me coube da família de Leda e que de mim se exala e fascina com promessas de perigosos ardores e desvarios.

Uma vez que meus casamentos foram tramados por outros, independentemente de minha vontade, e que eu carregava tamanha fama de libertina, era justo que usufruísse, ao menos um pouco, dos prazeres do sexo, após a perda irreparável de Páris. Mas dessa vez eu haveria de escolher. Ah, o poder e a liberdade de viver segundo o próprio desejo! A consciência do próprio valor! Usei astúcias que barram a velhice. Adornei-me de jóias entalhadas por Hefesto, o coxo talentoso, amado por belas mulheres, que afirmavam ser seus atributos e suas habilidades no leito infinitamente mais maravilhosos que suas belíssimas jóias. Não me pejo de confessar que me sinto algo frustrada por não ter tido nunca oportunidade de me entregar a um coxo. Eu via hóspedes no palácio, sedentos de meu corpo, a boca seca, os olhos ardendo, faiscantes, e desdenhava-os. Quando algum me agradava, aceitava-o. Até estimulava sua investida. E nos deleitávamos à exaustão.

A morte de Menelau pôs fim a tudo. Um tal de Nicostrato apareceu, proclamando-se filho do rei e herdeiro do trono. Decretou medidas tirânicas de governo e me expulsou de Esparta. Vali-me da amizade da rainha Polixo e vim para Rodes.

Sei de minha fama, espalhada por toda parte. Sou a bruxa maldita responsável pela guerra e tantas mortes. Logo eu, amante da candura e das delícias da vida. Mas fama é nódoa difícil de remover. Quando cheguei aqui, notei nos olhos de Polixo — até ela! — certo desconforto. Seu marido morreu em Tróia. Ela sabe que não tenho culpa, que também sou vítima. Mesmo assim, sei, fica um mal-estar irremediável. E para quem não me conhece a fundo, o que fica é o rancor. A serva favorita de Polixo também perdeu o marido na guerra e, por mais que eu tente mirar seus olhos, ela os desvia. Eu queria mostrar a ela o disparate dos rumores. Uma guerra daquela por causa de uma mulher! Que desculpa risível!

Hoje sei os motivos da grande campanha. Foram vários. E em nenhum deles estou incluída. Se tudo aquilo fosse feito por causa de uma mulher seria até interessante: provaria a falta de bom senso e tirocínio dos homens para cuidar dos negócios do Estado.

Mas eles não são tão tolos. Os gregos almejavam vários tesouros além dos saques: consolidar a federação grega; exaltar o orgulho e a glória dos soberanos com a vitória; obter o controle do

Helesponto, o Estreito do Dodecaneso, a passagem para o Oriente, a abertura para colherem a sabedoria e as riquezas do Oriente; e extinguir o matriarcado desde a raiz, dar fim ao império da liberdade, da paixão e da alegria, onde o sentido da vida era bem claro: viver, pois o resto é invenção do inconformismo diante da finitude de tudo. Um reino de liberdade e prazer, sob a égide de uma rainha amante de dança, canções, vinho e volúpias é exemplo temerário e deve ser abolido quanto antes e para sempre. O medo do riso existe e é poderoso.

O cisne desistiu de minhas recordações. Afastou-se. Preferiu a placidez do lago. Tem razão. Por que se afligir com tanto ódio, fúria e sangue? Só quem não pode viver sem se sensibilizar com eles é que se deixa envolver. Pudesse eu expurgar de mim as incontáveis tragédias! Pudesse expurgá-las do mundo! Melhor: pudesse impedi-las de acontecer! Ah, se a Terra fosse toda feita de paz como esse jardim perfumado e fresco, cujos únicos sons são das folhas do plátano na brisa e dos trinos dos rouxinóis!

Parece que chega alguém. Ouço passos cuidadosos no cascalho. Deve ser a amiga Polixo.

Oh! O que é isso?! Essas mãos em minha garganta?! Polixo?! Não, seus dedos são delicados e finos, diferentes destes, de mulher, sim, mas fortes, tenazes. É a escrava que me enforca, me pune pela morte do marido. É a ira, concentrada nesses dedos, de todos os injustos que me acusam e maldizem pelos infortúnios causados por minha beleza. Não consigo respirar... o coração fraqueja... a vida me abandona... Pouco importa. Tive razões para viver... amor... paixão... delírios... reino de liberdade e alegria... Morte é pouco para apagá-las.

"Enfermeira, enfermeira! Corre aqui, pelo amor de Deus!"
"O que foi, professor?"
"Ela parou de respirar."
"Deixa eu ver. Deve ser secreção. Faz favor, chama o doutor Bruno enquanto eu aspiro. Nossa! Quanta secreção! Mas vamos resolver isso, Cláudia, já, já. Vamos tirar essa catarreira. Isso... Agora, sim,

está limpinha. Vamos lá, Cláudia, respira, vamos, agora não tem mais nada, pode respirar, não tem motivo pra ficar aí parada desse jeito."

"O que foi, Nicole?"

"Ela fez uma apnéia, doutor. Já aspirei bastante. Estava com muita secreção. E espessa."

"Aspira mais. Ela ainda não voltou."

"Não tem mais nada pra aspirar, doutor. Só falta ela respirar."

Posso morrer. Desolação. A pasmaceira da paz. A precariedade de tudo. A futilidade de tudo. O fim. O nada.

"Vamos, Cláudia, respire, por favor. Sou eu, Roberto. Estou pedindo, não me deixe, Cláudia, eu te amo, preciso de você, não me deixe. Você não está muito machucada, vai ficar completamente boa, sem nada, nenhuma cicatriz, não tenha medo."

Tenho medo de morrer? É isso? Ou não estou pronta? Morro satisfeita ou ao menos conformada? Tive razões para viver? Alguma causa ou bandeira pela qual valha a pena morrer? De que valerá, se todas um dia se mostrarão vãs ou falsas? E mesmo se assim não fosse, se uma, apenas uma, justamente a que eu carregasse, fosse verdadeira e majestosa, valeria a pena?

"Ela respirou! Viu, doutor? Ela está voltando! Olha só! Graças a Deus. É um milagre. Milagre do amor, não é, doutor?"

"Não, Nicole, é fisiologia. Falta oxigênio no cérebro, ele estimula nervos e os músculos expandem os pulmões. Química e física, Nicole. Só isso."

— Estou pronta. O que foi? Por que você está me olhando assim?

— Lembrei-me de sua mãe. Foram as últimas palavras dela.

"Nada mais resta a fazer senão lutar a derradeira luta para preservar minha dignidade e a grandeza do Egito. Agora posso morrer. Posso e preciso. Só me entristece não poder rever minhas crianças. Levo essa dor. Não chorem. Sei o que devo fazer. Estou pronta."

— Mas eu não disse que estou pronta para morrer. Estou pronta para fugirmos daqui da Líbia.

— Eu sei, querida rainha. Só lembrei por causa das palavras e do seu jeito de falar, parecido com o dela.

— E você acha, Charmiana, que ela estava mesmo preparada para morrer?

— Estou certa que sim.

— Não consigo entender isso: como alguém, algum dia, pode estar pronto para morrer.

— Cleópatra Thea Philopator estava. Acredite.

— Se você diz, quem sou eu para contestar?... Você sabe muito mais de minha mãe do que eu. Enquanto vivíamos juntas ela só tinha olhos e coração para meu pai.

— Não diga isso, Cleópatra Selene. Sua mãe, de fato, não pôde se dedicar a nenhum dos filhos como gostaria. Os deveres de faraó já ocupam todo o dia do governante, ainda mais no reinado dela, com o Egito constantemente ameaçado pelos romanos.

— Aos filhos é difícil escapar da mágoa causada por uma mãe ausente.

— Contudo, uma vez crescidos e amadurecidos, cabe a eles compreender e desculpar. Você já está uma moça, daqui a pouco fará treze anos, e já teve oportunidade de conhecer bastante coisa, saber que a vida nesse mundo é uma complicação só. No seu caso, a meu ver, recai uma responsabilidade especial: você tem uma grande missão. Perdoe-me a ousadia de dar palpite a uma rainha.

— Ora, você é bem mais que uma simples serva. Você é como uma tia e amiga. E uma conselheira de confiança. Diga o que lhe vai na alma.

— Acho que você, que sabe escrever, logo que possa deveria deixar gravada a história verdadeira de sua mãe, última rainha egípcia da dinastia de Ptolomeu. Já se espalham por toda parte boatos maliciosos e até asquerosos a respeito dela. Otaviano, o imperador de Roma, é decerto o maior instigador das vilanias. Sua mãe lhe tirou o prazer de se vangloriar à custa da humilhação dela. E quase posso garantir ser ele o primeiro a chamá-la de meretriz, pasto de generais romanos, ninfomaníaca e sei lá mais o quê. Desculpe esse palavreado, mas é assim que falam, assim que eles vêem sua mãe.

— É um modo de ver que até entendo. Ela não se deitou com vários romanos?

— Que exagero, jovem rainha. Foram só dois. E não se deve resumir circunstâncias e sentimentos em poucas e vãs palavras. Você pode me dar um pouco de atenção?

— Claro. Sente-se aqui a meu lado. Fique à vontade. Precisamos partir, mas você sabe melhor que eu o tempo que ainda temos.

— Obrigada. Sinto ser meu dever contar, principalmente a você, alguns episódios vividos por sua mãe, a fim de proteger sua memória dos vis rumores. Ela não dormiu com dois romanos, pura e simplesmente. Ela ficou com seu pai, e se casou com ele, após a morte de Júlio César. Não foi vulgar nem promíscua como estão propalando. E convém não esquecer de ressaltar, quando você escrever, que tudo que ela fez foi muito mais pelo Egito e pelos filhos do que para ela própria.

— O que não deixa de ser uma espécie de... sei lá como dizem... prostituição?...

— Não! De sacrifício. Sacrifício e astúcia, talvez. Mas também amor. Não sei quanto a Júlio César. Ela me afirmava gostar dele. Acredito que sim, mas acho que não chegou a amá-lo. Admirava-o, sem dúvida. Ele fora justo ao assegurar-lhe o trono na disputa com o irmão dela, Ptolomeu XIII. Essa, aliás, é outra ocorrência que os romanos usam para difamação da maior de todas as Cleópatras, se você me permite intitular assim sua mãe. Não quero que se sinta desmerecida, entende? Você ainda é muito jovem. Quem sabe, em breve, as contingências se tornem favoráveis a novo reinado e você floresça como sua mãe ou até brilhe mais do que ela? Mas hoje, é sua mãe quem se distingue, não é? As seis Cleópatras que antecederam a ela e você têm o reconhecimento de todos nós, mas ela, você há de convir, sobressaiu-se, com justiça. Por causa da época e das circunstâncias vividas, sem dúvida, mas também por suas qualidades, inteligência, coragem, devoção, argúcia, atributos que os inimigos ocultam sob mentiras degradantes. Como a relação dela com o irmão. "Sua devassidão vinha desde o berço", eles comentam, "pois praticava incesto com o irmão." Ora, eles não sabem ou fingem não saber que os gregos invadiram o Egito e o domínio se fez pela Dinastia Lágida da linhagem ptolomaica, originária da Macedônia. Embora sua mãe tenha nascido em Alexandria, seus ancestrais eram gregos e o poder, pela tradição dinástica, era transmitido por via matrilinear. Para um homem ascender ao trono tinha de se casar com uma irmã. Nem sempre esses casamentos significavam união de corpos. A união dela com o irmão Ptolomeu XIII foi apenas para obedecer à exigência tradicional. Nunca se amaram. Ao contrário, a relação deles era um tumulto constante. Cleópatra Thea Philopator, a Deusa Cleópatra, Amada de Seu Pai, assumiu o poder quando Ptolomeu XII morreu. Tinha 18 anos e o irmão, com quem se casara, nove. Antes de seu avô morrer, sua mãe já governava a seu lado. Aprendeu a arte e as artimanhas do poder e comandava os negócios, deixando o pai se entreter com sua flauta, alheio às mazelas administrativas.

— Meu avô era músico?

— Bem, ele gostaria muito de ser e até pensava que era. Os que o ouviam, no entanto... De qualquer modo, era o que ele gostava de fazer e sua mãe, muito cedo, tomou a si as rédeas do governo. Mas a inveja e a cobiça são poções malignas. Quando se juntam, então, contra um alvo solitário e honrado, como suportá-las? À medida que Ptolomeu XIII crescia, cresciam também os ingredientes peçonhentos no caldeirão manejado por um bando de conselheiros que cercavam o rapazola. Sem o pai, decisões de Cleópatra Thea eram sabotadas; os rumos do comando, desviados; os planos de governo, paralisados. A discórdia no palácio gerou instabilidade política insuportável e os dedos dos pilantras apontavam sua mãe como responsável pelos desmandos e insucessos. Aos 21 anos ela foi destituída do poder por essa corja, liderada pelo eunuco Fotino. Naquele verão de calor incomum ela refugiou-se na Síria, levando-me e a Iras, além de uma dezena de outros servos.

— Não foi lá que ela conheceu Júlio César?

— Foi. Ah, como tudo poderia ser diferente... Sua mãe sempre soube que, cedo ou tarde, Roma resolveria conquistar o Egito e que, quando isso acontecesse, ninguém conseguiria evitar, nem ela nem o irmão imaturo cercado daquela súcia. Astuta como ela só, intuiu a única solução: uma aliança com Roma. Um acordo pacífico. Nada de gastos desnecessários e vultosos, sangue derramado, mortandade, viúvas desesperadas, crianças órfãs desabrigadas, turbas de inválidos pelas ruas. Em vez disso, permuta de benefícios sustentada em mútua confiança. Por peripécia da sorte, um mensageiro trouxe-lhe a notícia da breve visita de Júlio César à Síria. Caía-lhe nas mãos, como uma dádiva, a oportunidade de cativar a simpatia dele para ajudá-la a reassumir o trono egípcio e a firmar um pacto entre as nações. Nesse ínterim, em Alexandria, Ptolomeu XIII e seu grupo também pretendiam evitar uma campanha romana contra o Egito. No entanto, cometeram um erro fatal: quiseram ser mais espertos que a própria esperteza e se viram assolados por um furacão. Pompeu, uma bela manhã, aportou em Alexandria pedindo asilo. Fugia de Júlio César, com quem partilhara o governo de Roma no triunvirato completado por Crassus, morto na campanha da Pérsia quando Cleópatra Thea tinha 16 anos. Pompeu havia criado problemas suficientes para enfurecer Júlio César e ser derrotado por ele na batalha de Farsalo. O bando de Ptolomeu XIII teve a infeliz idéia de bajular o homem forte de Roma pondo fim à vida de seu adversário. Foi a desventura deles. O caldeirão de feitiços entornou-se nos feiticeiros. Júlio César, ao ser informado do assassinato de Pompeu, ficou assombrado. Embora adversário, o sujeito gozava de certa afeição por parte de Júlio César. Havia sido casado com sua filha Júlia, morta ao dar à luz. Depois é que Pompeu caiu em desgraça ao preterir uma sobrinha de Júlio César para se casar com Cornélia, filha de Cipião Metelo, um dos maiores desafetos de seu antigo sogro.

— A sorte se pôs a favor de mamãe.

— E ela, muito inteligente, ajudou a sorte que a ajudara: idealizou uma encantadora maneira de presentear o recém-chegado à Síria.

— É o caso do tapete?

— Sim. Quando Júlio César viu desenrolar-se no chão à sua frente, com estudada lentidão, o tapete que lhe fora enviado de presente e, de dentro dele, surgir Cleópatra Thea Philopator, num átimo soube a quem apoiar ao trono egípcio. Entre a hediondez dos criminosos e a beleza daquela rainha a escolha era mais que fácil, era óbvia.

— Até hoje não entendi direito essa peripécia. Nem gosto de pensar nela. Sinto vergonha. Que bobagem foi essa, Charmiana? Parece coisa de dançarina.

— Parece, mas não foi. Sua mãe marcou audiência com o soberano no palácio sírio, mas temia ser assassinada no trajeto por asseclas de Ptolomeu XIII, ávidos por impedir qualquer contato dela com o general. Precisava ter cuidado. Nasceu-lhe então a idéia de chegar escondida ao palácio, enrolada em belo e valioso tapete, regalo dela ao homem mais poderoso do mundo. O plano exigia coragem e resistência. Como se não bastasse, a idéia inicial logo foi aprimorada pela inventividade e argúcia de sua mãe. O tapete haveria de servir-lhe de esconderijo seguro e também de estratagema de sedução. Perfumou-se, pintou lábios e maçãs do rosto, prendeu os cabelos, vestiu-se de túnica púrpura e se fez embrulhar no tapete como jóia rara e o mais precioso componente da prenda ao soberano. No piso de mármore róseo do palácio, Cleópatra Thea rolou e ergueu-se. Diante de um homem boquiaberto de, o quê?, 53 anos?, a bela e jovem rainha aproximou-se e murmurou que desde sempre se fascinara com os sucessos amorosos de Júlio César, enaltecidos em todos os rincões, e que por fim tinha a ventura, acalentada durante anos, de conhecer o grande conquistador. A paixão por ela foi imediata. A beleza e sensualidade de uma rainha de 21 anos foram arrasadoras aos olhos e coração do maduro estrangeiro. Tornaram-se amantes, sim. "Gosto dele, Charmiana", ela dizia. "É cortês, delicado e atencioso." O general abobalhara-se com aquela mulher incomum e admirável. Além de bela, sensual e embriagadora, Cleópatra Thea fascinava com sua inteligência e perspicácia. A primeira providência tomada por Júlio César foi recolocar a coroa egípcia em sua amada, assegurando-lhe a regência junto a Ptolomeu XIV, irmão caçula e ainda um garoto. Recobrado o trono do Egito, com o apoio do romano, e novamente aclamada rainha, Cleópatra Thea aplicou fragrâncias perturbadoras em seu corpo e se enfeitou com jóias de ouro e pedras preciosas para de vez tontear os sentidos do enamorado. O general, então, tomou a segunda providência: adiou seu retorno a Roma. Juntos, viajaram pelo Egito. Ele queria conhecer as riquezas e artes do país. Enquanto se deliciava na companhia daquela mulher inebriante, e a engravidava, pasmava-se com a originalidade da arte egípcia em comparação às obras romanas, "lamentáveis cópias da arte grega", segundo sua opinião, e punha olhos gulosos em Tebas, Luxor, Karnak e nos campos de trigo, extensos o bastante para alimentar seu exército numa provável invasão futura. O general acabou confessando à amada seu convencimento de estar visitando o país mais rico do mundo. Um reconhecimento tardio, porquanto até então rechaçara todos os que enalteciam o Egito. Sua mãe sabia de seus comentários desabonadores no passado. Ao ver a admiração indisfarçável do romano com as maravilhas de nossa terra, Cleópatra Thea erguia a cabeça e assumia, orgulhosa, a divindade herdada. Trezentos anos atrás, Alexandre conquistara regiões desde a Europa à Índia, inclusive o Egito, e se consagrara o maior imperador do mundo, proclamado Deus pelo oráculo. Cleópatra, sucessora, fazia jus à tradição. Contudo, não se dava por satisfeita. Desejava mais do que preservar o esplendor do Egito. Queria expandir seus domínios, torná-lo um império, reviver os feitos de Alexandre. A conjuntura, entretanto, era adversa. Seus objetivos só seriam factíveis por intermédio de uma aliança com Roma. E nada melhor para realizar essa possibilidade do que um filho de ambos os governantes, herdeiro legítimo e natural das duas coroas. Júlio César, embora sob o feitiço da grega-egípcia, pressionado por deveres de estado, deixa-a, grávida, sob a proteção de três legiões, e volta a Roma, levando no íntimo o desejo de ser também um deus nos seus imensos domínios. Ao dar à luz Ptolomeu XV, sua mãe pretendeu garantir-lhe o apreço do pai e o glorioso futuro planejado. Por isso lhe deu o nome de Cesárion, pequeno César. Poucos meses após o nascimento do primogênito, Cleópatra Thea nos convocou e ordenou os preparativos para a viagem a Roma. Eu e Iras vivenciamos seu dissabor à chegada. Os romanos eram intragáveis. A empáfia deles, a superioridade presumida, sustentada em pedestal de névoa, arre! Nem de longe Roma se equiparava a Alexandria, capital da arte e da cultura. Para Júlio César, a cidade recepcionava uma rainha; para os demais, hospedava a amante exótica de Júlio César. O general conseguiu amenizar o desapontamento inicial de sua amada. Comprou-lhe casas, ergueu-lhe templo, construiu-lhe jardim magnífico, ofertou-lhe, enfim, "um paraíso à altura de uma deusa", como ele afiançava. Aos ouvidos de sua mãe, aquela declaração esbarrava na sua certeza de que nenhum lugar sequer se aproximava das belezas de Alexandria, mas servia para afastar a lembrança das grosserias sofridas. Lisonjeada, voltou a se sentir respeitada, mas não por muito tempo. À medida que se passavam os meses, outra decepção, e dessa vez bem maior, abatia-se sobre ela: Júlio César esquivava-se de oficializar a união deles e a reconhecer Cesárion como seu herdeiro. Essa opção foi catastrófica. Cesárion festejara dois aniversários quando o pai, com 56 anos, foi assassinado. O sonho de Júlio César de sepultar a república e governar como um deus terminou com saraivada de facadas em seu corpo, especialmente nas costas. Marco Antônio, amigo e aliado de Júlio César, no calor emotivo da perda, tentou convencer o senado de que o herdeiro legítimo do general morto era o filho Cesárion. O discurso dele não vingou. Otávio, um sobrinho de César, alegou ser seu filho adotivo.

— E era?

— Não sei e duvido que alguém saiba. Mas os senadores de pronto optaram por ele em vez do filho egípcio do falecido. Que oportunidade perdida! Egito e Roma poderiam ter sido unidos sem desperdício de uma gota de sangue. Solapava-se o sonho de Cleópatra Thea. E mais: corríamos perigo lá. O ambiente tenso com a morte brutal de Júlio César desestabilizava o poder e a ordem e infundia em todos a aflição provocada pela insegurança. Nós, em particular, tínhamos mais razão para temor do que os cidadãos nativos. Sua mãe e seu meio-irmão eram estranhos naquele lugar e ainda por cima constituíam uma objeção viva e eloqüente à legitimidade do sucessor. Fizemos o óbvio: fugimos dali o mais depressa que pudemos. Caio Otávio Turino, após sua adoção ser sancionada pelo senado, passou a se chamar Caio Júlio César Otaviano. Com Marco Antônio e Lépido, superadas algumas discórdias iniciais, formaram o segundo triunvirato e foram à caça dos últimos sobreviventes assassinos de Júlio César. Só se deram por satisfeitos depois de eliminá-los na batalha de Filipos. Quanto a nós, foi botar os pés no Egito e receber a notícia da morte de Ptolomeu XIV. Ninguém soube explicar a causa. "Temos de redobrar a atenção", sua mãe nos disse. "Mas não posso fugir à responsabilidade." Reassumiu a administração do país e em pouco tempo impulsionou novamente seu desenvolvimento. Melhorou vias de comércio e se valeu das rotas das caravanas para facilitar e estimular transações valiosas para a população e os requintes palacianos. "Se não posso deixar a Cesárion", lamentava, "um império similar ao de Alexandre, ao menos legar-lhe-ei o Egito deslumbrante, o que não é pouco." A cheia sazonal do Nilo, naquele ano, trouxe mais que fertilização do solo: coincidiu com uma ótima notícia. Fertilizava-se o sonho primitivo de sua mãe com a mensagem de que o triúnviro Marco Antônio, então nomeado governador da parte oriental do Império Romano, queria encontrá-la em Tarso, cidade perto de onde um dia existiu Tróia. O triúnviro desejava discutir a relação entre os governos. Com certeza, o sonho da rainha não era relativamente fácil de concretizar como na época de Júlio César e nas circunstâncias de outrora: o general detinha o poder praticamente sozinho, amava-a e tinham um filho. Agora, mesmo se Marco Antônio, sempre respeitoso e cortês com a amada de seu comandante, se empenhasse em protegê-la e em asseverar uma aliança estável com Roma, seria uma conquista pífia em comparação com a anteriormente almejada. Entretanto, à rainha competia clareza de raciocínio e firmeza de propósitos. Nada de quimeras. Se pairavam ameaças ao Egito cabiam providências urgentes e práticas. Com essas convicções rumamos para Tarso.

— Foi o começo de minha vida.

— Pode-se dizer que sim. O comandante romano, viúvo de Fúlvia, decerto ainda sob o amargor da solidão, veria sua vida atraída para sendas nunca imaginadas. Não sabia com quem estava lidando. Cleópatra Thea Philopator se cobriu com a mais suave e brilhante seda, envolveu as tranças em cordões dourados, perfumou-se de essências de rosas e jasmins, e quando surgiu diante de Marco Antônio, com a cabeça exageradamente erguida a realçar o alvo pescoço, o general sentiu sumirem-lhe as palavras protocolares e as que porventura ensaiara proferir. Acostumara-se com a visão de uma terna e discreta mulher ao lado de seu amigo Júlio César e agora, passados dois anos, em uma terra estranha, deparava-se com uma deusa de formosura irresistível. A audiência de uma manhã prolongou-se dia afora, impeliu novos encontros, cultivou-se em viagens aprazíveis e vadiagens em Alexandria, durante todo o inverno e primavera, e floriu no nascimento de um casal de gêmeos: você e Alexandre Helios. O relacionamento de sua mãe com um romano ocorria pela segunda vez, porém havia diferenças essenciais entre um e outro. Neste novo, além de ser amada, Cleópatra Thea sucumbiu à seta de Eros. A paixão apoderou-se daqueles dois. Eram potentados do desvario. Bebiam a vida e o amor aos borbotões, sem pausas, exceto para breves sonos reparadores. Inventavam deleites. Desafiavam-se, risonhos, em jogos voluptuosos. Vê-los era crer na humanidade, na esperança, na vida, na felicidade. O que era uma ilusão. Ela era a rainha do Egito e ele, triúnviro romano com contas a prestar ao Senado. Embora sob o desalinho da paixão, Marco Antônio regressou a Roma. "É meu dever, não tenho alternativa", ele disse. Partiu e por lá ficou durante quatro anos. Casou-se com Otávia, irmã de Otaviano. "Não temos nada em comum", juraria mais tarde à sua mãe. "Raramente dormimos juntos. O matrimônio visou apenas consolidar posições no governo." Em meio aos esclarecimentos, a rainha sorriu e ergueu a mão para fazê-lo calar-se. "Você não me deve explicações", ela falou. "Amo você e confio na sinceridade de suas intenções. Acredito também que sou amada. Não fosse assim, preferiria morrer. Agora, esqueçamos Roma e tudo que nela existe. O que temos para viver há de nos ocupar por completo." Os quatro anos vividos distantes um do outro pareceram uma eternidade enquanto duraram e um breve e reles pesadelo ao se reencontrarem. Todavia, no dia seguinte bem cedo, espicaçada pela própria lucidez, ela me perguntou, amarga: "Sou deusa amada ou aventura passageira? Mulher venerada ou meretriz estrangeira? Sou quem trama a segurança e perpetuidade do Egito ou a idiota à disposição de generais romanos? Vem um, me cobre, faz um filho e volta para Roma. Vem outro, transita nas pegadas do primeiro e encena de novo as peripécias da comédia. A mulher se transformou de ser sagrado em animal de sacrifício para uso e violação dos machos? Se é assim, sábia é a que sabe disso e disso tira partido. E tolo é quem supõe que a paixão e os divertimentos, nos quais me deixo envolver e mergulho, me turvam o discernimento. Engana-se quem vê em Cleópatra uma rainha vulnerável pelo gosto dos prazeres e fragilidade do coração. Eu sei ser a paixão sob a chuva, brasa e brisa, incêndio e neve, uivo e silêncio."

— Então, na verdade, ela não amava meu pai. Fingiu desconhecer que estava sendo usada para usar meu pai e conseguir o que queria.

— É uma conclusão precipitada, simplista e fria. A vida é bem mais complicada. Sua mãe, de fato, podia ser incêndio e neve. Para o ser humano comum, como eu, isso é difícil de conceber, mas temos de lembrar que sua mãe era uma pessoa excepcional. Ela recebeu seu pai após uma ausência de quatro anos, ouviu as explicações sem contestar e, com leve sorriso nos lábios, abriu-lhe os braços como se aqueles anos tivessem sido meros instantes de separação. A paixão deles reaqueceu-se. Casaram-se, alegres como crianças, numa cerimônia egípcia. Os enlevos e deleites só se interrompiam quando dialogavam sobre os planos de um império, desde o Ocidente ao Oriente, fundado na associação das riquezas do Egito com a força das legiões comandadas por seu pai. Os dias transcorriam serenos. Seu irmão caçula, Ptolomeu Filadelfo, já havia nascido quando Cleópatra Thea completou 35 anos. Foi nessa ocasião que seu pai promoveu as Doações de Alexandria: sua mãe e Cesárion foram coroados co-regentes do Egito e Chipre; a você coube reinar na Cirenaica e aqui na Líbia; a seu irmão gêmeo foram doadas a Armênia, Média e Pártia; o menino mais novo ganhou a coroa da Fenícia, Síria e Cilícia; e sua mãe administraria todos os reinos até a maioridade dos filhos. A atitude de seu pai foi como uma oferenda a vocês e, por razões diferentes, a Otaviano. Forneceu-lhe argumentos mortíferos para acabar com aquela história de triunvirato, uma sombra nefasta na sua estrada para a glória. Ele sempre quis o trono só para si. Lépido, o outro triúnviro, já estava fora do caminho, afastado por incompetência. O empecilho restante embevecia-se nos braços de Cleópatra Thea. Essa conduta de Marco Antônio, para nós uma prova de amor bastante natural e louvável, aos olhos dos romanos era afrontosa em relação à esposa. Otávia granjeara respeito e admiração, particularmente dos senadores, por se manter diligente e afetuosa na criação das quatro crianças sob seus cuidados, duas filhas dela com Marco Antônio e dois meninos do casamento dele com Fúlvia. Enquanto isso, o marido se divertia com outra. Otaviano sabia muito bem que a união da irmã com Marco Antônio se realizara para firmar um acordo político. Ela podia pensar diferente, não ele. Contudo, fingiu-se ofendido na honra com o "ultraje do adúltero desumano" e a esse protesto somou a notícia das doações. Com a ajuda de Cícero, inflamou os ânimos contra Marco Antônio, "que teve o desplante de devolver ao Egito terras conquistadas por Roma". Discursos bem elaborados insuflaram temores sem fundamento no espírito dos senadores: seu pai representava um risco enorme à república. Incutiram na cabeça deles que Marco Antônio e Cleópatra cobiçavam se apoderar de tudo.

— O que era verdade, não é?

— Por que você diz isso?

— Ora, meus pais queriam para eles o vasto império de que você falou.

— Não, querida rainha. Para eles, não. Para Roma e o Egito. Seria bom para todos. Uma aliança. Harmonia, paz, prosperidade. Cleópatra Thea visava a perenidade do Egito, porém não intentava derrotar Roma. Seria uma idéia absurda. Contudo, foi a que Otaviano levou aos ouvidos dos senadores, não por sua boca, mas pela de Cícero. Em vista de discursos desastrosos proferidos no passado, causadores de grandes problemas, Otaviano já havia reconhecido sua inabilidade com as palavras e passou a se valer da língua do grande orador, a quem cativou não sei como, talvez por aparentar ser o mais forte do trio governante. A princípio, era malvisto no senado, mas graças à retórica de Cícero, recheada de senões nas referências a Marco Antônio e de loas quando citava Otaviano, redirecionou a antipatia, tornando seu pai o alvo dela. Os senadores decretaram guerra a Marco Antônio. Depunham, assim, nas mãos de Otaviano, as armas almejadas para ser o único no trono. Daí à obtenção de seu intento foi um passo. Acabou conseguindo tudo que queria, como sabemos.

— Que ódio!

— É. Seus pais percebiam o risco que corriam, porém achavam que a união deles poderia confrontar e vencer Otaviano. Hoje sabemos quanto estavam iludidos. Otaviano derrotou quem encontrou pela frente e se sagrou o primeiro imperador de Roma. Para chegar aonde chegou, usou de todos os recursos. Suas tropas haviam se tornado invencíveis. Na Batalha de Accio, a superioridade bélica de Otaviano se revelou de forma contundente a seus pais. Na refrega, os navios egípcios e os de Marco Antônio se separaram. A guerra estava perdida; os sonhos, afogados. Se a formação de um império similar ao de Alexandre era impossível, restava ao menos a esperança de salvar o país e a própria vida. A astúcia de sua mãe, no entanto, dessa vez foi desastrosa. Mandou divulgar a notícia de que, além de vencida, havia morrido. Tencionava pôr fim à expedição de Otaviano. Esperava que o tirano se desse por satisfeito com a vitória e suspendesse as investidas, possibilitando sua fuga e a de Marco Antônio. Foi uma tragédia. A mensagem da morte da rainha chegou aos ouvidos de seu pai. Desesperado, tresloucado de amor, pôs no peito a ponta da própria espada, firmou no chão o cabo e apertou-se de encontro à lâmina, dando fim à vida.

— Ah, Charmiana, não gosto de lembrar desse episódio. Por que você reaviva essa dor?

— Sei que é triste, querida rainha, mas é prova de amor a se exaltar. Você, fruto e flor de pais tão extraordinários, só tem do que se orgulhar. E precisa conhecer os eventos verdadeiros, pois boatos caluniosos já se disseminam mundo afora.

— Mas é muito doloroso saber que os pais se mataram.

— Sim, mas, nos dois casos, por razões nobres, embora um pouco diferentes. Seu pai se matou por amor à mulher que julgava morta e pela honra de guerreiro frente à derrota. Sua mãe não podia se dar esse luxo. Era uma rainha. Arcava com a responsabilidade do cargo. Seu trono pairava sobre um povo numeroso e o país mais rico do mundo.

— E para os filhos nenhum pensamento.

Nenhum pensamento para os filhos? Eu tenho filhos? Tenho e não me lembro deles? Não, se tivesse eu lembraria. Filhos são uma razão para viver.

— A vida deles pouco importa, não é? Eles que se cuidem. É isso?

— Não beba essa mágoa, Cleópatra Selene. Ela se fez com fluidos produzidos pela ignorância dos fatos e pela solidão. Seu pai sempre se preocupou com a segurança e o futuro dos filhos. Isso ficou claro com as doações dos reinos a você e seus irmãos. E sua mãe, então, nem se fala. Jamais deixou de pensar em vocês, especialmente na hora da morte. "Só me entristece não poder rever minhas crianças. Levo essa dor." Ponha essas palavras no lugar de sua mágoa, rainha. Hão de amenizar o sofrimento.

— Ela poderia ter vindo para cá.

— Impossível.

— Se você veio, por que ela não escapou também? Se estivesse aqui, agora, fugiríamos juntas.

— Estou aqui por capricho do destino.

— Não precisava se matar, não é?

— Realmente, às vezes a vida dos humildes é mais fácil que a dos poderosos. Confesso que, naquele dia, pela primeira vez considerei minha sorte mais venturosa que a da rainha. A condição de serva era inalterável, acontecesse o que acontecesse. Mudam apenas os amos, os servos permanecem. Iras e eu, porém, preferíamos morrer com nossa rainha a sobreviver sem ela. Estávamos decididas. A trilha que ela resolvesse tomar seria a nossa. Iríamos aonde ela fosse, até o fim.

— Mas não foi isso que aconteceu.

— Talvez os deuses me tenham impingido mais tempo a fim de cumprir uma missão, a de termos essa conversa para você ficar a par de toda a verdade. Mas sua mãe não poderia estar aqui. E eu estou por causa dela. Ah, jovem rainha, como isso me dói. Pudesse eu expulsar as lembranças desse incidente! Você não imagina quanto padeço toda vez que recordo minhas últimas horas no palácio de Alexandria. Se você tivesse idéia do meu tormento, evitaria o assunto, pularíamos essa parte.

— Mas você mesma, Charmiana, disse estar aqui para me contar toda a verdade, que poderia ser a missão para a qual o destino poupou sua vida.

— Sim. Você precisa saber como tudo aconteceu, pela boca de quem você pode confiar, pela narração de quem viu as cenas e ouviu as palavras. Não vou mentir nem esconder nada. Contei que sua mãe se esgueirou do ataque inimigo. Fomos para Alexandria. Mal desembarcamos, soubemos da morte de Cesárion determinada por Otaviano. Assassinava, por mãos alheias, aquele de quem usurpara o trono e que um dia, quem sabe?, poderia voltar a reivindicá-lo. Não demorou muito, uma legião romana ocupou a cidade e nos fez prisioneiras. Nossos guerreiros eram poucos ante o numeroso exército romano. Fomos trancafiadas em um dos quartos do palácio. Otaviano queria Cleópatra Thea viva. Planejava exibi-la amarrada, escravizada, nas ruas de Roma. A presa valiosa, então cabisbaixa e em frangalhos, daria brilho à sua glória. Quanto mais humilhada, mais sua vitória se mostraria formidável e sua força, devastadora e irresistível. Cleópatra Thea, sagaz, antevia tudo isso e não duvidou um instante sequer sobre o caminho a tomar. Precisava morrer. Aos 39 anos possuía maturidade e sabedoria como se as houvesse acumulado durante séculos. "A derrota pode ser admissível", ela sentenciou, "não a humilhação. Nem a minha, nem, menos ainda, a de meu povo e minha terra. Tenho duas razões para morrer: minha dignidade e a grandeza do Egito."

Tenho alguma razão para morrer? Para viver? O mundo merece esforços? A humanidade, essa abstração, merece? Estou propensa a dizer não. Tudo é banal e fugaz. Pior: tudo que é digno e belo está na mira dos canalhas. Mas quem sou eu para julgar e condenar os outros? Disse a meus pais que não podia ir ao passeio com eles porque precisava estudar com minha amiga, e os deixei partir orgulhosos da filha responsável e aplicada. E enquanto eles e meu irmãozinho se destroçavam contra um caminhão enguiçado numa curva, eu me entregava a sem-vergonhices com o irmão de minha amiga.

A canalhice me salvou a vida. Devia ter morrido com eles. Se eu não fosse, já aos 12 anos, uma pessoa vil, há muito estaria morta e sepultada junto a minha família. Não teria vivido essa existência indevida, roubada, fruto amaldiçoado de funesta artimanha. Em vez disso, me arvoro no direito de clamar contra a patifaria de outros. Que arrogância!

— Otaviano, se não conhecia a personalidade de sua mãe, ao menos ouvira falar dela. Ordenou nossa prisão e providências para evitar, no aposento onde nos confinaram, qualquer meio ou instrumento capaz de ser usado para tirar a vida da rainha. Os guardas cumpriram a ordem à risca. Confiscaram objetos pontiagudos que pudessem servir de punhal, cintos de pano ou couro que pudessem servir de forca, vasos quebráveis e instrumentos afiados que pudessem cortar a carne e as veias. Restaram no cômodo alguns móveis e pequenos utensílios, além de vestimentas e jóias de sua mãe.

— Mas você ou Iras poderia matá-la com suas mãos.

— Com que coragem? Só se, antes, lográssemos tirar do peito o próprio coração. E os romanos sabiam disso. Deixaram-nos juntas porque tinham certeza da impotência minha e de Iras para atender a uma ordem de tamanho horror, caso fosse proferida pela venerada rainha. Não, Cleópatra Selene, jamais meus dedos ou os de Iras envolveriam o alvo e delicado pescoço de sua mãe para impedir-lhe o alento. Desfaleceríamos antes, tão logo a ordem nos fosse dada.

— Se não havia nada no quarto que pudesse provocar a morte de alguém, como ela morreu?

As pessoas morrem de um nada, garota.

— Os guardas tiraram do aposento tudo que pudesse ser usado pela rainha para se desvencilhar dos desígnios de Otaviano. Exceto uma coisa: a astúcia de Cleópatra Thea. Com seu jeito meigo de falar, pediu ao guarda de aparência mais cordial a gentileza de lhe arranjar um cesto de figos com o velho jardineiro do palácio. "Por favor, o nome dele é Aristeu. Lembre-lhe de minha avidez por esse fruto, meu predileto. E que, se recorro a ele, é porque estou certa de que é o único com competência suficiente para preparar um cesto de figos que aplaque meus desejos." Esperou o guarda se afastar e me disse: "O bom homem vai entender." E me contou um incidente de sua adolescência. Passeava no jardim do palácio quando avistou um velho jardineiro ajoelhado entre as roseiras, soluçando. Apiedada, aproximou-se e tocou-lhe o ombro. O homem, ao se virar e deparar com ela, o rosto molhado de lágrimas, desconcertou-se, desculpou-se e quis sumir dali. Ela o tranqüilizou, pediu que se acalmasse e dissesse o que acontecera. Após breve e vã tentativa de se safar da pergunta por meio de evasivas e negações, o bom homem acabou derribado por nova crise de choro e relatou o motivo de seu infortúnio. Seu filho de seis anos caíra enfermo de doença incurável. Estava desenganado. O menino sofria e rogava ao pai alívio às dores lancinantes. Todas as ervas medicinais conhecidas para aquela enfermidade e quaisquer outras semelhantes foram dadas e nenhum efeito surtiram. O menino definhou, perdeu a vontade de viver, de fazer o que fosse, só não perdeu a sensibilidade para as dores contínuas e inclementes. Recusava os alimentos mais saborosos e até os preparados pela mãe com esmero de que só o amor desesperado é capaz. Aceitava apenas goles de água e alguns figos maduros. "Detesto figos", sua mãe, imatura ainda, interrompeu. "Pois é a fruta que ele mais gosta", disse o jardineiro. E, retomando a narrativa, contou, em prantos, como preparou um cesto de figos maduros e o deixou ao alcance do filho, perto da cama. Saíra de lá havia pouco. Não tinha coragem de ver o resultado de sua ignomínia. Junto aos figos ele colocara uma víbora, cujo veneno haveria de livrar seu querido menino dos tormentos insuportáveis assim que introduzisse a mãozinha no cesto, à cata do fruto predileto. "Ele vai entender, Charmiana", sua mãe repetiu. Eu duvidei. Muitos anos haviam se passado. Sua mãe, no entanto, redargüiu à minha desconfiança: "O tempo não vence tudo. Nenhum pai esquece a morte de um filho e nenhum súdito esquece uma conversa com sua rainha." No dia seguinte, de manhã cedo, o guarda nos entregou pequeno cesto repleto de figos. "Estão maduros e apetitosos", ele assegurou. À saída, completou: "O velho abriu a tampa para minha vistoria, uma inspeção rápida, porque ele logo fechou o cesto, acho que com medo de que eu pegasse algum, mas deu para ver e sentir o cheiro. Devem estar ótimos."

Com certeza, minha fisionomia expressava a insistente dúvida, pois Cleópatra Thea me encarou, firme, e garantiu, como se ela mesma tivesse posto a serpente ali: "Está no fundo, debaixo dos figos." Sua voz carregou-se de tanto ardor e certeza, tanta convicção e vigor, que ninguém, mesmo eu, ousaria mais duvidar. A víbora estava lá. A rainha declarou que estava, então estava. Se não estava, haveria então de se gerar a si própria dentro do cesto, num átimo, e noutro átimo revelar-se pronta a desempenhar o papel dela esperado, porquanto Cleópatra Thea Philopator atestara, sem hesitação, com voz troante e inquestionável, a presença do ofídio entre os frutos: "Está no fundo, debaixo dos figos." Convencida, suspirei aliviada. A vida não me preocupava mais. Enfim, depois de sucessivos dias de angústias, a paz se espraiou naquele cárcere e nos invadiu. Olhamos umas às outras e sorrimos. E foi tão inusitada nossa disposição, tão incomum e inesperada, que os sorrisos evoluíram para risos e os risos para gargalhadas altas e intermináveis, a ponto de nos doerem a garganta e a barriga, sem que pudéssemos impedir. Quando o surto de euforia se esgotou, despontou em meu íntimo um certo temor. O que os miseráveis fariam com a rainha, após sua morte? Externei-lhe minha inquietação: "O que farão com seu corpo, rainha?" Ela me fitou com ternura, ergueu a cabeça, desviou o olhar acima de minha cabeça, como a contemplar o horizonte magnífico além da parede de pedra, e respondeu: "Nada que me envergonhe, talvez tudo que possa desonrá-los." E pediu que a preparássemos.

— Para a morte?

— Para a eternidade. Caprichamos no conjunto e nos detalhes. Abusamos dos perfumes em todo o corpo de sua mãe. "Como é linda nossa rainha!", exclamou Iras. "Jamais existiu beleza igual." "Não diga bobagem, Iras", ela refutou. "Beleza inigualável existiu em Esparta, na época do faraó Ramsés III. Chamava-se Helena." "Então era grega", observou Iras, "e decerto..." "Tolice, Iras", cortou sua mãe. "Tragam-me a túnica e o manto." Vestimos Cleópatra Thea Philopator com os trajes reais. Iras escovou seus cabelos avermelhados. Cuidamos de adornar a rainha com colares, braceletes, pulseiras e anéis de ouro, engastados de safiras, rubis, esmeraldas e diamantes, e pousamos na fronte o diadema. "Chegou a hora", ela disse. Meu coração falhou.

Ah, meu coração!
"Que batimento é esse, Nicole, que o monitor está apitando?"
"Parece uma palpitação, doutor. Mas já está voltando ao normal. Pode ficar aí."
Susto. Detesto sustos!

— "Não me deixem até terem certeza de minha morte", sua mãe falou. "Depois, chamem os guardas. Vocês haverão de se tornar servas dos invasores. Acredito que não sofrerão muito. Tenham coragem." Ela desconhecia nossa decisão de morrermos com ela. Achamos melhor esconder dela. "Não chorem, fiéis companheiras", tentou nos consolar. "Vocês me serviram como nenhuma outra lograria igualar. Não fiquem tristes nem preocupadas. Fiz o possível pelo Egito. Se não obtive êxito, ninguém obteria. Não é soberba, é fato. Fui ao limite humano. Ultrapassei-o. Nada mais resta a fazer senão lutar a derradeira luta para preservar minha dignidade e a grandeza do Egito. Agora posso morrer. Posso e preciso. Só me entristece não poder rever minhas crianças. Levo essa dor. Não chorem. Sei o que devo fazer. Estou pronta." E mais ela não disse. Levantou a tampa do cesto e introduziu sua delicada mão...

"Ela mexeu o braço."
"Quem?"
"A Cláudia, ué. Quando fui puncionar a veia da mão para pôr o soro ela deu um puxão. Foi pequeno, mas deu."
"Será, Nicole?"
"Pode crer, dona Solange. Quando espetei a agulha ela contraiu o braço. Pouca coisa, mas pude sentir. Estava com a mão dela dentro da minha."

"*Ótimo. Sinal de que talvez esteja saindo do coma.*"
"*Acha bom falar ao doutor Bruno?*"
"*Sim, mas não conte ao professor. Vamos aguardar mais. Não convém alimentar falsas esperanças.*"

— Eu não queria viver. Nem Iras. Deitamos nossa deusa, ajeitamos suas vestes, beijamos a mão ferida e choramos. Choramos baixinho. Temíamos alertar os guardas antes de nos assegurarmos da morte de Cleópatra Thea. Quando, enfim, concluímos que falecera, fizemos o que planejáramos. Primeiro foi Iras a pôr a mão dentro do cesto. Depois, eu. Estávamos serenas. Chegamos a sorrir ao examinar os pontinhos de sangue no dorso da mão. Instantes depois, senti o corpo esfriar, entorpecer, o teto rodar, a cabeça pender... Acordei num quarto estranho. Reconheci o homem que tocava minha fronte: era Olympus, médico do palácio. Quando abri os olhos ele suspirou. "Você vai ficar boa." Não pude acreditar. Não entendia. Revoltei-me. Devia estar morta. Morta! Gritei: "Eu devia estar morta!", mas não saiu nenhum som de minha boca. No dia seguinte, quando as forças me voltaram, o médico explicou. "A cobra não teve veneno que desse para tanta gente na mesma hora. Foi suficiente para nossa rainha e sua ajudante. Você deve ter sido a última a ser picada, não foi? Pois é. A quantidade de veneno, mesmo pequena, quase levou você à morte. Quase, mas não foi bastante para levar. Quando me chamaram para examiná-las, constatei que você, embora mal respirasse, ainda vivia. Declarei que morrera como as outras duas. Os soldados responsáveis pela guarda, desavorados, berravam uns com os outros e alvoroçavam o palácio inteiro. De mim exigiram providências para retirar seu corpo e o da outra serva, deixando lá apenas o de Cleópatra Thea. Obedeci de pronto: cobri vocês duas com mantas e saí de lá." Passei dois dias chorando, revoltada com a má sorte. Por fim, lembrei as palavras de sua mãe, as últimas, e sua tristeza por não poder rever os filhos. Vi, então, em minha desdita, uma provável missão: a de levar aos filhos de minha querida rainha o testemunho de seu amor e o relato dos acontecimentos conforme de fato sucederam. Cabe a você, assim que escaparmos daqui, contar tudo a seus irmãos e escrever a história, a verdade...

A verdade...

"*A verdade somos nós na Terra*", eu disse. Tu sorriste. Em teus olhos descortinava-se uma sutil e divertida discordância. Eu insisti, enfática: "*A verdade somos nós na Terra!*"

Não me levaste a sério. Agora é tarde. Muito tarde. A noite, lá fora, é luz ofuscante comparada à treva que me habita. Quanto resta para findar a escuridão lá de fora? E a minha?

Mais uma noite insone, amarga, onde navego na íntima treva interminável.

Por que não me disseste o que planejavas? Por que tramaste só com Judas Iscariotes o passo audacioso? Tu, que sempre me confiaste teus pés, para lavá-los e segui-los, por que os usaste sem meu conhecimento numa jornada tão temerária?

Pretendias poupar-me? Talvez. Mas a razão principal creio ter sido outra: temias meu protesto. Esquivaste de meu espanto. Sabias que me oporia com veemência, que te agarraria com minhas mãos frágeis, então transformadas em potentes garras pela alucinação do amor desesperado, e bradaria *Não!* em teus ouvidos; porque as coisas deste mundo tomam caminhos imprevistos e tortuosos; porque cairias no covil dos insensíveis, logo tu, morada da fraternidade; porque eu, a Maria que tu beijavas, o teu discípulo amado, a companheira constante, jamais permitiria a consumação da insânia. Tu sabias, por isso me excluíste dos planos, como excluíste os demais discípulos, só confiando ao amigo Judas, coitado, o peso de tamanha ousadia.

Custo conter a raiva por me teres mantido à margem no momento crítico. Entendo teus motivos, mas não os aceito.

Agora é tarde. Muito tarde. Restam-me a dor, a saudade e as lembranças. Mais que tuas palavras, de minha memória emergem teus olhos febris, tuas mãos agitadas para cumprir os gestos requeridos, teus negros cabelos ondulados repartidos ao meio, teus lábios rubros de fervor, teu hálito quente. Ah, por que puseste tudo a perder? Cansaste das peregrinações? Eram tão agradáveis... Às vezes fatigavam. Mas, nas estradas, a cada pausa para descansarmos à sombra de alguma árvore frondosa, e nas aldeias, ao findar das tardes, meu corpo se restaurava, próximo a ti. Por mil dias te acompanhei, desde a manhã tépida em que João Batista me aconselhou "Siga aquele homem, de nome Jesus". Obedeci. E nem precisaria do conselho para tomar a decisão que tomei, porquanto me bastou fitar-te o rosto para me tornar cativa de teu fascínio, disposta a nunca mais afastar-me de ti.

Tu me aceitaste a despeito dos sete demônios que eu tinha a fama de carregar. Pousaste a mão em minha cabeça, sorriste e iniciamos a caminhada. Desde então partilhei, junto a outros discípulos, de tuas pregações nas visitas às aldeias à margem de Genezaré, o imenso lago-mar de águas ora serenas ora agitadas em tempestades insufladas pelos ventos das montanhas.

Em todos os lugares enfrentamos a resistência de fariseus, saduceus e inumeráveis seitas espalhadas em inumeráveis templos. O preceito de que somos todos irmãos entrava como fogo nos ouvidos dos sacerdotes, ardendo-lhes a cabeça e fermentando rancores contra ti. Nós, os discípulos, seguíamos teus passos e nos embevecíamos com o som de tua voz e a magia de teus gestos, e ao nos despedirmos de cada cidade víamos crescer o contingente de sequazes homens e mulheres de todas as idades, que abandonavam suas casas para nos acompanhar, trazendo consigo bens para contribuir no sustento de todos. A meus olhos, o número de adeptos crescia bastante. Aos teus, o crescimento era exíguo; os resultados obtidos eram lerdos e minguados. Querias contagiar todas as nações com um sopro, mudar a crença e as rotinas das pessoas com um só pensamento, transformar o mundo com um único gesto. Mas o mundo é moroso e tua sofreguidão impôs a criação de um fato que atraísse maior atenção e acelerasse a disseminação de tuas mensagens.

A festa da Páscoa em Jerusalém surgira então como o momento e o local ideais. Milhares de pessoas estariam lá para lembrar e celebrar a liberdade do povo hebreu da dominação do Egito. Haveria, como de hábito, um clima de ansiedade e esperança de que se aproximava o dia de nos libertarmos de Roma. Mas os romanos — e judeus endinheirados, satisfeitos com a vida luxuosa e confortável que levavam sob a proteção do governo colonizador — assistiam com tranqüilidade e segura condescendência às dissimuladas aspirações de um povaréu impotente. Para eles, tu eras apenas o chefe louco de mais uma das inumeráveis seitas que fervilhavam na terra ocupada. Em parte, tinham razão. Havia grupos de todo tipo: os belicosos, apologéticos, como o de João Batista, que propugnavam pela guerra; os que, ao contrário, como os essênios, optavam pelo retiro em comunidades distantes dos vícios de romanos e de muitos judeus; e até os formados de verdadeiros bandidos, assaltantes. Hoje, tu morto, mais os poderosos se convencem de que estavam certos: não passavas de mero rebelde ou desordeiro entre muitos.

Admiro-me como tu, tão inteligente e perspicaz, não vias isso. Teus olhos miravam horizontes azuis e infinitos. Confiante, almejavas chegar ao coração e aos ouvidos da multidão, numa peleja de idéias e palavras que travarias com o poder estabelecido pela força das armas.

Reconheço a argúcia de teus planos: entrar em Jerusalém montado em um jumento, conforme Zacarias, o profeta, anunciara que assim viria o Messias, e provocar Caifás, o sumo sacerdote do templo de Jerusalém, para uma disputa pública de pensamentos e conceitos. Meu coração quase saltou do peito quando vi tuas agressões aos mercadores e cambistas e quando ouvi tu dizeres, aos que chegavam à cidade, serem desnecessários os rituais de purificação realizados pelos sacerdotes do templo, prática tradicional e rentável para eles. "Olhai para dentro de vós", tu proclamaste, "e no coração encontrareis por vós mesmos o caminho luminoso." Querias provocar — e conseguiste — o conselho dos altos sacerdotes, que não suportariam ver ameaçada a vida luxuosa que levavam, e o mais poderoso deles, Caifás, ardiloso político, pessoa de confiança do governador da Judéia, Pôncio Pilatos, pelo qual foi indicado sumo sacerdote do templo.

Na ceia, a última que fizemos contigo, já sabias o que aconteceria. Ao terminarmos, conduziste-nos ao horto e ali nos convidou a descansar. Era o lugar que combinaste com Judas para tua prisão, não é mesmo? Pouco antes da chegada dos guardas tu tiveste um lampejo, se não de clarividência, ao menos de dúvida. Quiseste, por breve momento, que o Pai te livrasse do destino arquitetado. O medo fez-te vazar sangue pelo suor. Mas tu te recuperaste e quando Judas chegou com os soldados já estavas pronto e recomposto para te entregares.

Tudo corria como planejaste. Mas não previste as artimanhas de Caifás. Ele te queria morto. Além de blasfêmia, tu foste acusado de sedição, crime cuja pena é a morte por crucificação. Para alcançar seu intento, Caifás usou poder, prestígio e riqueza, além de malícia. Levou-te para ser julgado na casa dele, em vez do espaço público que tu almejavas e a lei ditava. O debate que pretendeste realizar aos olhos e juízo de todos foi evitado com esperteza por teu algoz.

No julgamento, foste levado a blasfemar na frente dos sacerdotes. Caifás, com sagacidade, perguntou a ti: "Você é o rei dos judeus?", e tu respondeste que sim. Expunha-se a blasfêmia. Apesar de tudo, havia um senão: Caifás tinha o motivo para executar-te, mas não tinha o poder. Somente o governador pode ordenar a crucificação. Eu presenciei tu seres levado a Pôncio Pilatos. Embora seja cruel, ele não viu qualquer crime em tuas ações e palavras. Indagou se eras o rei dos judeus e eu vi tu nada responderes. Ele então te inocentou, para contentamento da esposa, que intercedia por ti. A turba, entretanto, instigada pelos sacerdotes, queria tua condenação. No meio dela, eu me sentia cercada pela fúria do ódio descabido. E tu, calado, talvez por esgotamento, talvez por ter conjeturado nova estratégia, derradeira e definitiva, eximiste de te defender. Receoso de que o tumulto evoluísse para uma rebelião, Pilatos deixou que a multidão optasse pela liberdade de Barrabás em vez de ti e proferiu a contraditória decisão de julgar-te inocente e condenar-te à morte, lavando as mãos e exibindo-as à súcia turbulenta.

Que raiva! Como pudeste ser tão otimista? Se, para crucificar alguém, basta a fama de curar pessoas sem a mediação de sacerdotes em rituais caríssimos nos templos, com sacrifícios de cordeiros para os ricos ou de meras pombas para os pobres, o que esperavas ocorrer com quem propalava ostensivamente idéias radicais como nunca se ouvira e ousara desacatar a autoridade do sumo sacerdote do templo de Jerusalém? Como pudeste ser tão ingênuo? Então não sabias que todo poder é maléfico?

Na prisão, quando me permitiram visitar-te, poderias ter me contado sobre a farsa articulada em vez de se fazer surdo aos rumores de que Judas Iscariotes havia te traído. Eu via em teu olhar certo descaso por minha aflição, como se ela não passasse de temor pueril atinente à suposta fragilidade feminina. Tu não viste o que eu via com toda a clareza: a gestação do desastre. O que esperavas, ainda? Só percebeste a dimensão da tragédia depois de sofreres, no percurso dos descaminhos traçados pelas circunstâncias insólitas dessa vida, a indiferença das pessoas, a arrogância dos governantes, a peçonha dos invejosos, os horrores das sevícias e a surdez do Pai a teus clamores.

Que decisão desastrosa! Trocar a amenidade das peregrinações pelo cativeiro e suplício. Poderíamos estar em Banias, brincando de adivinhar a chegada das nuvens; ou em Cafarnaum, tu indo a pescar com Pedro e com teus irmãos no rio Jordão enquanto eu, a te esperar, moeria azeitonas e recolheria o óleo para as lamparinas; ou em Nazaré, tu a ajudar teu pai nos artefatos de madeira e eu a misturar essências para perfumar teus cabelos. E amiúde, em qualquer lugar, de manhã sairíamos e encontraríamos nossos amigos e estudaríamos o itinerário do dia. Como sempre, eu estaria a teu lado todo o tempo. Talvez eu tenha deixado à mostra, eventualmente, uma expressão de orgulho embevecido, o que decerto aumentou a inveja de alguns, o ciúme de outros, já compreensíveis pelo fato de ser tua companheira, a que nomearam de discípulo amado. Eu deveria esconder o deleite e a euforia de ser a preferida, de estar sempre próxima a ti, de ser tocada e de quando em quando beijada na presença dos demais. Mas como poderia? Sou de carne e osso, tenho coração, fraquezas, as emoções às vezes me dominam e transtornam. A predileção que tinhas por mim me envaidecia e aguçava meu egoísmo, e quanto mais me sabia preferida mais desejava conservar tua predileção. Tu percebias o mal-estar provocado nos discípulos quando me beijavas na boca e não cansavas de justificar a atitude, sentenciando que pela boca somos fecundados de graça, sabedoria e amor. À tardinha, exaustos, haveríamos de ser recebidos na casa de alguém. E logo os moradores se afanariam nos deveres da correta hospitalidade, nos trariam cadeiras, ofereceriam pão, queijo, nozes e vinho, e uma das mulheres se ajoelharia à tua frente para lavar-te os pés. Afastada, com discrição, eu me esforçaria para demonstrar compreensão e indiferença, desviar os olhos das mãos ineptas a afagar os pés tantas vezes acariciados com perícia incomparável pelas minhas mãos e enxugados com meus cabelos. Observar outras mulheres a lavar-te os pés sempre me feria como uma agulha longa trespassada no seio esquerdo. Confesso e não me envergonho. Tenho razões para o que sentia. Revoltavam-me a displicência com que algumas mulheres se entregavam à tarefa, a pressa de outras, a lascívia de outras mais e a imperícia de todas. Acima de tudo indignava-me o fato de elas não perceberem e não louvarem a indizível ventura de terem nas mãos os pés de um homem inigualável. Meu protesto silencioso, secreto, era justo. Teus pés só deveriam ser tocados por mãos hábeis e duvido que existam outras como estas, de Maria, filha de Teófilo, comerciante de bálsamos nas rotas da Peréia, Judéia e Galiléia, a Maria de Magdala que se esmerou nas preparações de plantas olorosas, no uso do olíbano e do nardo, do aloés e da mirra, e se tornou exímia nas unções com os bálsamos.

Ah, quantas vezes ungi teu corpo amado... Contigo a meu lado nada mais importava, porque nada mais existia. O mundo desaparecia. A eternidade se resumia àquele instante. Éramos nós e o momento. Queria a ti só para mim? Sim. Desejava toda a tua atenção? Sim. Enciumava-me quando te dirigias a outra? Sim. Envergonho-me de tudo isso? Não! Como posso amar-te sem egoísmo?

Quantas vezes teus músculos fatigados descansaram sob meus dedos, teu corpo distendeu com meus óleos preciosos, tuas ansiedades se dispersaram e desapareceram no sono induzido por minhas mãos perfumadas?

A verdade somos nós na Terra?

Nunca me envergonhei de meus sentimentos. E compreendia o dos outros discípulos. Como poderiam suportar calados tua preferência por mim? Mostrar preferência por alguém já seria doloroso a eles, e tu preferiste uma mulher. A princípio a maioria entendeu e aceitou. Depois, alguns começaram a deixar escapar seu desagrado em críticas tolas, por motivos fúteis, como fizeram na casa de Simão, o leproso, quando derramei todo o valioso perfume do frasco de alabastro em tua cabeça e eles me acusaram de perdulária. Outros chegaram a se espantar: "Preferir uma mulher? A sedutora que oferece o fruto proibido? A mãe do pecado? A inventora do Mal?" Eu percebia os protestos. Quase nunca se externavam em palavras, mas eram visíveis nos olhares furtivos. Eu compreendia e perdoava nossos irmãos, assim como desejava que compreendessem meu amor ciumento, egoísta, e me perdoassem.

E tu, o que sentias? Dizias me amar, eu sei, mas era o que dizias a todos. Amavas-me mais que a todos, chegaste a dizer, para que todos ouvissem. Mas o que significavam essas palavras para ti? E para mim? Eu duvidava. Hoje sei. Tu amavas mais a idéia de amor que a pessoa amada, mais o pensamento que o coração, mais o discurso que a língua, mais o horizonte que a casa, mais o porvir que o presente, mais a abstrata humanidade que eu, tua companheira de carne e osso sempre a teu lado. Assim se evidencia a diferença de nosso amor. Sem ti eu me sinto perdida e destroçada, e sei que tu, sem mim, embora triste, prosseguirias na trilha do sonho.

Tu me suprias de tudo que eu pudesse alcançar. E tudo me deleitava, não apenas os beijos, o toque de teus dedos ou as unções que eu te fazia. Junto a ti, até os momentos corriqueiros me bastavam: ver-te sorrir com as crianças, admirar um lírio do campo, atear fogo nas lenhas, de manhã, para eu assar nosso pão do dia. A ti, ao contrário, o que tinhas à mão era insuficiente. Almejavas despertar os homens e as mulheres, de todos os povos, judeus e gentios. Visavas sacudir com tuas palavras as pessoas adormecidas, entorpecidas pelo cotidiano tedioso e pela tradição enganosa. Querias iluminá-las com tua luz, extasiá-las com a beleza que descortinavas. Ah, como é difícil o convívio com um ser iluminado!

De teu sonho de luz para todos brotou o plano temerário. Do sonho de luz nasceu a treva. Foste ingênuo, como todo sonhador. Foste imprecavido, como todo herói. Acreditaste mais na fímbria do possível que na vastidão da realidade modorrenta subjugada a espertalhões gananciosos.

No fundo, tinhas dúvidas, tanto que não ousaste me revelar a trama. Mas a menor esperança de transformação foi suficiente para te lançares na aventura. E assim fizeste.

Ninguém sabe mais que eu tudo o que sofreste. Só eu acompanhei teus infortúnios desde a prisão até a morte. Só eu implorei piedade aos carcereiros, roguei audiência com Pôncio Pilatos, testemunhei as ofensas e agruras, as chacotas e humilhações. Depois, amparando tua mãe, segui cada um dos teus passos trôpegos sob o peso da cruz, enquanto os outros discípulos fugiam e se escondiam, amedrontados. Ninguém sofreu como nós. Os açoites doíam em ti e em nós duas. Por que tanto sofrimento, tanto sangue? Que fera nesse universo infinito, afora o homem, é capaz de tamanha crueldade? Que pai, misericordioso, suporta ver impassível o filho massacrado além de todo limite? Que pai contém o ímpeto de incendiar, num átimo e com mínimo movimento, tudo e todas as bestas que se divertiam com os uivos de dor do filho espancado?

Judas Iscariotes, que houvera se desprendido de qualquer apego a si mesmo, inclusive da reputação entre nós, em favor de teus propósitos, ao sentir somar-se a dor pela perda do amigo ao amargor do arrependimento pela cumplicidade na funesta artimanha, pôs fim ao próprio padecimento.

No cume do Gólgota, tua mãe e eu nos surpreendíamos de continuarmos vivas. Como podíamos respirar e não sucumbir vendo tua carne dilacerada pela brutalidade dos que querias abraçar como irmãos? Cada martelada nos cravos estrondava em meus ouvidos e varava minhas entranhas. Vomitei. Tive ali o início das náuseas e dos vômitos que desde então se repetem todos os dias.

Vômito. Que nojo! Essas malditas mulheres!
"Nicole?"
"O quê, professor?"
"Ela está vomitando."
"Ih, cuidado! Ela pode aspirar e sufocar. Deixa que eu limpo a boca dela."
Por que me atormentam essas malditas mulheres com suas vidas malditas, vagueando dentro de mim, apossando-se de meu corpo como se eu lhes pertencesse ou lhes devesse alguma obrigação, falando sem parar, lamuriando-se, exagerando nos adjetivos, aliterações, assonâncias, preciosismos, ou induzindo-me a lhes emprestar minhas palavras cruas? O que querem de mim?
"Dona Solange, a senhora pode trazer o foco? Preciso aspirar a Cláudia, mas não estou vendo bem a garganta. Está escuro aqui."

Tudo ficou claro quando te vi na cruz. Foi quando clamaste, o sangue a escorrer do peito, das mãos e dos pés, no rosto a dor do mundo, "Pai, por que me abandonaste?". Foi deste clamor inútil de tua boca contorcida que tudo ficou claro, dolorosamente claro. Ele não é pai. Não somos seus filhos, embora tenhamos sido criados por ele. Não somos seus semelhantes. Ele não sente. O amor lhe é incompatível. Bondade, compaixão, misericórdia — atributos do amor — lhe são impossíveis. Com certeza, ao decidir criar vida, viu-se obrigado a abdicar do amor. Sua dúvida quanto à criação talvez tenha durado séculos, uma eternidade. E talvez agora esteja arrependido da obra realizada. Um universo de estrelas talvez bastasse. Uma terra com mares, vulcões e trovoadas, aquecida e iluminada pelo sol, talvez fosse suficientemente interessante. Ao criar seres vivos tornou-se necessário fechar os olhos à fome, às lutas, às dores, à morte. E também tornou-se necessário tapar os ouvidos aos gemidos e clamores. E nem fechando os olhos e tapando os ouvidos a dor se fez invisível e inaudível. Restou apenas uma saída: eliminar o amor.

Não somos seus semelhantes. Ele não pode ser bom. Não há bem e mal nem belo e feio fora do coração humano. A imparcialidade de Deus exige sua inumanidade. Por isso consegue ser Deus sem aniquilar a si próprio. Permitiu teu aniquilamento porque é impiedoso. Surdo a teus brados, consentiu que acontecesse aquele martírio.

Sim, sobre o nosso desespero o céu escureceu e as nuvens ribombaram. Relâmpagos alumiaram a colina com traços de fogo. *O mundo treme e vai partir-se*, pensamos. *Que seja! Antes assim!* Mas não. Se a terra se dividisse ao meio ou se rachasse e devorasse tudo ao redor, aí sim, eu, tragada também pelo abismo, saberia que Deus estava ali, compadecido, arremetendo o terror de sua cólera parida do amor descomunal. Mas não. Houve o tremor, e a calma. Houve o trovão, e só. Não era Deus. Ele jamais poderia ser tão parco. Sua resposta jamais seria tão pífia. Estava claro: Deus não ama. Amor e Deus são incompatíveis.

Em ti, sim, vicejou o amor. A compaixão pelos outros, nossos irmãos, nossos semelhantes, levou-te ao destino de nos deixar, a mim principalmente, para se pôr em mãos duras e frias. Será que tu percebeste, na dor mais lancinante, a dessemelhança? Quando clamaste, espantado e desamparado, viste a verdade faiscante desvelar a ilusão, a perda, o desamor, a decepção? Creio que sim. E esta terá sido tua dor maior.

Que flagelo! Confesso que ansiei por tua morte. Diante dos suplícios medonhos e do desfecho inexorável, meu coração rogava pelo fim de tua vida. De nossa vida.

Mas como demorou... Pilatos achou o contrário, rápida demais a morte, na nona hora daquela sexta-feira, para alguém crucificado na terceira hora. Desconfiou que ainda estavas vivo. "Costumam agüentar dias", falou ao bondoso centurião que lhe levara a notícia e que acabou convencendo-o. O tempo é vagaroso para quem sofre. Posso jurar. Quantas batidas deu no peito meu coração até se exaurir teu alento e pender tua cabeça.

Tua mãe e eu, como membros da família, reivindicamos teu corpo, e José de Arimatéia e Nicodemos, nossos amigos, recolheram-no da cruz para sepultá-lo de acordo com as leis judaicas. Meu olhar turvado pelas lágrimas foi uma dádiva que me impediu de distinguir com nitidez as tuas chagas.

Os dois amigos levaram teu corpo para a tumba privada do abastado José de Arimatéia, onde este desejava purificá-lo com mirra e com a grande quantidade de aloés que trazia consigo. Protestei: "Querido amigo, você é pleno de generosidade, porém carece de conhecimento e destreza para purificar o cadáver de nosso amado mestre. Deixe a mim a incumbência. O aloés é apropriado à reabilitação dos vivos, não à purificação dos mortos." "É o que tenho agora", ele explicou. "Depois você deve vir com seus óleos aromáticos completar o rito como convém melhor."

Na manhã de domingo, tendo passado dois dias em prantos, preparei os bálsamos para ungir teu corpo pela última vez, purificá-lo com desvelo e correção para o sepultamento. Haveria de fazê-lo com carinho e pesar. Aos perfumes raros misturaram-se minhas lágrimas. Com os olhos ardendo de cansaço e ainda mais turvos que na véspera, pelo choro incessante, na penumbra do sepulcro não te encontrei. Tateei o chão, as paredes de pedra, todas as superfícies rugosas, a princípio com suavidade, mas logo com o descuido e a pressa do terror, escalavrando as palmas e enlameando de terra e sangue as mãos na busca desenfreada. *Onde estás?*, eu gemia. *O que fez José de Arimatéia com o corpo adorado?* Minhas pernas mal me sustentavam. Eu cambaleava ao sair de lá. O sol da manhã faiscava em meus olhos molhados e afeitos às penumbras. Caminhei sem rumo e me descobri num jardim prodigioso. E lá estavas tu. Em meio a flores enormes, brancas, violetas, amarelas, escarlates, todas brilhantes, lá estavas, meu amado! Se tua imagem era diáfana, fugidia, talvez dúbia, a mim pouco importava. Enxuguei os olhos e, a despeito da distância e da luminosidade que envolvia teu corpo limpo, coberto com túnica alva, convenci-me de que eras tu, limpo e liberto do túmulo malcheiroso e lúgubre, a passear na claridade do jardim perfumado. Forcei as pernas. Acelerei os passos. Queria abraçar-te, beijar-te, afagar teus cabelos, banhar-te com minhas lágrimas de alegria. Que decepção!

    Nunca imaginei que um dia, e logo naquele dia, te afastasses de mim, esquivando-te de meu toque como se eu fosse impura ou indigna de ti. Desapontamento igual jamais haverá na Terra. Um torvelinho girava em minha cabeça; tonteava-me. As lágrimas retornaram, nublando-me a visão. Consegui, não sei como, indagar o que ias fazer, lembras?, e tu disseste: "Agora vocês devem fazer por mim." Eu sentia que aquela era a última conversa que teríamos. "Aonde vais?", perguntei, desesperançada. Tua resposta foi um leve sorriso no rosto triste, e lentamente tu partiste, sumindo na névoa de meus olhos.

    Ocultei quanto pude minha desolação ao encontrar Pedro, André e Levi. Disseram-me que todos os discípulos queriam fugir. "Se Jesus foi morto, nós também seremos", argumentaram. Procurei tranqüilizá-los e dissuadi-los. Contei-lhes o que tinha visto: o sepulcro vazio e tu entre as flores de um jardim deslumbrante. Pedro, como sempre, foi o primeiro a duvidar. Zanguei-me. Discuti com ele. "Acha que minto?", indaguei, furiosa. Levi interveio e me acalmou. Mas, calados, eu sabia que não acreditavam no meu relato.

Hoje entendo a descrença deles. Se eu mesma duvido do que vi... Estavas ali, de fato, ou foi meu desejo de ver, ânsia tão forte que estampou a imagem diante de mim, um desvario, devaneio do amor desmedido, imagem de coração mortificado à frente de olhos perturbados? Talvez tenham duvidado por causa de meu olhar decerto vago, de meus gestos lentos e de minha voz inusitadamente rouca e vacilante, diferente da habitual, sonora e entusiasmada. Pode-se confiar numa pessoa assim? Pode-se confiar no testemunho de uma mulher apaixonada?

Os outros discípulos também se abateram com tua desdita. Embora muito menos que eu, sentem tua falta. Porém, consegui animá-los à missão que gostarias de vê-los assumir. Temerosos das perseguições de que somos vítimas desde a tua condenação, eles se dispersaram, conservando, todavia, o propósito de difundir teus ensinamentos por toda parte. Receio que tuas mensagens se deturpem no linguajar variado de porta-vozes humildes e tão díspares, de costumes e idiomas diversos e sem um guia que os ordene.

Sem qualquer soberba, eu sou o discípulo mais qualificado para dar testemunho de teu evangelho. No entanto, não conseguirei. Judeus e gentios que se dispusessem a me ouvir jamais seriam persuadidos pelo discurso tíbio e indeciso de uma mulher amargurada?

Cheguei a tentar, mas desisti. O máximo que fiz foi incentivar os outros discípulos na batalha contra o Mal. Quanto a obrigar minha língua a proferir palavras ditas por ti, me é impossível. Sou fraca? Talvez. Ou talvez meu amor seja de tal forma pujante que nada lhe resiste, nem o dever de apóstolo. Anseio pela noite, pela treva, por estar só e poder falar contigo. É na treva que melhor vejo.

Verei melhor na treva? Essa treva onde navego me proverá a luz? Nela encontrarei brancuras e suavidades de nuvens tênues? Ela me dará respostas? Não, não quero respostas. Abstenho-me delas. Minhas dúvidas ou foram desfeitas ou serão perenes. Não importa. O que importa é conseguir ser na Terra, a despeito de tudo, até indiferente a tudo, se preciso for. Mas como? Na imprecisão do que me aconteceu, aflora com nitidez a repulsa ao mundo como ele é. A névoa na memória não impede a recusa indefinível plantada no meu âmago. Então, resta-me apenas descobrir como ser na Terra, a despeito de tudo.

Afinal compreendo teu pendor pela solidão. Ele me machucava. Sempre que podias, tu te afastavas de todos — até de mim! — e quedavas distante, sentado numa pedra, a fitar o chão ou o horizonte, às vezes até o anoitecer, às vezes dias seguidos! Pensavas na felicidade? Pensastes nela algum dia sequer? Garanto que não. Quantos momentos poderíamos ter desfrutado juntos, e tu desperdiçaste! Descuidavas do presente, e os maiores obstáculos à felicidade, além das convenções disparatadas de cada povo, são o ontem e o amanhã. E o passado e o futuro eram os terrenos onde caminhavas e vivias. Um foi seqüência de sofrimentos, o outro certamente será.

Converso com algumas pessoas, em voz baixa. Falo de ti, de tua ternura, teus sonhos. No entanto, logo me comovo e calo. As preleções estão além de minhas possibilidades. De onde eu tiraria forças para repetir tua afirmação de que o Reino dos Céus está no coração de cada um, sem que a desolação do meu não sufocasse as palavras na garganta?

Junta-se ao meu desconsolo a amargura de saber que, sem a tua proteção, recrudesce a discriminação sofrida pelas mulheres que te acompanhavam. Até aqui, na Galiléia, onde éramos bem recebidas, hoje nos põem à margem. A inveja e o ciúme que despertei fermentam a malícia de alguns e gestam a maledicência. Dizem coisas que não fiz e que não sou. De discípulo preferido e mais amado passo a ser a mais vil de todas as mulheres. Como suportar tanta desventura? Como sair a peregrinar e pregar? De onde tirarei palavras que brotem sem lágrimas?

Ao amanhecer partirei para Éfeso. Já me despedi de José de Arimatéia e de Sara, tão solícitos e preocupados comigo desde a tua morte. Agora, imitando-te, vou mergulhar na solidão absoluta. Meu destino é o silêncio.

Silêncio. Noite. Treva. Solidão.

Eu detesto solidão. Nunca suportei ficar sozinha. Sempre tive alguém do meu lado. Acho que é de família. Mamãe, logo depois que papai morreu, tratou de arranjar outro marido. Eu era pequena e não desgrudava de minhas irmãs Comito, a mais velha, e a caçula Anastácia. Nós nos divertíamos bastante.

Quando papai era vivo nós brincávamos no circo onde ele cuidava de ursos e outros animais. Nem nos dávamos conta de que levávamos uma vida miserável. Após sua morte, quando eu tinha... o quê?... cinco anos?... tivemos todas de trabalhar. Contudo, nossa vida não perdeu a alegria; ao contrário, as diversões aumentaram. Trabalhávamos em peças burlescas no teatro de Constantinopla e fazíamos muito sucesso. Eu gostava de ver as pessoas aplaudindo e rindo de minhas pantomimas. À medida que crescíamos tivemos que encontrar outros meios de sobrevivência. O mais fácil para nós — belezas enaltecidas por todos os homens da cidade, ricos e pobres — era nos valermos dos dotes físicos. Comito foi a primeira: cedo se tornou prostituta experiente e muito requisitada. Ensinou-me o que sabia. O ofício, ao invés de penoso, era prazeroso e um antídoto contra a solidão. Eu me divertia. Ganhava dinheiro tendo como ocupação usufruir as delícias da vida. Ao passear nas ruas, esforçava-me para conter o riso ao ver os homens se esgueirando por onde podiam, a fim de escaparem da tentação da lascívia ou da vergonha de serem reconhecidos em público como fregueses. Eu não tinha medo de nada e era feliz. Mais tarde vim a saber que o filósofo Epicuro pregara justamente isto: para alcançar a felicidade é preciso vencer o medo — da morte, dos deuses e da dor — e buscar o prazer do conhecimento e dos enlevos deste mundo. Passei a ver com maus olhos os que disseminam o medo para instituir dogmas; são fomentadores da desgraça alheia.

Naquela época, ninguém imaginaria, nem eu, que a prostituta simplória e irreverente se tornaria a mais poderosa imperatriz de todos os tempos do Império Romano.

Muitas pessoas têm dificuldade de entender meu ódio por não distinguirem a mulher que fui da que sou. Desde que me casei, aos 23 anos, jamais tive outro homem em minha cama, além de Justiniano.

Não nego que os anos anteriores ao meu casamento foram muito agradáveis, embora a vida não seja constante divertimento. Meus atributos, desde o início em que me lancei no rendoso comércio, permitiam, até certo ponto, selecionar clientes. Mas houve momentos amargos até eu atingir a posição social de cortesã. Foi nessa etapa de minha vida que surgiu Hecébolo, governador de Pentápolis, e quis fazer de mim sua amante exclusiva. Levou-me para a África.

Eu era jovem e fogosa. Conforto e segurança não me bastavam. Exigi de Hecébolo jóias e vestidos caros. E não pude resistir à obsessão de seduzir belos rapazes e senhores libidinosos. A vida tinha de ser permanente volúpia. Houve um curto interregno: a despeito dos cuidados no uso de toda a sorte de artifícios, inclusive os considerados detestáveis, para não ter filhos, engravidei e pari um menino.

O fascínio de Hecébolo por mim acabou vencido pelos desgostos causados por minha infidelidade e pelo declínio acelerado que meus caprichos causavam em sua riqueza. Fui abandonada em Alexandria. Deixei o bebê com Hecébolo, que passou a amá-lo após breve período de relutância em se convencer de que era seu filho. Mesmo que eu quisesse levá-lo, Hecébolo não iria permitir. Na miséria, reiniciei o comércio em que era perita.

Tempos depois,

Quanto tempo? Quanto tempo estou aqui, assim, semimorta, a meio caminho entre ser e não ser? O tempo desliza e processa em mim o desgaste. Mas ainda vivo, eu acho. Não tenho certeza. Talvez esteja morta. Talvez a morte seja isso, esses pensamentos na inação, essa mescla de vidas diversas e dispersas, pairando na escuridão, imbricadas na minha...

"*Quando ela acordar, porque ela deve se recuperar, não é, doutor?, será que vai se lembrar de... dos amigos?*"

"*Por que você pergunta isso, professor?*"

"*Porque o senhor disse que ela pode ter desenvolvido amnésia.*"

"*Pode ter. Não quer dizer que tenha. E se tiver, a amnésia poderá ser, além de parcial, transitória. A mente humana é muito complexa. Você sabe disso, não é, professor? Em casos de traumas cerebrais, às vezes ocorrem alterações da consciência, mas nem sempre. A Cláudia, quando despertar, poderá vir com algum grau de amnésia ou não, assim como poderá apresentar outras alterações da consciência.*"

"*Outras? Que outras?*"

"*É como eu disse, a mente humana é muito complexa. Lembra que falei dos tipos de coma segundo a profundidade? Pois é, a profundidade se refere a alteração quantitativa da consciência. Mas há também alterações qualitativas. A Cláudia, mesmo agora, pode estar sofrendo distúrbios psíquicos, afora amnésia, como confusão mental, delírios, alucinações visuais ou auditivas, estados de êxtase ou imaginativos..."*

"Deus do céu!"

Ah, Deus, estou louca, definitivamente! Essas malditas mulheres são fruto da loucura. Temia que fossem eu mesma, em minhas vidas passadas, coisa em que nunca acreditei, e agora vejo que é pior ainda, pura imaginação doentia.

"Calma, professor, não sofra por antecipação. Pode não acontecer nada disso. Vamos aguardar para quando..."

quando Hecébolo estava à beira da morte, revelou ao filho a identidade de sua mãe, até então mantida em segredo.

Existem segredos que nunca e a ninguém devem ser revelados. Por exemplo, os indignos e medonhos, como os meus.

O rapaz veio ao palácio e marcou uma audiência com a poderosa imperatriz Teodora. Foi a única vez que conversamos. Nunca mais ele apareceu. As más línguas, que há em todos os tempos e lugares, não cansam de cochichar que Teodora mandou matar o próprio filho para que nem Justiniano nem o resto do mundo soubesse dele e relembrasse o passado da promíscua cortesã. Pura maldade. Eu jamais faria uma atrocidade dessa. Nem precisava. Dei-lhe dinheiro suficiente para viver com dignidade, guardando sigilo de sua origem. E ele tem cumprido o acordo, demonstrando o bom senso e o bom caráter herdados da mãe.

Os anos de penúria em Alexandria duraram pouco. Dediquei-me com fervor ao mais delicioso dos trabalhos e fui bem recompensada. De cidade em cidade, no Oriente, seduzi centenas, milhares de paspalhos e de pródigos cavalheiros, até readquirir condições confortáveis de vida e chegar de volta a Constantinopla em boa situação social. Estava pronta para recomeçar as aventuras rotineiras de cortesã. Foi quando confrontei a irrelevância daquele mundo com minha potencialidade. Minha beleza, decantada por toda parte, e a inata capacidade de sedução conferiam-me um poder que eu não estava sabendo aproveitar. Se conquistei sem esforço a paixão de um governador, por que não seduzir... quem?... ora, Justiniano, o homem que haveria de herdar o trono do imperador Justino, seu tio sem filhos. Minha convivência com Hecébolo abrira novo horizonte em minha vida. Demorei um pouco a percebê-lo. A miséria em que fui lançada em Alexandria não me dava tempo nem condições para pensar em outra coisa que não fosse a sobrevivência imediata. Ao retornar a Constantinopla, após amealhar no trajeto uma quantia suficiente para viver bem, pude discernir com clareza meu destino. Além da convicção de ser capaz de conquistar o amor de quem desejasse, atinei que possuía aptidão e vontade de pôr fim ao infortúnio de muita gente. E tomei a decisão. Dolorosa, mas tomei. Mudei de vida radicalmente. Tornei-me casta, reclusa, sóbria, beata. Não pensem que foi fácil. Foi a mais penosa resolução que alguém pode tomar contra si mesmo: abrir mão dos prazeres do sexo, trancafiá-los no passado.

Também preciso trancafiar essas mulheres inflamadas de paixões incendiárias, com suas vidas de aventuras e desventuras, paralisá-las e emudecê-las, impedi-las de voejar dentro de mim, melhor dizendo, de transitar nos meus porões frios, úmidos e escuros, com seus gemidos, angústias, êxtases, gritos, somando seus calvários ao meu ou exaltando prazeres inéditos para mim.

Antes, quando me chamavam de promíscua e devassa, eu ria e até agradecia os elogios. Via, como ainda vejo, virtudes ao invés de vícios e pecados na apreciação dos deleites da luxúria. Creio que todas as pessoas sentem, vez por outra, a passagem ligeira e sorrateira do desvario, da tentação à volúpia. Os homens costumam dar-lhe recepção ora ansiosa, ora divertida, e terminam deleitados. As mulheres, cheias de medo, pudor e recato, barram-lhe a entrada. Poucas são as que abrem a porta e se deixam inflamar; a maioria teme o epíteto de bruxa. Eu pertencia à minoria devotada à pândega. Que mal há na licenciosidade? E na perversão? Que deleites são obscenos, quais as posições dignas para se gozar e quais as pervertidas, e por quê? Quantos orgasmos são precisos para o espanto do escândalo? Volúpia, luxúria, devassidão, lascívia — o que significam essas palavras a não ser êxtase sublime? Que malefício causei ao copular com vários homens, muitas vezes no mesmo dia? Quantos parceiros e quantas cópulas são necessárias para atingir a categoria de promiscuidade: duas, cinco, doze, quarenta? Messalina copulou com oito mil homens; e morreu com cerca de trinta anos! Qualquer lugar lhe servia: dependências do palácio, banhos públicos e mesmo becos escuros. É o que dizem. Certa ocasião desafiou a mais ativa prostituta de Roma, afirmando que conseguiria fornicar com mais homens que ela em um dia. Dormiu com 25 e venceu a competição. Se tivesse brincado com apenas um seria menos adúltera? Dizem também que o imperador Cláudio, seu marido, não sabia da vida que a mulher levava e depositava nela absoluta confiança. Será? A mulher, pelo que contam, quando não tinha no palácio homens suficientes para saciá-la, cobria-se com véus e ia às ruas, fingindo-se de prostituta, para conseguir o que queria. Que bela aventureira! Foi condenada à morte pelo marido. Por causa de adultério e libertinagem? Não. Porque a tola resolveu se meter em política sem possuir predicados indispensáveis. A política exige dons e conhecimentos especiais. Sei o que estou dizendo. Cleópatra tinha os atributos necessários. Ouve-se falar de seu furor sexual incomum, para cuja saciedade mantinha no palácio de Alexandria um grupamento de jovens musculosos e fogosos sempre a suas ordens. Não acredito. De qualquer modo, ninguém pode falar assim de Maria Madalena. Sempre se ouviu que era prostituta e cheia de pecados, e agora nem se duvida mais. Porém não se sabe com quem nem com quantos dormiu. O que é de conhecimento geral é que os sete demônios da pecadora correspondiam à síntese de todos os vícios. Não sei como se descobriu isso se ninguém os nomeou naquele tempo. Em minha opinião, os sete demônios que Madalena carregava no corpo são aqueles que os homens consideram temíveis desvarios nas mulheres: paixão, liberdade, astúcia, intuição, sensualidade, persistência e intrepidez.

Não se pode acreditar no que os vencedores dizem dos vencidos. Quanto a mim, sou eu mesma quem diz: usei, sim, meus dotes físicos e habilidades sensuais para viver e enriquecer. No teatro, ao atingir a adolescência, tirava as roupas pouco a pouco e exibia meu corpo magnífico à turba excitada. À saída, havia fila de homens me esperando e eu me entregava ao ofício. Se algum se mostrasse incapaz de me levar ao êxtase era logo expulso do leito para dar lugar a outro, mais promissor a minhas pretensões, que não se limitavam à pecúnia. Ao fim da noite, quantas vezes recriminei a mesquinhez da natureza com os seres humanos ao não nos forjar com o poder de alcançar o orgasmo repetida e indefinidamente. Nas festas, quando ascendi ao estado de cortesã, recebia com ardor todos os jovens convidados e se não fossem suficientes para minha sede de prazer, ordenava que viessem os criados. Certa vez disseram que deitei com mais de trinta homens e me queixei, insaciada, ao vê-los todos exaustos. Minha vida era uma festa contínua.

A festa! Lembro-me agora. Estava numa festa. Música alta, fachos de luzes coloridas, piscando, muitos risos, perfumes, conversas entrecortadas, aos gritos e mesmo assim pouco perceptíveis, atordoamento, lassidão... Alguém deve ter posto alguma droga no meu vinho. Agora lembro, tomei vinho branco. Não que goste mais que suco de laranja, mas numa festa, com amigas e amigos, um vinho branco ligeiramente gelado é a bebida que consigo tomar para não ser tachada de estraga prazeres e também para fazer companhia e, por que não?, entrar no clima. Mas nunca bebo mais que duas taças. É o bastante para eu já ficar meio zonza e muito alegre. Se exagerei foi porque estava fora de mim. Não, isso não é possível. Alguém me drogou. Alguma das colegas que estavam à mesa? Só pode ser. Quem estava lá?

Que vida esplendorosa! Ganhava dinheiro e me aprazia. No mundo não há comércio mais fácil, rendoso e prazeroso que esse. E eu resolvi mudar.

Penei. Uma mulher nascida para dar e gozar prazeres do sexo, acostumada a orgasmos diários e sucessivos, devotada à volúpia e luxúria, abdicar de súbito desse cotidiano ritual orgiástico, constitui proeza insólita e admirável. E consegui. Comprei uma casa perto do palácio e nela me recolhi. Não a ponto de me furtar aos olhos de Justiniano. Vivi a fiar e vender tecidos. Fiz saber a todos que me purificava. Preparei-me com afinco para o encontro com o favorito do imperador. Meu alvo, meu doce e fácil alvo, apaixonou-se à primeira vista.

Como se não bastasse a luta a travar contra mim mesma — os desejos que me inflamavam as entranhas e o negrume da detestável solidão —, precisei depois enfrentar e derrubar costumes e leis romanas. Os senadores eram proibidos de se casar com mulher da camada baixa da sociedade, uma serva ou profissional de teatro. Com uma prostituta, então, era inimaginável.

Logo após a morte da imperatriz Eufêmia, sua tia, Justiniano promulgou uma lei, em nome do tio, facultando às mulheres que se prostituíram no teatro a oportunidade de um glorioso arrependimento, o qual lhes permitiria a união legal com ilustres romanos.

Casamos. Justiniano, além de me amar e respeitar, apreciava meus pontos de vista sobre assuntos do governo. Considerava-me a companheira de todas as horas, não apenas na cama e à mesa. Ao se tornar imperador, tomou ousada e inédita decisão: conduziu-me consigo ao trono como uma soberana equiparável a si e impôs aos governadores das províncias, magistrados, generais e bispos juramento de fidelidade e adoração à imperatriz.

Governamos com poderes iguais e harmônicos. Ele cuidou das leis, organizou a edição do *Corpus Juris Civilis*, o código hoje louvado em todo o império. Colaborei em sua elaboração, em particular na instituição de direitos a prostitutas, auxílios a desprotegidas, direito de posse e herança a todas as mulheres, salvaguardas a adúlteras, benefícios a divorciadas e pena de morte para estupradores. Fiz por merecer o respeito e a admiração da imensa maioria do povo, especialmente das mulheres.

Mas sempre existem os canalhas. Grupos de descontentes com reformas empreendidas por nós se uniram numa revolta a que denominaram de Vitória. Ilusão teria sido cognome melhor. Eles eram fortes e turbulentos. Justiniano chegou a hesitar, pensou em fugir. "O quê?!", bradei. "Nunca!" Chamei o general Belisário e ordenei debelar o motim. O comandante mostrou competência: trinta mil desordeiros foram massacrados. Nossa permanência em Constantinopla se garantia e nossa autoridade se consolidava. O entusiasmo de Justiniano ganhou novo impulso, frutificando em construções belíssimas e monumentais, que haverão de deslumbrar a humanidade pelos séculos afora. De minha parte, mandei erguer asilos para desditosos e transformei um palácio em enorme mosteiro para moradia e sustento de mulheres desabrigadas.

Ainda assim há quem insista em manter viva a lembrança da antiga Teodora com o intuito de difamar a atual e revoltar o povo que ora me idolatra. Essas línguas que me detratam e amaldiçoam precisam ser caladas. Os velhacos omitem a verdade de hoje e avivam a de ontem. Fingem desconhecer que a atual Teodora abdicou dos prazeres da cama, com sofrimento inenarrável, para se tornar a mulher mais poderosa do Império Romano.

Eu, uma imperatriz que se preza, tenho de resguardar os ideais de governo, para o bem público, do perigo das maledicências. Não posso arriscar a estabilidade do trono, essencial ao bem-estar da sociedade, negligenciando a peçonha que os canalhas instilam nos ouvidos singelos da gente de meu povo, incapaz de compreender que alguém poderia ser digno e importante para o Estado e ao mesmo tempo desfrutar ao máximo os deleites da sexualidade. E os humildes cidadãos estão sujeitos a duvidar da continência da imperatriz. Os iníquos falam de minhas peripécias antigas como se ocorridas na noite passada. Relatam com comentários malévolos o rigor que dedico aos cuidados com a preservação da formosura de meu corpo, os sabores de minha mesa requintada, os tépidos e perfumados banhos em que me abandono e os tesouros que, com prudência, guardei para possíveis desventuras.

Por isso ajo com firmeza. Vacilação e condescendência são venenos para a segurança e a ordem. Meus espiões descobrem os calhordas que põem em risco o governo de Teodora e Justiniano. Julgamentos são dispensáveis, pois confio na palavra e no discernimento de meus agentes. Mando encarcerar os patifes e matá-los. E sumir com os cadáveres da face da Terra.

Sumir da face da Terra. Um dia acontecerá. Por que não agora? O que há de compensador à diligência de viver? Existe alguma razão pela qual valha a pena viver, além do próprio viver, além da fruição de banhos tépidos de banheira, do êxtase de carícias voluptuosas, do sabor de tortas de chocolate? Isso por acaso não é muito pouco para tamanho empenho?

Ah, pudera eu ter a determinação de Teodora. Mas não tenho. Sou uma tola. Deixei que me embriagassem e drogassem. Deixei que me levassem à beira da morte.

Mas é tudo tão absurdo. Um desvario. Será que alguma de minhas amigas cometeria uma tolice ou barbaridade dessa? Não tem cabimento. Sei que não tem, mas um mal-estar indefinido me transtorna e desperta suspeitas, embora não as possa justificar.

Se alguém desejou me tirar a vida, e acho que isso aconteceu, talvez tenha agido com acerto, mesmo sem a intenção de acertar. Ter-me-ia feito um grande favor, não fosse sua incompetência para o homicídio. Calculou mal as doses, as reações, as conseqüências.

Mas nem tudo está perdido. Continuo nesse estado, a meio caminho do ser e do não ser, sem discernir algo por que valha a pena viver, além das banalidades, nem, muito menos, algo por que valha a pena morrer, despedir-se de tudo, de todas as potencialidades e oportunidades para mergulhar na escuridão eterna ou nas promessas suspeitas de teólogos, algo enfim que seja mais que simples abdicação da vida.

A morte será tua consagração. Não teme. Estarei contigo e te mostrarei o caminho justo a percorrer para servir a mim e a teu país.

Não faça isso, menina. Menina, sim, não teime. Dezoito anos é ainda o começo da vida, Joana, e essa voz que você escuta e à qual obedece desde os treze anos quer direcioná-la por sendas tenebrosas que só homens indômitos e truculentos se atrevem a perfazer, pois raros são os que conseguem trilhá-las sem ser colhidos pela morte.

Todos morrem, Joana. E se todos morrem, melhor é deixar a vida por uma causa nobre e divina.

Que bobagem. Melhor é viver muitos anos do que fenecer jovem, trespassada por uma lança. Tape os ouvidos a essa voz. Você pode garantir a quem ela pertence? Esses sons que você escuta são mesmo vozes? Talvez seja apenas o vento redemoinhando em seus ouvidos crédulos, juvenis e transtornados. Quem sabe você ouve vozes que deseja ouvir, lança-se em aventuras que sonhou lançar-se, descortina imagens que anseia descortinar e busca a morte que imagina libertá-la de si mesma? Essa voz desvia você do destino alegre e venturoso reservado às jovens. As moças de sua idade, vestidas e adornadas com ardis sedutores, são louvadas em toda a França nas cantigas dos trovadores. Hoje vocês são os senhores e os homens, seus devotos servos com anseios de cair-lhes aos pés, dedicando-lhes eterno amor. A felicidade enfim se tornou possível. Atente a isto, Joana: enquanto moças de sua idade se divertem e se encantam com os versos galantes que inspiram e lhe são cantados com ternura ou paixão, você está aqui nesse campo, à frente de brutamontes ferozes, prestes a investir contra a tropa inglesa muito bem armada e protegida em sua fortaleza.

É chegada tua hora esplêndida. Põe a armadura, Joana, e empunha a pesada espada. Solta teu grito de comando. Os soldados o aguardam. A ti coube esta missão. É a razão de tua vida.

Uma razão que pode consumi-la? Existe algo que valha a morte, a minha pelo menos? Há grandeza na morte? Na vida? Em algum momento? No último? Pode haver?

Na minha vida há pequenez, a mesma que haverá na morte. O remorso, a ignomínia, a culpa inconfessável, o segredo medonho. A grandeza é impossível, ao menos para mim. Ou tenho direito de sonhar?

Talvez sim. Temos direito ao sonho. À utopia, inclusive. Não por desatino ou ingenuidade, mas pelo desconforto com a paisagem desoladora desse mundo, pelo impulso esperançoso e irrefreável de que ele poderia ser melhor e pelo imaginário profícuo que o descontentamento germina.

Existe uma estratégia esperta e diabólica de desmerecer certas palavras. Utopia e ideal são duas delas. Os pretensos donos da verdade respondem a elas com risos sardônicos e prepotentes, e só com eles tratam de degradá-las e sepultá-las diante dos olhos da multidão simplória. Eles sabem muito bem o perigo que palavras como essas representam e tratam de ridicularizá-las. Têm obtido sucesso. Os miseráveis estão de tal modo desesperançados na impotência em que se encontram que descrêem das mais moderadas utopias. Os outros, habituados às formidáveis novidades tecnológicas, julgam desinteressantes e desprezíveis até as mais extremadas delas.

Esse desabafo tem raiz no passado e é de lá que ele brota. Já tive ideais. Cultivei certezas de que existem coisas pelas quais vale a pena viver, sofrer e até morrer. Onde elas estão?

Não se deixe enganar. Tenha outro ideal na vida, que seja de prazer, sorrisos e gozos, e não de sofrimento, lágrimas e desespero. Eu lhe assevero, Joana: não há idiotice maior que a guerra. Os soberanos franceses e ingleses estão seguros e acomodados em seus faustosos aposentos enquanto os tolos cidadãos se estraçalham nos campos de combate.

O delfim Carlos de Valois está no seu castelo, mas com o pensamento em ti, Donzela de Lorraine. Ele atendeu o teu pedido, preocupa-se contigo e confia em ti.

E ele é confiável, menina? Confia em você, sim, mas você pode confiar nele? Lembra quando o viu pela primeira vez? Você saiu de casa, a cavalo, deixando a bela região de Champagne para ir à corte do delfim impelida por essa voz que a influencia e atordoa, e que já lhe dera, entre o povo humilde e até os cortesãos, a fama de libertadora da França e flagelo dos ingleses. No entanto, ao chegar você foi recebida sem o respeito devido a quem carrega divina missão. Ao contrário de orgulho, o delfim denotava vergonha de acolher no salão engalanado e repleto de nobres uma camponesa analfabeta que se dizia enviada por Deus para ajudá-lo. Ao mesmo tempo, porém, temia cometer um engano irreparável. Optou por um teste. Escondeu-se entre os presentes e pôs no trono um amigo trajado com o manto real. A armadilha punha à prova os decantados poderes sobrenaturais da rústica jovem recém-chegada.

E a prova de que te confiro tais poderes é que percebeste a farsa, desviaste os passos em direção ao verdadeiro delfim e, com uma reverência, proferiste com serenidade e firmeza: "Senhor, vim conduzir os seus exércitos à vitória."

De fato foi algo admirável, embora tenha provocado gargalhadas em todo o salão. Pior que isso: mesmo tendo sido um feito extraordinário, foi insuficiente para convencer de vez o delfim. Bastou alguém questionar "quem pode garantir que esta mulher é realmente uma donzela?" para ele responder com a ordem infame de que se realizasse o vergonhoso exame comprobatório de sua virgindade. Pense bem, Joana, se vale a pena arriscar-se por esse homem, se por ele compensa abrir mão de uma vida inteira, que pode ser plena de ventura e deleite.

Esse homem será, por tua causa, coroado rei da França, e mais que ninguém poderá te proteger e exaltar. É por Carlos de Valois e pela França, sim, que te arriscarás e que se preciso for darás a vida. Vamos! Vê, os homens aguardam tua voz de comando.

A voz é sua ou dele, garota? É você quem vai, mas é ele quem manda ir. E você tem certeza de que é a voz de Deus? E se for a do outro? E se você está devotando sua vida a desígnios penumbrosos?

Tua voz é a da salvação, é arma poderosa e infunde a fé no coração dos soldados.

Uma fé perniciosa, cega, sinônimo de fanatismo.

Não vacila, Joana. Expulsa de Orléans os invasores. Clama "sigam-me!" o mais alto que puderes.

Ah, menina, você vai. Que insensatez. Que loucura. A morte paira no campo de batalha e você ergue a espada e incita o cavalo com destemor insano em direção a ela.

Acredita, Joana: hoje não é o dia de tua morte.

Hoje não é o dia de minha morte? Quando, então? Já devia ter sido há muito tempo. Essa vida obtida na mentira é execrável e inadmissível. Todos os prazeres me vêm com certo travo no final, a lembrar a vilania. Anos se passaram e o amargor de antes é igual ao de hoje.

Quem pode garantir? E se não for hoje será amanhã ou depois, pois uma guerra não se vence num só dia, mas de qualquer maneira será bem cedo.
Hoje haverá de ser teu grande dia, Joana.

"Bom dia, Nicole."
"Bom dia, professor."
"Como ela está?"
"Na mesma. Não fique triste. Ela ficando estável já é uma grande coisa."
"Mas já faz uma semana e ela não apresenta nenhuma melhora."
"Ela vai melhorar, com a graça de Deus. O senhor vai ver. Tem gente que fica meses nessa situação e depois, de uma hora pra outra, acorda e diz que está doido por um churrasco e uma cerveja bem geladinha."
"Se ela ficar meses desse jeito eu não vou agüentar, Nicole."
"O senhor me desculpe, eu falei meses por falar, é claro que dona Cláudia não vai ficar assim por muito tempo. Daqui a pouco ela vai acordar e vai pra casa, se Deus quiser."
"E os exames, também permanecem estáveis?"
"Bem, aí só o doutor Bruno pode falar ao senhor. Mas acho que estão bem, senão ele teria mudado a medicação."
"Não me conformo é com aqueles exames que mostraram taxas de álcool e cocaína no sangue. Será que não houve algum engano, Nicole? Você sabe, isso que às vezes acontece nos melhores hospitais, até em países do Primeiro Mundo, de trocarem exames... Já aconteceu aqui?

Pode falar, não vou contar a ninguém nem processar o hospital, só quero saber, para tirar esse peso de mim e essa falsa impressão que está dando da Cláudia."

"Não, professor. O pessoal aqui é muito cuidadoso e responsável. Quando vêem resultados como esses eles repetem os exames para confirmar e para ver se são mesmo daquela pessoa."

"Não sei não, Nicole. Às vezes a gente julga uma coisa e a verdade é outra. Ainda não estou convencido. A Cláudia, pelo que sei, e eu a conheço, nunca tomou droga nenhuma, nem uma tragadinha de maconha sequer. Para mim, ou ela dormiu no volante ou o carro deu algum defeito."

"Desculpe insistir nisso, professor, mas aqui no hospital a gente vê muita coisa. O senhor não acha que ela podia, assim de vez em quando, sem ninguém saber, tomar umas dosezinhas e dar umas cheiradinhas, só de farra, pra curtir?"

"Existem testemunhas, Nicole. As amigas que estavam na festa com ela, logo antes do acidente, juram que Cláudia estava bem, não a viram tomar nada. De repente, quando procuraram, ela havia sumido. Disseram que não se preocuparam porque sabem como ela é: não gosta de festas, fica deslocada, sem beber no meio de todo mundo pra lá de Marrakesh."

A festa. Quem estava comigo? Verônica... Sandra... Elvira... Alice...

"Nunca. A Cláudia não é disso, é muito séria, ela é até meio careta."

Careta, eu?! Essa jamais vou perdoar, Roberto. Jamais! Você vai ver. Tudo bem que não gosto de bebidas e badalações, mas odeio que me chamem de careta.

"Ela também é professora?"

"É sim. Eu sou de lingüística e a Cláudia é de história. Ela vai defender... quer dizer... se melhorar a tempo, vai defender uma tese daqui a dois meses."

"*O senhor está triste?*"
"*E não é para ficar?*"
"*Tenha fé, professor, vai dar tudo certo.*"

Quanta tristeza! Que devastação! O que faz você aqui, garota, em meio a tanto horror? Deveria estar a correr por várzea florida e ensolarada, aos risos, até ser derrubada na relva por um belo e fogoso jovem, seu amado, em vez de amargar a multidão de destroçados sobre a terra malcheirosa.

Por que essa tristeza, Joana? Deu tudo certo. Derrotaste os ingleses. Libertaste Orléans. As baixas são inevitáveis e eram previsíveis, de ambos os lados. A guerra é assim.

Agora, menina, como você viverá com todos estes mortos na lembrança? Os conflitos descompassam seu coração, não é? Ao invés de perdoar os inimigos você os odiou e fermentou vingança. Ao invés de sonhos deleitosos com belos e garbosos jovens suas noites serão povoadas com pesadelos: corpos dilacerados cobrindo todo o campo; ervas pintadas de vermelho; cegos e desmembrados vagando a esmo nos escombros; casas incendiadas; cavalos agonizantes perscrutando-lhe razões com seus olhos imensos. Decerto sua ousadia levou o exército à vitória nessa batalha, mas ela é apenas uma etapa.

Uma etapa crucial. O teu êxito fará com que tu conduzas Carlos de Valois à Catedral de Reims onde ele será coroado, como Carlos VII, rei da França. Vês que não há motivo de luto e sim de júbilo.

O júbilo será seu? Não seja tola, garota. Pense bem na sua situação.

Minha situação é uma incógnita, tanto para eles como para mim. Se um pedaço de meu passado desapareceu de minha memória, como poderei construir o futuro, se desejar?

Viste como se constrói um futuro grandioso? Todos que estavam lá na catedral reconheceram que foste tu, Joana la Pucelle, pequena e modesta pastora de Domrémy, quem alçou ao trono o festejado rei.

Agora, tola garota, agüente a inveja de nobres e plebeus, especialmente dos primeiros. Seu brilho precisará ser ofuscado para que eles apareçam aos olhos do rei. Vão reacender as injúrias quanto a sua origem inculta, a soberba de falar com o Criador, as supostas blasfêmias, idolatria e magias, vão inventar mil pretextos para destruir a reputação que você adquiriu com todo mérito.

Não te deixes esmorecer, Joana. Pede a Carlos VII novo exército para comandar e vá libertar Compiègne. Teu destino é a vitória total e a glória eterna.

Promessas! Só os idiotas esperam que se cumpram. Não dê ouvidos a uma voz que você não sabe ao certo a quem pertence. Volte para casa, Joana. Livre-se desse delírio. Acorde.

"*Acorda, Cláudia, vamos, abra os olhos, volte para mim, para seus amigos, nós queremos você, precisamos de você.*"

"*Amigas dela têm telefonado para saber notícias.*"

"*Você lembra dos nomes, Nicole?*"

"*Não, professor. O senhor quer que eu anote quando ligarem de novo?*"

"*Seria bom, para agradecermos depois.*"

"*Só guardei o nome de uma, uma tal de Alice.*"

"*É a melhor amiga dela.*"

"*Imaginei isso. Ela liga todos os dias, muito nervosa, querendo saber se a Cláudia continua em risco de morrer.*"

"*Ela vai sair dessa, Nicole. Tenho certeza. Não vai, Cláudia? Você vai ajudar, não vai? Faça um esforço, meu bem. Sei que é difícil não se abater, mas você precisa lutar. Não se entregue, não se deixe vencer.*"

Vencida, aí está você, transtornada e sem querer acreditar no que aconteceu. Seu exército foi abatido pelos borgonheses, aliados dos ingleses, e você não consegue compreender os infortúnios: a capitulação, a prisão, o seu julgamento e a sua condenação. Pois vou lhe explicar: foi o excesso, Joana. Seu ânimo exagerado e imprudente toldou-lhe as ciladas da realidade. Valente donzela, você pagará caro por sua audácia e por sua surdez a meus insistentes avisos. Você foi ingênua, menina. O rei desistiu das batalhas, das cidades sitiadas, do povo na miséria, dos ideais de Joana, de Joana prisioneira e humilhada. O bispo Pierre Cauchon vociferou contra você acusações de heresia e bruxaria, esforçou-se ao máximo para condená-la e assim cair nas graças dos ingleses e obter o bispado de Rouen. E conseguiu. Conspurcou o seu passado, Joana. Na sentença, você foi denunciada e declarada feiticeira, sacrílega, invocadora de espíritos malignos, herege, falsa profeta, incitante da guerra, sedenta de sangue humano, desdenhosa das decências concernentes às mulheres honradas, transgressora das leis divinas e naturais, sedutora de nobres e plebeus. Agora, chega o momento de sua execução. Você é empurrada ao cadafalso. Algozes inimigos amarram-na à estaca pelos braços, punhos, pernas e tornozelos. Você roga que lhe dêem um crucifixo. Demoram a trazer. Enquanto isso, arrumam os gravetos entre as lenhas. Quando o fogo for ateado, rapidamente as chamas crescerão. Alguém se aproxima e ergue o mais que pode um crucifixo para que você o contemple. Ali está ele e você exclama "Jesus! Jesus! Jesus!". Mas o verdugo já começou o trabalho ignóbil e as labaredas cobrem sua visão, menina. A fumaça é sufocante, talvez consuma sua vida antes que o fogo. Depois de algum tempo, o suficiente para que seu corpo nu, de 19 anos, esteja carbonizado, o carrasco terá de cumprir a ordem recebida de abrir as chamas para que todos vejam seu corpo inanimado e não persista dúvida quanto a sua morte no seio da população dada a crendices de imortalidade.

Tu és imortal, Joana D'Arc. Em minha morada viverás para sempre. E com a morte alcançarás a glória eterna porque a candura de seu amor à pátria pousará no coração de cada francês. Descansa, Donzela de Lorraine. Afugenta o medo. O tempo cuidará de tudo.

E quanto a mim, descrente da imortalidade? Quanto tempo me resta? Posso descansar sem medo?

— Você está com medo de quê?
— Da dor e da morte, é claro. Só não tem medo quem não passou pelo que passei.

— Cada um tem sua cruz e seus temores.
— Meus temores têm razões concretas e prementes, e minha cruz já está fincada na terra à espera do corpo. Por favor, deixe-me entrar. Preciso falar com Teresa.
— Qual Teresa?
— A de Cepeda e Ahumada, que de onde venho é chamada de Teresa D'Ávila.
— Ela está em oração.
— Eu espero.
— Creio que não convém. Pode demorar muito. Às vezes ela fica horas, às vezes dias absorta nas preces e meditações. Houve um tempo em que recebia muita

gente a qualquer momento, mas ela acabou se dando conta de que essa prática prejudicava sua vida, roubava tempo de suas orações, e então reduziu ao mínimo o número e a duração das audiências. Provavelmente nem deverá atendê-la.

— Interceda por mim, irmã. Eu espero o tempo que for preciso.

— Qual o seu nome?

— Eu me chamo... Fernanda.

Uma rajada de vento frio sacudiu o vestido e os cabelos castanhos da mulher, fazendo-a encolher-se com os braços colados ao peito.

— Entre, minha filha — permitiu a religiosa, compadecida. — Espere aqui dentro.

A porta central do Convento da Encarnação se abriu apenas o suficiente para a passagem da que se disse chamar Fernanda. Conduzida a uma das quatro naves da modesta construção de tabique e tetos de pinho, a mulher se benzeu e obedeceu à indicação para se sentar num dos bancos e aguardar. Fazia frio, porém menos que lá fora. Devem estar certos os que afirmam, ela pensou, que Ávila é lugar de verões muito quentes e invernos muito frios, e particularmente aquele inverno de 1560 haveria de ser lembrado como um dos mais rigorosos das últimas décadas. Quisera estivéssemos na primavera, ela suspirou. O piso de baldosa parecia congelar seus pés dormentes e quase endurecidos. Mirou o altar. Talvez conviesse devotar-se a orações enquanto aguardava, mas não se aventurou a desafiar a memória em empreitada de tamanho risco.

Esperou bem menos do que supusera. A irmã que a atendera retornou e com um aceno mandou segui-la.

— Irmã Teresa vai recebê-la no locutório.

Para uma mulher de seus 45 anos, me parece envelhecida, conjeturou Fernanda ao fitar o semblante pálido da religiosa e as pequenas rugas ao redor dos olhos, estes, sim, vivazes e brilhantes, talvez resultado das sucessivas febres que a acometiam havia anos, um contraste estranho para aquele rosto e aquela túnica surrada e rude. A despeito do frio, os pés de Teresa podiam ser vistos desprotegidos, por baixo da roupa, repousando em gastas sandálias de couro, um dos hábitos criados por ela e adotados pelas irmãs do convento, por isso cognominadas carmelitas descalças. Teresa abriu a porta com grades e ofereceu uma cadeira à visitante.

— Agradeço por me receber — falou a mulher, acomodando-se na cadeira com indisfarçada inibição.

— O que posso fazer por você? — perguntou Teresa, solícita. — O que deseja de mim?

— Que salve minha vida.

Teresa fitou demoradamente a mulher. Sorriu e falou:

— As pessoas às vezes pensam que temos muito poder. Enganam-se. Quem tem poder é Deus. A Ele é que você deve apelar. E não para salvar sua vida, mas sua alma, que é o que importa.

— Ainda não estou preparada. Preciso de mais tempo.

— Todos pensam assim e nunca se acham prontos. Pensam que o tempo esperará.

— Mas eu, entre todos, acho que sou dos que mais precisam, e esse tempo é o que lhe peço. Sei que a senhora poderá me dar.

— Como?

— Deixando que eu me esconda aqui.

— De jeito nenhum. O convento tem sido refúgio agradável para quem quer se safar de problemas e serviços cansativos na comunidade onde vivem. Isso, porém, é uma distorção intolerável da função dos mosteiros. Essa casa não é esconderijo, é lugar de meditação, recolhimento e orações.

— Mas eu não busco refúgio agradável, eu rogo proteção.

— Contra quem ou o quê?

— Contra tortura e morte.

— O que você fez para merecer tais castigos?

A mulher desviou os olhos para além do rosto de Teresa, fitando a parede como se descortinasse horizonte infinito. Antes que fosse vencida pelas lágrimas, baixou o olhar até as próprias mãos, que se contorciam sobre os joelhos, e murmurou:

— Depende do ponto de vista. A meu ver, não fiz nada que mereça castigo, sou inocente.

— Ninguém é inocente. Evite falar assim, pois pode ser tachada de hipócrita. Você quer me contar o que houve ou prefere que eu adivinhe?

— A senhora tem o dom da adivinhação?

— Claro que não. Só feiticeiras se jactam de possuí-lo. Minha percepção se baseia em simples ilações: como você é uma mulher de beleza incomum e seus gestos e olhares são naturalmente provocantes e sedutores, é fácil deduzir que está sendo perseguida por crime de adultério, luxúria ou pecados semelhantes.

— Sou acusada deles, sim, a senhora acertou, mas não os cometi. E acho que só a senhora poderá me compreender.

— Por que só eu?

— Por vários motivos. A senhora não se deixa levar pela cabeça dos outros. A desobediência é uma característica de sua personalidade. Seu pai que o diga: quis retardar seu ingresso na vida monástica e não conseguiu. E o tempo mostrou que a senhora estava certa. A desobediência, no seu caso, é uma louvável qualidade, porquanto é fruto da inteligência e prudência ao invés da asnice e insensatez. A senhora pensa por si, não se influencia com opiniões alheias, especialmente as que chegam com o mau cheiro da torpeza. Confio no seu discernimento para que as maledicências a meu respeito não transformem sua amabilidade, comentada em toda parte, em repúdio a mim. Mas o motivo maior que me faz recorrer especificamente à senhora é que sei, como todos, de seus sentimentos de amor desmedido, e por isso acredito que haverá de compreender os meus.

— São dirigidos a Deus?

— A um homem.

— Então nada têm a ver com os meus.

— Podem ser diferentes, mas quem ama tanto e há tanto tempo como a senhora conhece bem as fontes e o poder do amor.

Não vejo outra pessoa que possa me ajudar. Só a senhora poderá entender minha situação e ao menos tolerá-la.

— Não garanto que poderei nem que farei, mas posso ouvir o que você tem a contar.

A mulher se ajeitou na cadeira e hesitou. Era preciso ordenar o relato e encontrar as palavras adequadas.

— Não sei por onde devo começar — confessou a si mesma, mas em voz alta.

— Comece pelo fim, depois fica mais fácil explicar o princípio.

— Meu marido e sua corja me acusam de adultério e heresia, além de bruxaria. Querem me pegar, flagelar e entregar à Inquisição.

— Eles tiraram as denúncias do nada? São calúnias?

— Bem, é como eu falei, depende do ponto de vista.

— Estou ouvindo — animou Teresa, tentando vencer a hesitação da mulher. Ela suspirou, se ajeitou na cadeira, sossegou as mãos nervosas, abrindo-as e pousando-as sobre as coxas, e narrou com voz pausada e suave:

— Eu me casei como quase todas as mulheres: sem amar o homem escolhido por meu pai. E meu marido também não me amava. Tinha desejo por meu corpo, não amor por minha pessoa, pois quem ama não trata a amada a tapas e pontapés, com grosserias e desrespeito, como um bicho gostoso e dócil disponível à satisfação de seus apetites. Vivi dez anos assim, até os 26, como escrava e prostituta, a senhora me desculpe, mas é isso mesmo, que raiva!, não queria chorar!

— Calma. Quer um pouco de água?

— Não, obrigada — recompôs-se a mulher, enxugando o rosto com a mão. Tossiu com brandura para limpar a garganta e prosseguiu: — Depois desses dez anos aconteceu o pior. Uma manhã, ao abrir a porta da casa para sair, meu marido deparou com um par de chifres de boi pendurado nela. A senhora sabe o que isso significa? Antigamente, amigos e conhecidos, de galhofa, punham chifres na cabeça de maridos de adúlteras. Hoje em dia penduram os chifres na porta da casa. Agem no anonimato, ou por medo da reação do traído, ou para alertar amigo enganado sem passar pelo dissabor de relatar o que sabem e presenciar a vergonha do infeliz. Uma vez alertados, os maridos costumam reagir de duas maneiras: uns jogam fora o artefato vergonhoso, fingem que não sabem de nada e deixam tudo na mesma; outros se revoltam com fúria, espancam a mulher e entregam-na às autoridades para sofrer as devidas punições, desde castigos corporais e humilhações até a morte na fogueira.

— Sou contra a violência e abomino as leis e os costumes injustos. Contudo, quem viola as regras de uma sociedade se sujeita a ser descoberto e punido. Quaisquer que sejam os argumentos que você possa me apresentar como justificativa, trair seu marido foi um risco assumido e bastante imprudente.

— Mas aí é que está: até aquele momento eu não havia traído ninguém. Não que faltasse vontade, ao menos por revolta, mas nunca houvera oportunidade, a não ser que me dispusesse a, desculpe a expressão, fornicar com algum dos amigos de meu marido, tão asquerosos quanto ele.

— Por que então penduraram chifres na porta de sua casa? Enganaram-se de lugar?

— Duvido muito. Tenho quase certeza de que foi algum dos amigos dele. Dos cinco que freqüentavam nossa casa, três viviam me assediando. Quando se reuniam lá, sempre um deles arranjava jeito de ficar perto de mim, se encostar, sussurrar safadezas, me passar a mão quando ninguém estivesse olhando, essas ignomínias que eu era obrigada a aceitar calada, esquivando-me quanto conseguia, sem, no entanto, poder denunciar o assédio ao burro do meu marido, pois seria palavra contra palavra e ele acreditaria na dos amigos e nunca na da esposa, porque para ele nenhuma mulher presta. Um dia eu não agüentei mais e comecei a reagir. A cada um que se aproximava com vis pretensões eu fazia cara de nojo, fingia que ia vomitar, chamava de porco fedorento. Dei a eles a certeza de que jamais me possuiriam. Acho que algum deles ou os três resolveram ir à forra e usaram a artimanha caluniosa.

— A solução foi fugir de casa — antecipou-se Teresa.

— Àquela altura, ainda não. Meu marido reagiu com o cinismo e covardia de quem não viu nada, não soube de nada. Pegou o par de chifres e escondeu no baú. E daquele dia em diante passou a me tratar pior que nunca.

— Batia em você.

— Em locais determinados. Não arriscava prejudicar as partes de meu corpo que o excitavam e para minha sorte eram quase todas. Dava tapas e socos na cabeça, evitando atingir o rosto, e chutes e pauladas abaixo das coxas, nas pernas e pés. O que doía mais ainda era ser xingada e cuspida o tempo todo. Antes de sair para trabalhar em plantações e colheitas de alguma grande propriedade, acorrentava meus tornozelos e me punha um cinto de castidade.

— Seria mais fácil e menos doloroso trancá-la em casa.

— Mas eu precisava sair ao quintal para assar pão no forno de lenha, limpar vasilhas, estender roupa, coisas assim. A corrente que me prendia era longa o bastante para eu caminhar até uns vinte passos fora de casa. Como os vizinhos mais próximos moravam a léguas de distância, ele achava que as providências tomadas eram suficientes para garantir minha fidelidade. O patife não levou em consideração os ardis da sorte nem a precariedade dos grilhões.

Nova ventania desceu no claustro do convento, deslizou nas paredes em torno e invadiu o locutório. Um tremor percorreu o corpo de Fernanda, dos pés à cabeça.

— Quer uma manta?

— Não, obrigada — respondeu a mulher.

Esfregou as mãos e baixou os olhos, meio sem graça. Parecia não saber se devia ou não continuar a narrativa. Teresa, gentil e arguta, incentivou:

— Como você se libertou?

— Eu me libertei? — indagou a mulher, de súbito sem saber ao certo a que se referia a pergunta da religiosa. — Ah, sim, o amor.

Como se fora despertada por uma chama íntima, a mulher retomou a história. As recordações afloravam, cálidas e aglomeradas. Ela mal respirava ao desfiar episódios e emoções: as palavras se sucediam numa corredeira de rio proceloso, atropelando-se amiúde, ansiosas por falarem de suas venturas e desventuras. Ela não sabia quanto tempo passara solitária a arrastar a corrente e a ferir cintura e virilha com o cinto de castidade, até o dia em que surgiu o homem a quem denominou Fernando, uma aparente falta de imaginação talvez causada pela ansiedade de não perder tempo em elucubrações e prejudicar a narrativa.

— Eu estava puxando o balde de água do poço quando o avistei, chegando a cavalo numa marcha vagarosa de quem não tem destino nem compromisso. Tinha olhos e cabelos negros, pele morena, malares salientes, mãos delgadas e suaves.

Quando atinou que ele vinha até ela, procurou esconder a corrente vexaminosa debaixo das ervas que cobriam o terreno. O homem pediu água para ele e o cavalo, e sorriu, e a mulher teve imediata certeza de que se apaixonara por ele. Com o balde nas mãos, à altura do peito, fitou os olhos negros do forasteiro e vivenciou o mais belo e esdrúxulo fenômeno da Terra: o nascimento do amor. Do fundo do negrume daqueles olhos emergia uma luz ardente e invencível que a incendiava, e também a ele, podia-se afirmar, pois não resistiu ao fascínio do que tinha diante de si. Apeou do cavalo, tirou o balde das mãos da mulher e o depôs no chão, para dar de beber ao cavalo, mas sem desfitar o rosto embriagador, enfeitiçado que ficara, como muitos diriam. Foi ela quem conseguiu, depois de muito tempo, desviar os olhos e suspender transitoriamente o encantamento. Acanhada, tentou se esquivar daqueles sentimentos atordoantes e desmesurados, tentou fugir da fortuna impossível que se oferecia, escapar do tumulto que a aturdia e das alucinadas promessas de deleites inconcebíveis engendrados no seu âmago. E foi quando, desatinada, no descontrole e descuido dos pés, fez tinir o ruído da corrente escondida, despertando o homem de seu deslumbramento. Foi o início do espanto e das fainas. O denominado Fernando, revoltado, quis livrá-la dos ferros. Ao descobrir, sob o longo vestido, os pés e pernas lacerados, urrou de ódio e impotência. Ternura e zelo superaram o comedimento dos costumes e ele molhou as mãos e afagou os ferimentos da mulher que, a cada gesto, a cada imprecação do homem contra a vilania descoberta, mais se enternecia e entontecia. "Vou libertá-la", ele prometeu. "Amanhã voltarei com ferramentas."

Cumpriu com a promessa, em parte. Voltou com ferramentas, mas não logrou romper as argolas. Carecia de força e habilidade. Ele bradou e lacrimejou de raiva, e ela, de pena dele. Depois de algum tempo, abraçaram-se com suavidade e cada um tentou consolar o outro. Os dias seguintes foram repetições de promessas e desapontamentos. "Voltarei amanhã com marreta mais possante", e os grilhões resistiam. "Voltarei amanhã com talhadeira afiada", e o malogro se impunha. No quinto dia de tentativas fracassadas e de carícias cada vez mais desesperadas, eles se abraçaram e misturaram suas lágrimas entre os lábios, em beijos ora ternos, ora impetuosos. E quando Fernanda revelou a Fernando, com pudor e vergonha, que estava cingida com um cinto de castidade, reacendeu toda a revolta e ira do homem. Ele se afastou, andou de um lado a outro, puxava os cabelos com seus dedos finos, berrava aos céus, xingava o miserável autor daquelas atrocidades, jurava vingança. Fernanda, condoída, a custo conseguiu segurar-lhe as mãos e fazê-lo aquietar. Deitou-o na relva, abriu sua camisa, beijou seu pescoço, peito...

Não há pretensão humana que esteja a salvo da imaginação criativa para despistá-la ou sobrepujá-la. Ai da mulher que, na noite de núpcias, revelasse ao marido, de um modo ou de outro, que não era virgem! Expor-se-ia às mais diversas formas de castigo, variáveis segundo os costumes locais. A perspicácia, atiçada pela necessidade de sobrevivência, deu origem às artimanhas de colocar pedaço de carne crua na vagina e de levar oculto saquinho com sangue de algum animal para ser derramado furtivamente na genitália tão logo o coito se consumasse. Quantas mulheres foram salvas graças a tão prosaicos artifícios! Sem saber se Teresa tinha ciência de certos fatos mundanos, Fernanda se pôs a dissertar sobre os que haveriam de explicar e justificar os acontecimentos que seriam expostos.

— A verdade — ela disse — é que nem a exigência de virgindade nem qualquer meio de evitar o adultério visam preservar a fidelidade da esposa. Os objetivos do casamento são a procriação e a herança.

— Você tem filhos?

— Nenhum. O que foi uma bênção. Mas como eu dizia, as duas razões de ser do casamento, procriação e herança, é que precisam ser asseguradas ao marido. Se forem, pouco importa a vida da esposa. A virgindade, o cinto de castidade, as ataduras nos pés da mulher para que não abra as pernas ou qualquer outro engenho semelhante são provas do que falo: tranqüilizam quanto à impossibilidade de a mulher engravidar de outro e a herança cair em mãos bastardas, mas não impedem que a mulher pratique outras modalidades de prazer sexual com quantos amantes quiser. Os maridos raramente se divertem com as esposas. Entretenimentos e deleites são reservados a encontros com prostitutas e concubinas. O casamento nada tem a ver com amor e paixão; é um acordo político ou social feito entre famílias, a despeito da anuência ou vontade dos noivos. Cinto de castidade foi feito para evitar filhos de outros. Nenhum tipo evita que se traia o marido usando vias alternativas. Com Fernando deitado, acariciei seu corpo tenso de indignação, até que os músculos se abrandassem. Determinada a lhe recompensar tanto padecimento com o máximo de prazeres, que também haveriam de me enlear, dediquei-me à masturbação, à felação...

— Basta, não precisamos desses detalhes — cortou a religiosa, desviando a conversa para longe do cenário indecoroso: — Você havia dito que não traiu seu marido.

— E falei a verdade. Até a época dos chifres colocados na porta e das conseqüentes sevícias eu não traíra o canalha, apesar de muito merecer que o fizesse. A traição, se a senhora quiser chamar assim o amor de uma mulher que pela primeira e única vez na vida encontrou alguém que a tratou com carinho e dignidade, a traição só se deu quando os castigos por ela já haviam sido pagos.

— A pena antecedeu o crime.

— Crime sob o ponto de vista de convenções que nos escravizam e de concessões que nos permitimos. Gostaria de saber quem foi o idiota que condenou os prazeres, inscrevendo-os no rol dos crimes e pecados. Preceituou que sexo e todo enlevo derivado dele é campo do demônio. Há quem diga que o sexo é a morada do diabo. Foi fácil concluir que se a mulher é a fonte dos prazeres, ela é o germe do Mal. Os homens escondem, sob a alegação de feitiço e bruxaria, as razões de seu encantamento: o fascínio que nossos inatos predicados exercem sobre eles e o frágil poder de resistência de que são constituídos. A este, sim, caberia julgamento e castigo se de fato os prazeres fossem crime e pecado. Todavia, sabemos que não são. Posso confidenciar esses pensamentos aqui entre nós porque sei quanto a senhora é cética em relação a convenções e como é rebelde no que tange a concessões.

— Você está exagerando. Mas não se perca em digressões: continue a história.

— Bem, dois dias após nosso... primeiro romance, Fernando adquiriu uma serra especial e conseguiu romper as argolas e o cinto de castidade que me aprisionavam. Fugimos de Oviedo para Salamanca. Quanta felicidade! A viagem estafante e o futuro incerto eram reles questões na nossa estrada. Liberdade e amor! Que divinas novidades! Extasiavam-me. Meu ser se expandia, sem amarras, e se espraiava no ser adorado.

A mulher suspirou, ergueu os olhos como se buscasse ver no alto da memória e declamou:

> Ya toda me entregué y di
> Y de tal suerte he trocado
> Que mi Amado para mi
> Y yo soy para mi Amado.

— Em meus ouvidos isso soa como blasfêmia — protestou Teresa. — Nesses versos eu me referi a Jesus.

— Desculpe, mas amor intenso como o meu é sempre sublime. Por isso ousei compará-lo ao seu, cujos êxtases são também qualificados por muita gente como arrebatamentos malditos. A senhora ama com desvario e há de compreender meus arroubos e atrevimentos. Quando disse "Não vejo a hora de me encontrar com Ele face a face", a senhora não ansiava a comunhão da alma com o corpo, do delírio com a carne, numa volúpia divina? Não se ofenda, mas a meu ver somos irmãs delirantes, cegas transgressoras de limites.

Diviso bem os limites e cuido de não ultrapassá-los. Evito a proximidade deles, pois muitas vezes são imprecisos ou muito estreitos. A linha divisória entre sanidade e loucura é tênue. Quando jovem, algumas vezes me surpreendi do lado de lá. Alguém (quem?) me contestou certa vez: não via como evitar a transgressão dos limites se não quiséssemos chafurdar a vida inteira na mediocridade; seria necessário expor-se aos efeitos insuportáveis da transgressão para superar os limites e expandi-los um pouco além, ampliando assim, gradativamente, nossa liberdade, nosso campo de ação, nosso jardim de delícias, sem ferir a ética, embora com o risco de pagar caro pela audácia.

Eu não pretendo pagar caro por coisa alguma. Prefiro manter distância dos excessos, o que não tem nada a ver com o propósito dos budistas de não desejar, nem de outras seitas que pregam, não só o domínio dos desejos da carne, mas a renúncia, a abdicação a eles e a ela. Isso é o cúmulo do insosso, negação da vida e do corpo, outra maluquice. Con-

cedo a meus desejos o direito à satisfação, desde que cessem bem antes do limite. Preciso manter o controle, o bom senso, mesmo quando todos em volta já o perderam.

Na festa aconteceu assim, como sempre. Eu estava sóbria e minhas amigas bastante alteradas. Uma delas deve ter posto droga no meu vinho, me feito beber mais que meia taça, meu limite. Pode ter sido qualquer uma. Sandra, só de safadeza; nunca deixa passar a chance de armar uma molecagem; parece que essa é sua principal razão de viver. Poderia ser Elvira por uma pontinha de inveja de minha ascensão universitária; talvez seja apenas impressão minha, mas acho que no fundo ela me inveja. Alice está sempre querendo me alegrar, me tirar da eterna fossa, como costuma dizer; quem sabe exagerou na dose? Verônica poderia extravasar pequena vingança por ter sido preterida por Roberto, seu antigo namorado, o que seria absurdo, pois pouco me importa se ele quiser voltar para ela e nem ela precisaria se esforçar muito para tê-lo de volta, se desejar: é linda demais. Pode ter sido qualquer uma. Preciso pensar, reavivar com clareza cada gesto e expressão, recordar pormenores capazes de elucidar pistas. Tenho que vencer a lassidão... fadiga... devaneios...

— Meus devaneios são sublimes — retrucou Teresa. — Não há razão para lhes impor limites. São arroubos do espírito.

— E os êxtases? Todo arrebatamento é sublime. "Só amor é o que dá valor a todas as coisas." Sabe quem asseverou isso?

— Fui eu. Mas deixe de tergiversar e volte à sua história. Daqui a pouco vai escurecer e preciso voltar às minhas orações.

A mulher não se dera conta do passar das horas. O sol, que desde cedo iluminava parcamente o locutório, já devia estar a caminho do Novo Mundo.

— Fernando e eu vivemos juntos por três anos — disse a mulher. — Cada instante, uma eternidade de venturas. Foram três anos de felicidade. Valeram por toda a minha vida. Estávamos apaixonados. Ele se apossou de meu corpo e de minha alma, e eu, dentro dele, apossava-me de seu corpo e alma, punha-o dentro de mim.

Fazíamos amor até desfalecer de cansaço. Quando eu acordava, tarde, ao abrir os olhos deparava com os dele a fitar meu rosto. Eu indagava por que não me acordara antes, me deixara dormir tanto tempo. "Gosto de te ver dormindo", ele dizia, "de cheirar teus cabelos, suavemente para não te molestar, de contemplar a cadência do sobe-e-desce de teu peito ao ritmo de teus alentos, de aproximar o nariz de teus seios e sentir o perfume adocicado que eles exalam. Levanto o lençol bem devagar e me deleito com o calor que assoma de teu ventre. Aconchego-me a ele com cuidado para não te despertar e meu corpo se aquece sem necessidade de tocar o teu. Aspiro teus odores e ardores, tua vida, nutro-me deles."

O que foi isso?! Que calor é esse?! E esse arrepio?! O que fizeram comigo? Tinha alguém aqui, do meu lado, na cama. Só pode ter sido isso, não pode ter sido sonho. Foi real demais. Fui comida por algum médico, enfermeiro, faxineiro ou o que seja. Comida coisa nenhuma, fui estuprada.

Mas não é possível. Devo estar ficando doida. Quem poderia me comer com todos esses fios, agulhas e cateteres fincados em mim, espalhados por toda parte do corpo?

Não é à toa que os arroubos me amedrontam. Afeto, sim; paixão, jamais. Quanto mais alto o vôo, maior a queda, sentenciava vovó com indubitável razão. Apaixonar-se é transtornar os dias e as noites, arriscar o tranqüilo bem-estar, tumultuar as rotinas sossegadas e previstas; é tresloucar. Estou fora. Só de pensar fico apavorada. E também minha vida não permitiria esse luxo, se essa é a palavra adequada. Que vida é essa não sei direito, não lembro, só sei que não se coaduna com o caos de uma paixão.

— O apaixonado vadia em mar tormentoso e está sempre à beira da desdita.

— "Lúgubre é a vida", a senhora escreveu, "amarga em extremo; que não vive a alma que está longe de ti. Oh, meu doce bem, como sou infeliz!" Pois eu não me arrependo da paixão. A visão das vidas medíocres, alimentadas com tolices corriqueiras, mesquinharias e superstições, medo e idiotices, invejas e maledicências, em modorrenta jornada para a morte, só servia para me alertar e açular a urgência do encontro amoroso. Agora, que não tenho mais o corpo do homem amado, reacendo dia após dia as reminiscências, mantendo ardentes as chamas que me fazem sobreviver. Não vivo distante dele. Carrego em mim seu semblante, suas carícias, seus êxtases. Ele está onde estou. Vejo-o em tudo que vejo, escuto-o em tudo que escuto, em tudo que penso ele se intromete, com sorriso e olhar cativantes, a despeito de ter morrido dois anos atrás. A desventura caiu de súbito sobre nós; num átimo o mundo desmoronou. Estávamos numa feira em Salamanca. Um grupo de ciganos se aproximou e um deles, com impertinência, me dirigiu palavras e gestos obscenos, gabando-se do que faria comigo na cama tão logo chegasse a noite. Fernando se encolerizou, confrontou o insolente, gesticulou revides com suas mãos delicadas e investiu contra ele. Sem titubear, com a rapidez das feras acostumadas a botes mortais, o cigano desembainhou o punhal e trespassou o coração de meu amado. O bando fugiu por entre os cidadãos assombrados, enquanto eu, sentada no chão, amparava no colo a cabeça exangue de Fernando e tentava inutilmente estancar o sangue no seu peito. Não morra, eu implorava; te proíbo, eu gritava.

Embora ansiasse pelo fim da audiência, Teresa, em respeito à dor da mulher, absteve-se de qualquer exigência de objetividade ou síntese. Com calma aguardou que enxugasse as lágrimas e se recompusesse. Sua serenidade denotava paciência e interesse no assunto, e estimulava Fernanda a prosseguir no relato.

Ela contou como sobreviveu nos últimos dois anos, sozinha. A princípio, desnorteada, com a alma devastada, não pensava em viver. Dominada pela acídia, vagava ao léu, sem comer, sem se importar por onde andava nem onde desfalecia, estafada. Passaram-se dias e noites. Enfim, tempo e vida, com suas forças sorrateiras, colheram-na do soturno vácuo. Procurou alimentos e abrigo, bens inacessíveis a quem carecia de trabalho e se recusava a mendigar. As portas da prostituição se ofereciam abertas para ela: com sua beleza haveria de obter rápido sucesso, mas nem por um instante cogitou nessa opção.

— O cigano assassino — lamentou-se a Teresa —, além de me roubar a felicidade, me roubou a vida.

Serviços esporádicos permitiram-lhe sobreviver precariamente durante a primavera de 1558. Uma manhã, no começo do verão, topou com ciganos perambulando na rua. Seu primeiro impulso foi correr dali, mas logo constatou que não era o grupo do assassino de Fernando. Vendiam colares, pulseiras, braceletes. Uma cigana, sentada no chão, punha cartas aos pés de um jovem casal que, sorrindo com misto de divertimento e temor, expectava o futuro prestes a ser anunciado. Foi um relâmpago no dia ensolarado. Ali se revelava a chave para sua sobrevivência: bons presságios. Começou com quiromancia.

— Desde menina — Fernanda confessou a Teresa — eu sabia o que todos sabem: que as linhas primárias são as do Coração, da Vida e da Mente e todas as outras são secundárias. Só sabia isso, mas era o bastante para discorrer sobre caminhos felizes que os traçados e aberturas das marcas na mão espalmada inspiravam à minha imaginação. Era fácil e não faltava gente, crédula ou desconfiada, disposta a se embevecer com vaticínios formidáveis para sua vida insípida em troca de algumas moedas. Ao decifrar as linhas da mão, eu sempre descortinava futuro de amor e fortuna, o que dava um pouco de luz e colorido a vidas tediosas ou angustiadas e estimulava generosas recompensas. O ser humano acredita em cada coisa... Eu mesma ficava admirada com a ingenuidade das pessoas.

Seu natural fascínio e sua inventividade ajudaram-na a conquistar numerosos consulentes em poucas semanas. As primeiras moedas serviram para matar a fome e adquirir um baralho de tarô.

— Expandi meus serviços — ela falou, com uma ponta de orgulho. — Não me detinha em alertas de invejas e maldades arquitetadas por rivais. Meu objetivo era animar e não enevoar ainda mais espíritos aflitos. Punha as cartas e não parava de abri-las enquanto não surgisse a que prenunciasse muitos anos venturosos. "Cínicas mentiras", a senhora talvez censure. No entanto eu poderia retrucar: não, Teresa, benévolos sonhos, pois também aí o julgamento dependerá do ponto de vista de cada um.

Apesar da saudade do companheiro amado, viveu com conforto por quase dois anos, até o dia em que um pretenso cliente bateu-lhe à porta. O susto paralisou-a: era um dos amigos de seu marido. Vira-a na rua e seguira-a. "Posso guardar segredo, fingir que nem estive em Salamanca", ele propôs, com um riso depravado. "Só depende de você." Fernanda fingiu concordar. Deixou que entrasse e aguardasse. "Fique à vontade, enquanto me arrumo", ela disse. Voltou em seguida, pegou o canalha pela mão e convidou-o a deitar-se com ela no quarto. O sujeito se despiu e se alojou ao lado de Fernanda. Estava nervoso, excitado. Ela recomendou vagareza, seria mais proveitoso. Esperou que ele se descontraísse e, de repente, golpeou-lhe o peito com a faca que ocultara sob a coberta. Vingava o passado, as humilhações, as sevícias, até a punhalada sofrida por Fernando. Ao tentar se levantar sentiu a mão áspera e fria daquele que julgara morto agarrar-lhe o punho, como uma garra. Aterrorizada, desferiu nova estocada, dessa vez no braço do miserável que, urrando, afrouxou os dedos, permitindo-lhe que escapasse. Enquanto recolhia o dinheiro que economizara e fazia uma trouxa de roupa para fugir, Fernanda ouviu a promessa do imperitamente ferido: "Sua beleza está com os dias contados. Você não faz idéia do que seu marido e nós vamos fazer com você, antes de entregá-la aos inquisidores, bruxa maldita!" Ela fazia idéia, sim, do que sofreria nas mãos do marido e seus asseclas. E também do fim na fogueira, após suplícios horripilantes preconizados no famigerado *Malleus Maleficarum*, O Martelo das Feiticeiras, o mais terrível de todos os livros.

— Só sei de uma pessoa capaz de me compreender: a senhora — concluiu Fernanda. — E só existe um lugar para minha salvação: este convento, sua morada.

A religiosa respirou fundo e manteve durante longo tempo os olhos fixos no rosto ensombrecido da mulher. No locutório, já quase submerso na penumbra, dois vultos se perscrutavam em silêncio. Por fim, Teresa de Cepeda e Ahumada falou:

— Venha comigo. Vou mostrar seu aposento. Será seu refúgio, não sua salvação. Esta dependerá do entendimento entre você e o Senhor. Trate de orar. Creia na misericórdia divina. Apele para a intercessão de seu santo protetor.

São Petersburgo,
29 de setembro de 1776.

Caro Voltaire, mestre e amigo

Faço votos que você se encontre gozando de plena saúde e que a chusma de supersticiosos, dogmáticos e fanáticos, que tanto nos exasperam, estejam sendo abatidos pela mais afiada e fatal de todas as armas: sua ironia.

Use-a com a destreza habitual, querido amigo, pois, além de espada contra os algozes da razão e do bom senso, em suas mãos ela também é escudo que transforma insanidades amargas ao espírito e corpo em temas de divertidas alegorias.

Quero informá-lo, de próprio punho, das duras medidas que precisei tomar para debelar a revolta dos cossacos. Pode ser que já tenham chegado a seus ouvidos boatos a respeito de investidas brutais ordenadas por mim contra os insurgentes comandados por Pugatchev, e não quero que paire dúvida em seu julgamento quanto à dignidade de minhas ações. Sua anuência significa muito para mim, mais que qualquer outra crítica favorável ou não.

Os ingênuos pensam (e os astutos maliciosos aproveitam e açulam a falsa idéia) que a czarina da Rússia pode ser compassiva com estúpidas empreitadas que põem em risco o bem-estar do povo, a estabilidade econômica do país e a concretização dos projetos de governo. A reação firme não representa destempero tirânico, mas autoridade responsável. Você, amigo François Marie, sabe distinguir melhor que ninguém o despotismo esclarecido (que me orgulho de exercer) da tirania que todos nós execramos. Aqui, se eu condescendesse com os apetites de certos astutos, cedo sofreríamos o caos daquela democracia catastrófica a que você se refere como tirania de milhares. Tal regime político seria o do maior número e não o dos melhores. Os inumeráveis fracos, unidos para sobrepujar poucas dezenas de fortes, ou seriam derrotados ou fariam um péssimo governo. O povo da Rússia ainda necessita de governante forte e competente, até para protegê-lo de alguns potentados cruéis e gananciosos.

Para se obter êxito no governo, especialmente em um país tão grande e com tantas comunidades diferentes, além da razão e da ponderação necessita-se de coragem para executar planos que beneficiarão o povo, embora magoem muitos durante algum tempo. Sei que concordará comigo, pois uma vez você declarou que depende de pessoas de gênio a invenção de meios que, a longo prazo, promoverão o bem-estar da população e que este é o único alvo da política.

Estimulei a educação, reformei o critério de tributos, incentivei a agricultura e o comércio, construí hospitais e faculdades. Mas ainda é muito pouco. Há que se efetuar mudanças profundas.

Tentei fazer uma reforma liberal do sistema. Com disposição democrática, convidei representantes de todas as classes, exceto do clero e dos servos; estes por lamentável incapacidade e aqueles por motivos que você conhece melhor que ninguém. Infelizmente, a despeito de meus esforços e encorajamentos, a comissão se dissolveu há dois anos. Malogrou meu empenho de realizar uma reforma geral do sistema e elaborar uma constituição liberal. Vi-me então obrigada a ceder terras e privilégios aos nobres, porquanto o apoio deles é crucial para garantir a continuidade do governo. Admito que é justificado o descontentamento dos servos, pois as concessões por mim feitas pioraram sua condição de vida, já bastante precária. Entretanto, não havia alternativa. Se não agisse como agi teria sido muito pior: em pouco tempo eu deixaria de ser Catarina, a Grande, para ser mais um defunto no mausoléu dos czares, e eles, os servos, estariam sob as botas de algum tirano ao invés de serem governados como agora, com a sapiência e humanidade de nossa filosofia; não obteriam qualquer benefício, nem já, nem daqui a um século. A situação está ruim para a maioria da população? Pode ser que sim. Mas eu pergunto: outro governante faria melhor? Sabemos que não. Sei, no entanto, como é difícil (e desaconselhável) falar a verdade aos pobres, desvelar a eles a crua realidade de que talvez só seus netos ou bisnetos colham os frutos das providências semeadas hoje. Somos obrigados a mentir. Não se seduz com verdades. Valer-se da mentira com habilidade e arte, eis o recurso eficaz de grandes amantes e estadistas para a conquista de resultados muitas vezes maravilhosos. (Se Ana Bolena, a estéril esposa de Henrique VIII, soberano ansioso por um filho, fosse mais objetiva e menos ingênua, teria aceitado a recomendação da aia de simular gravidez e após alguns meses entregar ao marido o filho da escrava como se fosse deles. Tudo estaria resolvido. Como não quis mentir, sucumbiu sob enxurrada de calúnias, amaldiçoada e condenada por adultério, incesto e bruxaria. Que sucessão de infortúnios decorrentes de pudores e caprichos bobos! Tanto sacrifício feito em sua jornada de serva a amante e de amante a esposa e rainha, para acabar encarcerada e decapitada. Que desperdício! Ela recusou o conselho da aia, mas quantos aceitaram antes e depois dela? Quantos herdeiros, filhos de escravos ou servos, tornaram-se reis por esse mundo afora?) Sem a mentira, a revolta dos pobres seria interminável e devastadora. Se soubessem que passarão a vida inteira excluídos dos maiores prazeres da Terra e que o Céu é tão-somente uma invencionice de finórios ou medrosos não se conformariam. E mesmo se lograssem derrotar os poderosos, depois haveriam de se matar uns aos outros quando vissem que os bens da Terra, por enquanto, são parcos para satisfazer a todos. A mentira benévola é uma necessidade e faz parte do arsenal do governante generoso e eficiente. Ele sabe que um país monumental só será farto para todos após décadas de excelente desempenho. A paciência e a tenacidade são indispensáveis, porém somente o engodo poderá sustentá-las.

  Antes de minha coroação, a Rússia já era imensa e constituída de várias etnias. Com minhas últimas conquistas tudo se ampliou. O vasto império não pode ser gerido por um único gabinete. Como fazer chegar, daqui até as pessoas nos mais distantes rincões, as luzes que libertam os homens? Por mais que eu inaugure academias e universidades, incentive as artes e a literatura, não consigo levar tão longe as regalias do saber. Ao ceder terras e favores aos nobres, cobrei deles apoio em uma reforma estatal: estabeleci, no ano passado, um sistema descentralizado composto de cinquenta governos relativamente autônomos, subdivididos em províncias e distritos. Como disse, os servos foram prejudicados. Sei que estão me amaldiçoando e rogando pragas. À boca pequena, é claro, diferentemente de Pavel Petrovich, meu filho, que desde pequeno me maldiz aos brados. Contudo, acredito que em breve os súditos haverão de compreender minhas razões e readquirirei a costumeira popularidade. Até lá, terei de suportar mais essa carga, a das queixas e imprecações.

  Valho-me de dois refúgios para preservar uma boa dose de consolo e alegria em meio a tantas atribulações e desencantos. Um deles são os prazeres dos encontros amorosos, que a idade não reduziu. Assim como você, não permito que a paixão me colha em sua rede ardilosa e me turve a razão. Seria uma desgraça pessoal e uma temeridade estatal. Meus deleites se mantém nos limites voluptuosos da sensualidade e do romantismo, porém sem desvarios prolongados. Os que invejam o poder fascinam-se com os salões do palácio. Pensam que a felicidade baila ali, sob lustres de cristal, entre jóias, pinturas e tapetes caríssimos; não sabem que são as hipocrisias, intrigas e falsidades que estão a dançar e a nos entristecer com a lembrança das angústias dos desvalidos. Os lugares em que me deslumbro e deleito são o quarto e os jardins do palácio, onde há poucas coisas, todas simples e espontâneas, coisas que existem em toda parte, ao alcance de quem ousar.

 O outro refúgio de que acudo é a leitura recorrente de seus livros, especialmente do *Dicionário filosófico*. Confesso-lhe que sou perseguida por um estranho receio de ser vista como tirana por algum de nossos amigos. Perdi a conta das vezes que reli os verbetes sobre tortura, democracia, governo, estados, tolerância, virtude, tirania. E cada leitura me tranqüiliza e anima. Gabo-me, comigo mesma, do trecho em que você louva as leis por mim assinadas, dentre as quais a da tolerância universal e a da abolição da pena de morte, que, segundo suas amáveis palavras, honrariam sábios de todos os tempos. Ser compreendida e estimada por você é a mais gratificante das recompensas a todos os dissabores do trono.

 Paro por aqui. Já abusei de sua paciência. Tenho certeza de que não se deixará enganar pelos maledicentes. Continuo fiel a nossos ideais iluministas.

 Esteja em paz e com saúde, querido François Marie. São os votos de sua amiga e admirada discípula.

Catarina

P.S. — O cipoal de problemas e exigências do governo nos rouba horas, dias, uma vida inteira de beatitude. Ah, querido amigo e mestre! Quão prazerosa seria a vida totalmente imersa no mundo das artes e da sabedoria, alternada com momentos de lascivas sensualidades. Quão deleitosa seria a existência assim desfrutada, sem os tenebrosos deveres de estado e as agruras padecidas pelos servos. Como você disse, muito bem como sempre, feliz é aquele que pode escapar de ser martelo ou bigorna.

Vibrações da bigorna! *Meu livro! A fama! Eu também escrevi, não cartas, mas um livro inteiro!* Vibrações da bigorna — Vozes de mulheres amaldiçoadas. *Era esse o título. Era ou é?*

Não são essas mulheres malditas que vagueiam dentro de mim com suas venturas e desventuras, lamentações, êxtases, infortúnios, luxúrias. Eu é que me entranhei em suas vidas, fucei-lhes o âmago, quis ouvir o grito de protesto, incitei a ira e a liberdade. Quis encontrar, em suas vidas amaldiçoadas, lenitivo para a minha. Apurei os ouvidos na captação de suas vozes, ávida de argumentos ao tom de minha própria voz lamurienta. Busquei, agora vejo com clareza, em vez da fama, a salvação há tanto tempo inutilmente almejada.

Onde deixei o original? Está quase pronto. Alice! Ah, aquela ansiedade toda, telefonemas diários, como está a Cláudia?, continua grave? Por que não pergunta logo se já morri e que hora será o sepultamento?

São Petersburgo, 30 de setembro de 1776.

Cara Prota.

Como você deve ter lembrado, ontem Pavel completou 22 anos. Não houve comemoração alguma. Ele nem deu as caras. Você sabe como ele é. Além de continuar irascível e contestador, vem se mostrando mais destemperado. Não quer nem me ver. Antes, reclamava e falava mal de mim (como pode um filho falar mal da própria mãe?) com alguns membros da família. Agora eu soube que me critica com o primeiro que encontra. Cada dia está pior, deixando-me numa situação terrivelmente desconfortável.

Não quero punir meu filho, embora ele me falte com o respeito merecido por toda mãe.

Quando ele era mais novo, tentei convencê-lo de que não sou a megera que ele julga. Gostaria de continuar tentando, porém ele não conversa mais comigo. Portanto, tenho de me valer de seus préstimos.

Recorro a você por ser a pessoa em quem mais posso confiar para assuntos particulares e delicados. Você sabe muito bem quanto a estimo e aprecio suas habilidades para sondar sentimentos e desejos alheios e conduzi-los na direção que almejamos. Só você, querida Prota, poderá me ajudar a incutir um pouco de juízo e complacência naquela cabeça transtornada, na qual já nem sei o que se passa.

Decerto ele sabe que Pedro III não era seu pai verdadeiro. Talvez até saiba que é filho de Sergius Saltykov, aquele garboso militar que tive por amante após alguns anos do meu desditoso casamento. Creio, no entanto, que Pavel desconhece (e se recuse a conhecer) quem foi, na verdade, Pedro III, para mim e para a Rússia. Conte a ele, Prota. Obrigue-o a ouvi-la. Explique tudo. Ele pensa que a mãe é a mais abjeta das mulheres. Precisa saber que, quando eu vim da Alemanha com quinze anos para casar com o grão-duque Pedro Fedorovitch, sobrinho e herdeiro da imperatriz Isabel Petrovna, esperava unir-me a um cavalheiro e não a um homem rude e sórdido. Pavel não faz idéia dos esforços que fiz, após meu casamento, para suportar as descortesias e insolências daquele homem, me adaptar ao país, ao clima, aos costumes, aprender o idioma e conhecer os súditos, seus anseios e crenças. Quanto de mim eu dei para preservar o casamento! Enquanto isso, o que fazia meu ilustre marido? Você sabe, todos sabem, exceto Pavel, que tapa olhos e ouvidos: Pedro bebia o dia inteiro, tratava as pessoas com grosseria e violência, semeava ódio contra todos nós. Comigo agia com indiferença. E impotência. Ele me induziu ao adultério, praticamente me jogou nos braços de amantes, razão por que aceitou como seu o filho de Sergius Saltykov.

Se Pedro Fedorovitch não fosse um soberano tão incompetente e detestado por todos, se fosse apenas um péssimo marido, eu teria me conformado, cada qual com sua vida e seus amantes. Mas ele era insustentável como governante. Precisava ser deposto, para o bem da Rússia. E sem delongas. A sociedade respirou aliviada e saudou minha coroação. Dias depois, Pedro III foi morto, e a quem inculpar da morte pouco importa. Não me julgue insensível, Prota. Penso na Rússia. Pedro III, em parcos meses de poder, foi uma catástrofe para o país, e a possibilidade de um dia reaver a coroa, por meio de um golpe violento, geraria uma intranqüilidade assustadora e desnecessária.

É preciso que Pavel compreenda tudo isso. Ele me odeia mais por não ter sucedido Pedro III do que por meu comportamento na vida privada. Mas ele era uma criança quando o pai morreu, e depois, com o passar dos anos, ao invés de se revelar um jovem promissor, sensato e sábio, deu provas de desatinos e despreparo para cargo de tamanha responsabilidade. Eu seria mãe imprudente e czarina inconseqüente se permitisse tal calamidade.

Obviamente, você não falará com ele de forma assim tão áspera. E nem vale a pena contradizê-lo; melhor será explicar com calma e cautela. Use seu jeito sutil e cândido para persuadi-lo de que a mãe não é a desnaturada que ele acha. Você conhece como ninguém o tom das palavras e os gestos adequados ao convencimento. Talvez ele já tenha ouvido todas essas explicações, mas não partindo de você.

A solidão do poder. A coroa é admirada e invejada com olhar romântico e pueril. As pessoas não vêem que a dignidade do poder requer isolamento, solidão cruel e inapelável. E a solidão, somada à consciência da gravidade dos encargos, limita a felicidade possível. Meu interesse pelos prazeres de alcova deixou de ser solução discreta (e sempre censurada) de esposa desdenhada para ser justo bálsamo à solidão do cetro empunhado com nobreza.

A decisão de nomear você para a função de selecionadora de potenciais amantes foi resultado de lúcida e prática estratégia de ocupar os sombrios momentos de solidão com deleitosas horas de sensualidade e distensão. Acredito que a incomum tarefa tenha sido prazerosa para você. Mas não quero perscrutar seus segredos. Todos precisam e devem gozar as venturas da Terra. A vida, tanto a da czarina como a da súdita mais humilde, é breve. Cabe usufruí-la ao máximo, desde que ninguém saia machucado. Eu seria hipócrita se afirmasse que os encontros amorosos são apenas método eficaz de combate ao isolamento do trono. Eles são fonte de delícias e devem ser saboreados com devoção. Quanto mais atenção dermos aos detalhes que aprimoram e aumentam o prazer, mais voluptuosos serão aqueles momentos. E quem não foi agraciada pela natureza com formosura irresistível (como é o meu caso, não sou cega nem tola), deve estar alerta. A decantada beleza interior é uma inutilidade na alcova. Essa falácia tem de ser substituída por encantos à disposição dos sentidos: maciez da pele, perfume dos cabelos, curvas e vales do corpo, hálito afrodisíaco. Preparo-me com desvelo toda vez que vou receber um dos jovens recomendados por você. Congratulo-a pela qualidade do trabalho executado há tantos anos. Os homens que passaram por sua arguta avaliação foram amantes dedicados e fogosos, além de belos.

Como poderia uma mãe falar a um filho (especialmente um com o temperamento de Pavel) sobre a necessidade indispensável dos prazeres da alcova para sua vida e para o bem-estar do povo? Se recorro a você, querida Prota, é porque sei de seus dotes. Não adianta evitar esse assunto com ele, pois deve estar a par de tudo, porém de forma distorcida, envenenada por falatórios maliciosos e depravados. Procure fazer com que ele veja os fatos com olhos amadurecidos e desapaixonados. O êxito de sua intervenção será inestimável para mim, não nego, porquanto o desamor de um filho é dor profunda e constante; mas será também, e principalmente, ótimo para ele próprio. O fel que carrega no coração, desde pequeno, amarga toda sua vida. Não conheço vivalma tão revoltada com tudo, tão infeliz consigo como Pavel Petrovich.

Roubo-lhe, com meus problemas pessoais, algumas horas do merecido descanso aí em Vyborg junto a seus familiares. Mas, como disse, não é apenas para o meu bem; indiretamente, é para o bem de todos. O que você conseguir fazer para abrandar o espírito conturbado desse rapaz será sempre reconhecido por mim como uma demonstração de competência e amizade.

Mande-me notícias, assim que as tiver.

        Catarina II
        Imperatriz de todas as Rússias

"Boas notícias, Nicole?"
"Não, professor Roberto. Ela continua na mesma. Mas vai melhorar, se Deus quiser."

Vyborg, 10 de outubro de 1776.

Ao nobre Príncipe Pavel Petrovich.

Perdoe o atrevimento de escrever-lhe, mas Vossa Alteza logo verá que tenho motivos de peso. Um deles é lhe dar os parabéns pelo aniversário. Rezamos por sua longevidade e felicidade. Sua mãe, no palácio, também elevou suas preces. Acredite: ela se preocupa com seu bem-estar e seu futuro. Se não lhe escreve é porque sabe que é inútil, pois Vossa Alteza rasga as cartas que ela envia, sem sequer quebrar o lacre.

Sei que é muita petulância de minha parte me dirigir a sua imperial pessoa, e ainda mais para tratar de assuntos tão delicados e íntimos. Volto a rogar seu perdão.

O que me dá coragem para tanta audácia é a amizade de muitos anos que me une a sua mãe e a suposição de que os 22 anos de vida completados por Vossa Alteza correspondam também ao abrandamento dos ardores rebeldes próprios da juventude. Agora, certamente, Vossa Alteza acalenta opiniões e conceitos amadurecidos à luz de análises elaboradas com calma e ponderação.

Refiro-me, de modo especial, ao relacionamento de Vossa Alteza com sua mãe. Dói o coração vê-la sofrendo, ora com suas críticas, ora com seu distanciamento. Peço, com todo respeito, que reconsidere tais atitudes. Aproxime-se dela, Príncipe. Dê a ela a oportunidade de relatar sua versão dos fatos causadores dessas discórdias. Vossa Alteza tem ouvido um lado da história. Ouça o outro. Sou testemunha de muitos acontecimentos e posso corroborar várias das explicações que a venerada czarina deseja lhe dar. São assuntos pessoais, alguns até lamentáveis, mas Vossa Alteza agora já possui a fortaleza necessária para esquadrinhá-los com destemor e sem paixão.

Todos sabem que a abdicação de S.M. Pedro III e sua morte logo em seguida são as ocorrências que mais lhe causaram desgosto e inconformismo. É compreensível. Mas, por favor, insigne Príncipe, não ponha a culpa toda em sua mãe. Sem querer faltar com o devido respeito à coroa e à memória do czar, imploro-lhe que leve em conta o fato incontestável de que ele tinha temperamento violento e reações grosseiras, principalmente quando sob o efeito de bebidas alcoólicas, o que era habitual. O destempero da conduta estendia-se aos negócios do Estado. Não era apenas sua mãe quem sofria, mas toda a Rússia. A situação era indefensável. A verdade se impunha, clara e terrível: ele não podia continuar no trono. Na época, até ele compreendeu e aceitou os argumentos do grupo formado para destituí-lo.

Quanto a sua morte, ninguém pode jurar que foi a mando da czarina. Os boatos que chegam a Vossa Alteza, eu sei, afirmam isso, mas não há provas. Acreditamos que alguém do grupo tomou a si a decisão de eliminar S.M. Pedro III. Na época, Vossa Alteza era um menino. Sua mãe ocupou o trono com apoio e estímulo dos nobres, militares, clérigos e súditos, e pôs os negócios em ordem. Os ânimos se acalmaram. Todo mundo respirou aliviado.

A vida particular de Sua Majestade é outra história. Uma história que também inquieta Vossa Alteza, e com razão. Mas há de convir que se fôssemos acreditar nos mexericos dessa gente maldosa sua mãe ocuparia todo o tempo da vida dela com jogos amorosos. No entanto, não há quem desconheça quanto tempo dedica a seu interesse pela cultura e arte, isso sem falar das horas gastas com as obrigações do Estado. A competência dela é inegável, tanto na política interna como externa. Basta observar a veneração de nosso povo por ela e as conquistas que dão continuidade aos ideais de Pedro, o Grande.

Como condenar uma mulher e estadista por alguns instantes de espairecimento em meio a tão grandes e importantes deveres e atribuições? É preciso lembrar que ela é um ser humano. Tem seus limites e necessidades. Aos 47 anos, continua saudável e bonita.

Por tudo isso é que rogo a Vossa Alteza: pense com calma no que lhe disse aqui. Veja as questões por esse lado que acabo de mostrar. As maledicências se espalham como fogo e queimam sem piedade. E nada trazem de bom.

Confio que o amor filial e a maturidade derrubarão por terra os rancores cultivados na infância e juventude.

Faço votos que a vida de Vossa Alteza seja repleta de venturas e me despeço com a certeza de que seu elevado espírito compreenderá a ousadia de minhas palavras e me perdoará.

De sua humilde servidora de sempre,

Prota.

Uma humilde servidora do Estado. Preciso me conscientizar disso: sou uma reles professora, com pretensões de escritora e vãos anseios de salvação.

São Petersburgo, 19 de outubro de 1776.

Senhorita Prota.

Já nasci maduro. O conceito que faço de Catarina II não foi influenciado por intrigas da plebe. É baseado em fatos.
Catarina II é a mais gananciosa de todas as criaturas que há na Rússia. Uma arrivista. Mandou matar meu pai porque cobiçava a coroa. Receava ser abandonada por ele e substituída por Isabel Vorontsova, amante de Pedro III.
Naquela época já era devassa. Não tanto como depois da morte dele. Você sabe muito bem disso. Foi quando ascendeu ao trono que ela incumbiu você de convocar e selecionar homens para seu harém. E você executou seu trabalho, como ainda executa, com brilhantismo e prazer: mantém uma média constante de vinte garanhões, renovados periodicamente, prontos a atender ao chamado da ninfomaníaca. Não há por que duvidar dos que dizem que a czari-

na se distrai com seis por dia. Como você continua servindo-a até hoje, passados catorze anos, deduz-se que Catarina II está bastante satisfeita com as avaliações que você tem feito, inclusive quanto ao desempenho sexual dos escolhidos.

Sei que a moralidade é um embuste nosso para disciplinar os pobres e ingênuos enquanto nos divertimos. Entretanto, nada justifica os excessos de Catarina II.

Mas já não me perturbo com a licenciosidade daquela adúltera assassina. Meu dia chegará. Não há mal que sempre dure e Catarina II não será exceção.

                            Pavel Petrovich
                            Futuro Imperador de todas as Rússias

Não há mal que sempre dure e eu não serei exceção.

Vyborg, 29 de outubro de 1776.

Querida amiga Tatiana.

Preciso de seus conselhos. Pela primeira vez na vida não consegui atender a um pedido da czarina. Pedido é um modo de dizer, você entende, não é? Ela me encarregou de uma tarefa e eu não obtive os resultados que ela queria. Nem cheguei perto: fracassei completamente. Acho até que piorei a situação.

Também, não era uma empreitada fácil. Ela queria que eu convencesse o filho de ser mais cordato e conversar com ela. Que ele deixasse de rebeldias. Mudasse o temperamento amargo e belicoso.

Escrevi a Pavel, mas sua resposta foi uma enfiada de acusações e ofensas. Mudar o temperamento dele só mesmo um milagre. Você não acha? Ou acha que eu devo tentar mais, insistir com paciência e otimismo? Ou, ao contrário, ter a coragem de escrever a Catarina II, confessando o fracasso da missão?

Receio desagradá-la. Prezo sua confiança e amizade. E, não posso negar, adoro o trabalho que faço. Trabalho é modo de dizer: me deleito com o serviço. Quantos homens selecionei! Quantos ainda poderei selecionar! Como se empenham para provar habilidades inconfessáveis! Que testes e avaliações maravilhosos! Não posso correr o risco de pôr tudo isso a perder.

Não me acabrunho com queixas e pragas de noivas e esposas de muitos rapazes que passaram por minhas seleções. Cumpri ordens da grande czarina. Com quase cinqüenta anos, ela continua com o mesmo número de encontros de catorze anos atrás. Colaboro para a serenidade da governante, fator essencial na condução dos negócios do Estado, como ela mesma assegura. Quem pode duvidar? E os homens, por sua vez, sempre exultam ao cumprir com essas obrigações, extraordinárias em todos os sentidos.

Compreende-se a maldição bradada pelas noivas e esposas afrontadas. Mas o que se pode fazer? Ninguém é safado nessa história. Catarina II precisa de momentos descontraídos que compensem as tensões dos deveres da coroa; eu exerço um trabalho que me foi exigido e procuro realizá-lo com a maior eficiência; e os homens são convocados e não podem recusar.

Querida Tatiana, acabei me metendo em divagações. Fugi do assunto que me perturba e preocupa. O que você acha que devo fazer? A meu ver, não adianta tornar a escrever ao príncipe. Ele é irredutível. Talvez o único caminho seja informar Catarina II do malogro da missão. Você não acha? É um risco para mim, mas talvez não haja outra saída. Afinal, mais vale a sinceridade numa relação de amizade e confiança, não é? E, embora ela esteja ansiosa para estabelecer diálogo ameno com o filho, tenho esperança de que compreenda a difícil tarefa que me delegou.

Pense um pouco nessa trapalhada em que estou afundada e veja se pode me ajudar, está bem? Aguardo sua resposta. Tomara que você encontre uma alternativa salvadora, que meus olhos aturdidos não conseguem enxergar.

E que você só tenha dias felizes. É o que deseja

Sua fiel amiga,

Prota

Fiel amiga! Pois sim! Alice. Logo Alice. Quem diria? Que infâmia!

La Revue du Fribourg Ancien
Agosto de 1926

Sobre uma festa que não haverá

Nossos leitores habituais decerto estranharão o tema escolhido para este número da revista.

Acostumados com artigos a respeito de acontecimentos relevantes na história de nosso cantão, talvez desgostem de ler sobre episódios ocorridos fora daqui e, pior ainda, que despertam lembranças da Grande Guerra. Todavia, sinto-me compelido a prestar uma homenagem a Margaretha Geertruida Zelle, saudosa amiga que estaria completando 50 anos neste mês.

Tínhamos ambos quinze anos quando nos conhecemos. Fui a Leiden passar férias na casa de uns primos e lá estava ela, órfã de mãe e na companhia do pai, envolvida no primeiro escândalo de sua vida.

Antes de se mudar para Leiden, Margaretha havia morado em Haia e Sneek, além de Leeuwarden, na Holanda, onde nasceu no dia 7 de agosto de 1876. Fora para Leiden com o propósito de estudar numa escola preparatória de enfermeiras.

Cheguei no auge dos comentários que animavam as noites tépidas do verão da cidade: o diretor da escola, Wybrandus Haanstra, havia seduzido uma aluna. Duas semanas após, quando conheci Margaretha, compreendi o motivo por que tantos cidadãos questionavam sobre quem havia seduzido quem. Na adolescente já aflorava, com despudor, a sensualidade que anos depois ornamentaria sua beleza e deslumbraria a Europa. Ao verem aquela garota, com a sexualidade extravasando sem pejo por todas as curvas de um corpo que amadurecia, exacerbada por trejeitos petulantes da boca, dos olhos e dos gestos, muitas pessoas concluíam que o diretor fora vítima e não algoz em um jogo de sedução incitado pela rapariga, com ou sem intenção. A moça já quase atingira a altura de 1,75 metro a que chegaria, e embora não possuísse ainda a ondulação harmoniosa e excitante dos movimentos que a prática da dança lhe conferiria com o passar dos anos, ostentava com fascínio inato a cintura fina a realçar o volume dos quadris e dorso, os cabelos negros e lisos, os lábios carnudos, o sorriso atrevido e os olhares ora esquivos, ora convidativos. Por isso, não me surpreendi quando ela me disse, em Paris, dezesseis anos depois, em nosso segundo encontro, que estivera casada, mas se separara. Expus-lhe minha opinião de que ela não nascera para a vida doméstica, esposa modelo de amor sereno e comportado, pois pertencia à estirpe das mulheres engendradas pela natureza para a liberdade e o prazer. Ela sorriu, assentiu, porém com ressalvas. Jurou que não fora a principal responsável pela separação, ocorrida havia quatro anos, após nove de um casamento infeliz com um homem 21 anos mais velho, adúltero e perdulário com todas as mulheres, exceto ela.

Creio que a diferença de idade, no início, tenha sido um atrativo aos olhos da jovem Margaretha, pois ela sempre preferiu homens mais velhos. Mas a segurança financeira também influiu, e muito, na decisão de se casar com Rudolph MacLeod. Quanto a ele, fascinou-se com a beleza ornada de sensualidade daquela mulher.

Tiveram um casal de filhos. Poucos meses após o nascimento do menino Norman John, em janeiro de 1897, a família foi para as Índias Orientais Holandesas. Jeanne Louise, a Non, nasceu em maio de 1898. No ano seguinte foram a Sumatra. Norman, com dois anos de idade, faleceu por uma enfermidade que acometera a ele e à irmã. Non teve a sorte de sobreviver. Uma enfermeira confessou que envenenara as crianças por ordem de um soldado. Há versões discordantes da história, o que, aliás, é habitual na vida de Margaretha: o soldado queria se vingar de MacLeod porque era subordinado dele e fora maltratado; ou porque Rudolph espancara, ou tentara seduzir, a enfermeira, de quem o soldado era amante.

A lascívia inata e inocultável de Margaretha, tão apreciada por Rudolph antes do casamento, passou a ser motivo de censuras. Sim, ela atraía olhares cobiçosos dos tenentes. Que culpa tinha? Mas ele reprovava o comportamento dela, condizente com o de prostituta, não de esposa. O que antes encantara o pretendente como qualidade transformara-se em defeito aos olhos do marido. A mulher foi acusada de conspurcar sua reputação, vilipendiada, ofendida, chamada de estúpida e fútil, simplória cujas conversas superficiais sobre vestidos e aparência eram insuportáveis. Ir à caça de prostitutas era então, para ele, justificável e natural. As críticas, açuladas pelo excesso de bebida, rapidamente se tornaram violentas. Rudolph passou a ofender a esposa, em cartas a amigos ou em público, humilhando-a na frente de todos. Bêbado, com freqüência partia para agressões físicas, cuspia em seu rosto e a ameaçava de morte.

Em 1904 eles se separaram e dois anos após a então Margaretha Zelle MacLeod e o marido se divorciaram. Ele levou a filha. Durante o tempo em que estiveram separados, Rudolph, alegando falta de recursos, nunca pagou pensão à mulher.

Sozinha, foi para Paris. Conseguiu emprego numa escola de hipismo. O proprietário, Monsier Molier, perspicaz, lhe deu o mais valioso conselho: com seus atributos, ela deveria seguir a carreira de dançarina. Incentivou-a. Margaretha procurou Henry de Marguérie, diplomata francês que um dia elogiara seus dotes e voz, e conseguiu dele a abertura das portas dos salões parisienses. É claro que se tornaram amantes. Começava a carreira da grande dançarina-prostituta.

Houve um tempo em que me deixei levar pela impressão de que as mulheres mais encantadoras do mundo eram as italianas, francesas e espanholas. As italianas pela beleza, as francesas pelo charme e as espanholas pelo ardor. Concepção precipitada, própria da inexperiência juvenil, pois é óbvio que mulheres deslumbrantes há por toda parte. Nossas suíças, por exemplo, que Deus as conserve, não ficam a dever a ninguém. Mas foi uma holandesa pouco instruída, sem grande voz e dançarina amadora que alcançou a primazia nos palcos dos melhores teatros europeus.

À necessidade se somou a potencialidade. Os atributos naturais seriam a fonte de sobrevivência e realização daquela holandesa audaciosa. A sensualidade ousada que cativara Rudolph haveria de deslumbrar homens e mulheres. Todavia, é injusto dizer apenas que à necessidade de sobreviver se somaram os dotes naturais de Margaretha. Falta falar de sua criatividade. Sem esta, o sucesso não teria sido alcançado. Depois de ser vista por Monsier Guimet, dono do Museum of Oriental Art, recebeu convite para lá dançar. Mas que usasse outro nome. Empolgada, Margaretha Geertruida Zelle não adotou somente um novo nome: inventou para si toda uma nova biografia. Passou a se chamar Mata Hari, que em malásio quer dizer *olho do dia* ou *o alvorecer*. Essa Mata Hari, então, não era a menina simplória nascida em Leeuwarden. Nativa na exótica e misteriosa Ásia, fora criada por sacerdotes em templo fabuloso, onde aprendera danças e cantos místicos, de religiosidade profundamente ligada à natureza. Desnudar-se ante os deuses, durante o bailado, era apenas uma forma de se unir totalmente ao universo e render homenagem aos entes divinos. A biografia fictícia, recheada de experiências formidáveis, ia ao encontro do gosto público, em especial da parcela masculina, ávida de expressões do exótico Oriente, cujas mulheres eram, conforme se dizia, sabidamente livres, ardentes e dissolutas. Quanto às inúmeras dançarinas que se exibiam pela Europa afora, interpretando personagens orientais, rivalizando com a morena Mata Hari, não passavam de impostoras, pois, como ela argumentava, nunca estiveram no Oriente, nunca beberam na fonte das artes e religiões asiáticas.

A cada apresentação da excêntrica dançarina, crescia seu sucesso. Homens e mulheres se extasiavam com a sensualidade dos gestos e meneios do corpo que se desnudava gradativamente no palco, ao compasso de canções acompanhadas de flautas e címbalos. Em diversas ocasiões aceitou convite para se apresentar a público exclusivamente feminino em mansões particulares, o que ensejou comentários sobre uma malvista promoção da homossexualidade. As melhores casas de espetáculos abriam as portas à fascinante dançarina: teatros de Berlim, ópera de Monte Carlo, La Scala de Milão, Secession Art Hall de Viena, Royal Theatre de Haia e muitos outros. Em Paris, tive o inesquecível prazer de vê-la em duas apresentações, uma no Folies Bergère e outra no Trocadéro Théâtre. Seu corpo e sua vivacidade não denunciavam seus cerca de trinta anos, embora ela me tenha confessado, no camarim, o medo do envelhecimento. Tratei de acalmá-la. E estava sendo sincero. Quem a visse, como eu, jamais duvidaria que aquela beleza não fosse perene. Quem se deliciou, como eu, com sua Dança dos Sete Véus, guarda para sempre na memória aquela Salomé moderna a retirar os véus, um a um, com estudadas pausas, até mostrar a nudez gloriosa do corpo moreno, de cintura fina e coxas firmes. Salomé era figura perfeita para ser representada por ela: dançarina sedutora, transbordante de lascívia e ousadia, desnudava-se diante da multidão de Herodes pasmos, subjugados à beleza amaldiçoada.

Os homens não estavam habituados a contemplar a nudez sequer da própria esposa. E, de repente, tinham a oportunidade de ver, não qualquer mulher, mas uma deusa nua a mover o corpo em ondulações audaciosas de rituais lascivos. Se não fossem próprios de cultos religiosos, como se acreditava graças à astúcia incomum de Mata Hari, certamente os órgãos governamentais proibiriam tais atrevimentos. Todos se convenceram de que as danças orientais interpretadas por ela nada continham de pornografia. Eram espetáculos de arte e podiam ser vistos e aplaudidos às escâncaras por cavalheiros acompanhados de suas esposas, o que de fato ocorria, embora eles, que se deleitavam no teatro, em casa ralhassem com as esposas e filhas quando tentavam imitar a dançarina. Uma vez ludibriada a sisudez da censura, a atriz eventualmente representava personagens ocidentais, como Lady Godiva e bailarinas espanholas. Contudo, sua preferência era encenar histórias do outro lado da Terra.

À medida que representava a criatura inventada, vivenciando-a em cena e na vida cotidiana, mesclando-a aos fatos, Margaretha Geertruida Zelle ensombrecia sob a imagem arrebatadora de Mata Hari, uma outra pessoa, vigorosa, insofismável até aos olhos dela mesma. Compunha-se uma nova realidade. A biografia fantasiosa se adornava com vestuário e adereços. E se esmiuçava em detalhes. Nascera em Java, ela afirmava. A mãe morrera no parto e ela ficara aos cuidados de sacerdotes hindus que a criaram, educaram e iniciaram nas danças rituais. Certo dia, ao fim da adolescência, bailou aos olhos de um oficial inglês em visita ao templo. Tresloucado de amor à primeira vista, o militar não resistiu: raptou-a e levou-a para a França. A partir daí, o sucesso artístico foi rápido.

Fora do palco, porém, nada impedia a princesa oriental de exercer o papel de concubina, o que era natural, a enriquecia e permitia transitar na camada social, política e militar mais elevada de diversos países da Europa. A profissão de concubina, que existe desde tempos imemoriais, tem sido aceita, às vezes mais, às vezes menos, segundo épocas e lugares. Nas principais cidades de nosso continente, especialmente em Paris, até a Grande Guerra, foi admitida nos últimos séculos com plácida condescendência. E Mata Hari soube se valer dela. Ao fim de cada espetáculo, uma incontável quantidade de abastados e poderosos cavalheiros se punham aos pés da artista, prontos a dar o que almejassem sua ambição e vaidade. Colecionou número alentado de amantes franceses, austríacos, alemães, holandeses, espanhóis, russos, italianos, belgas, e das mais variadas atividades sociais: financistas, oficiais militares, jornalistas, chefes de polícia, barões, marqueses, diplomatas, adidos militares, ministros de estado. Em poucos anos amealhou bens e luxos, recompensas, a seu ver, justas e óbvias por seus magníficos dotes e favores. Sua vaidade e seus gostos extravagantes podiam enfim ser satisfeitos com facilidade. Roupas, chapéus, jóias, perfumes, restaurantes, casas na cidade e no campo, mobílias caras, costureiros, hotéis e entretenimentos ocupavam o seu dia-a-dia. Conquistara independência financeira e sexual. Quanto motivo de admiração, inveja e intriga! Mata Hari saboreava uma vida que era campo fértil às maledicências que lhe pesariam mais tarde, quando o mundo à sua volta apodreceu.

E continua podre. Invejas! Mas Alice? Qualquer uma, menos ela. Podia esperar tudo, menos isso. Se livrar de mim por uma possibilidade remota de fama e dinheiro. Francamente... Mas é a merda da inveja. Leu o original de meu trabalho, que lhe emprestei com toda confiança e boa vontade, pedi até que desse sua opinião, fizesse revisões, tecesse críticas e comentários, e o que a maldita faz? Me droga, quer que eu morra envenenada ou acidentada para ficar com o livro e publicá-lo como seu. Com certeza fará uma ou outra alteração, mudará um pouco o estilo num trecho ou noutro, com medo de que minha voz se infiltre na garganta das mulheres que me habitam há meses.

Quanto mais penso, mais me revolto. Não me conformo. Alice?! Logo você, minha melhor amiga, verdadeira irmã?! Sei que foi você: é a única com algum motivo e era quem estava a meu lado todo o tempo, próxima da taça de vinho.

Nunca pensei que pudesse acontecer uma coisa assim. Você me trair, me prejudicar, desejar minha morte, como a mais abjeta das rivais...

As rivais perturbavam Mata Hari, deixavam-na insegura, pois tinha consciência de suas limitações. Muitas dançarinas se exibiam nuas ou seminuas em espetáculos ditos orientais por quase toda a Europa, principalmente em Paris. E algumas concorrentes ganharam fama, como Isadora Duncan, Maud Allan e certas dançarinas hipnóticas. Colette fora dançarina e casada com autor de pornografias enquanto tentava sucesso como escritora, e o de Mata Hari a incomodava, fazendo-a espicaçar a rival com freqüência. Além das atrizes, as concubinas, *les grandes horizontales*, não perdiam a oportunidade de desmerecer Mata Hari: não é bonita de fato, asseveravam; é vulgar; selvagem; não sabe nem andar; tem voz esganiçada, nariz e lábios muito grossos, mau gosto e maus modos. Quanto mais êxito ela conseguia como dançarina e *cocotte*, mais crescia o número e a inveja de rivais e inimigas. Sua reação, tachando-as de impostoras, acirrava discórdias e estimulava novas maledicências. Quando nos encontramos pela terceira vez, oito anos depois, em sua casa de Neuilly-sur-Seine, não consegui distinguir o que mais a abatia, se a guerra deflagrada ou o empalidecer de sua fama pelo crescimento da de Isadora Duncan no último ano. As melhores casas abriam as portas para a "divina Isadora", obrigando minha amiga a se contentar com palcos de menor importância. Além da humilhação, significava drástica diminuição de rendimentos. A essa desventura somava-se a preocupação com a idade, 37 anos, porquanto sua beleza e sensualidade eram as compensações e camuflagens a seu amadorismo e parco talento. E mal sabia ela do que estava por vir. À sua volta e debaixo de seus pés, o mundo ruía. A Grande Guerra trucidaria suas vítimas e Margaretha Geertruida Zelle, sob a pele de Mata Hari, seria uma delas.

Sim, o mundo apodrecera. Deixara de ser palco para uma dançarina oriental exótica e despudorada se exibir desnuda a platéias de ricaços. Nem ela poderia se apresentar, nem os homens se atreveriam a ver.

Queixou-se comigo das dificuldades com que estava esbarrando para viajar. Perdera o bom humor. Acabara de descobrir que seu agente lhe roubara dinheiro, a camareira levara suas jóias como pagamento do trabalho que o agente não havia pagado e seus casacos de pele foram retomados pela loja à qual devia. Como não residia oficialmente na França, sua conta bancária fora bloqueada. Por fim, sorriu e procurou recobrar o otimismo: ainda podia contar com seus amantes. Com certeza, eles não a abandonariam, principalmente o barão Edouard van der Capellen, coronel da cavalaria holandesa; o general Messimy, ministro da Guerra da França; o marquês de Beaufort, oficial belga; Griebel, chefe de polícia de Berlim; o barão Fredi Lazarini, oficial da cavalaria holandesa; e o tenente de cavalaria Alfred Kiepert, rico dono de terras em Berlim.

Passaram-se dois longos anos e alguns meses até nos encontrarmos novamente. Foi a última vez que nos vimos. Estávamos no bulevar Saint-Germain e mal nos acomodamos no Les Deux Magots ela foi logo falando: "Estou apaixonada." Os olhos brilhavam. Afora eles, mais nada. Contrastavam com a palidez do rosto e, especialmente, com o velho casaco negro de lã e a ausência de jóias e maquiagem.

"Cláudia já está linda, professor. Pode entrar. Dei banho, arrumei o cabelo, só não pus maquiagem porque o doutor não deixa."

"Nicole, vou te contar um segredo. Eu amo duas mulheres."

"Puxa, professor, nunca pensei."

"Verdade. Amo a Cláudia produzida e a Cláudia desarrumada e sem maquiagem."

Se não me maquio, aí então é que me sinto verdadeiro horror.

"Mas são a mesma pessoa."

"Não, Nicole. São bem diferentes. Quando você se enfeita, se pinta e se perfuma para sair ou ir a uma festa, você não se sente outra mulher? Pois então: amo as duas Cláudias, mas a natural, quando acorda de manhã, é a que mais me atrai."

Minha amiga continuava bela, sem dúvida, mas pagara um preço, mais pelas adversidades que por seus quarenta anos. Apesar de tudo, em plena guerra, ela se apaixonava pela primeira vez na vida. Capitulara aos encantos e vigor de Vladimir de Masloff, seu querido Vadime, de 21 anos, capitão do Império Russo. Confessei-lhe minha surpresa pelas duas novidades: por se relacionar com alguém mais jovem, pois seus amantes costumavam ser bem mais idosos que ela, e por cair de amores ao invés de ser a deusa inabalável a ter aos pés um fascinado parceiro.

Mas as circunstâncias, que então atingiam com dureza a vida de todos, não poupavam a de Mata Hari. "Por que essa loucura?", ela indagava, chorosa, acusando os homens de promover dores e morte enquanto as mulheres concebiam ninhos de amor e vida.

Terminado o café, narrou seus infortúnios. Era seguida por toda parte. Onde morasse ou se hospedasse, seus aposentos eram invadidos na sua ausência, seus pertences revirados, sua privacidade violada. Nas gavetas e bolsas foram encontrados frascos de produtos que talvez servissem como tinta invisível. Eram substâncias usadas comumente por *grandes horizontales* para não engravidar, mas foi motivo de suspeita. Assim como a enorme soma de dinheiro que recebera até um ano atrás, e não mais recebia, por seus favores amorosos. Suas dívidas, então, levaram-na à insolvência. Nos últimos meses, revelou-me constrangida, sua situação financeira se tornou tão crítica que a prostituição foi seu meio de sobrevivência.

O capitão Georges Ladoux, chefe do departamento francês de espionagem, ordenou a seus investigadores que detivessem Mata Hari. Durante o interrogatório, resolveu contratá-la como espiã aliada, transformando-a numa agente dupla. Disse que ela poderia prestar um grande serviço à França. Poderia fazer como a espiã aliada Marthé Richard fazia na Espanha. Ele lhe pagaria bem e daria o passe para Vittel, aonde ela desejava ir para se encontrar com Vadime. Quando Ladoux lhe ofereceu um milhão de francos para obter informações enquanto exercia seu papel de amante de oficiais alemães, ela aceitou na hora. Com o dinheiro, não precisaria se prostituir às escondidas de seu amado, saldaria as dívidas, readquiriria crédito em lojas, hotéis e restaurantes, e se casaria. Ele lhe deu uma lista de nomes de pessoas a quem contatar e tinta invisível para as cartas que enviasse a ele.

Minha amiga escreveu a Ladoux com insistência, pedindo adiantamento para comprar roupas, mas não obteve resposta. Contudo, deu andamento a seu serviço. Seduziu oficiais alemães e lhes passou notícias que circulavam nos bares parisienses, fazendo-os crer que se tratava de segredos de Estado. Desse modo, convenceu-os de que era agente alemã e conseguiu colher informações que com certeza agradariam o Deuxième Bureau. Relatou suas descobertas a Ladoux, por carta, mas não recebeu resposta. Não se deu conta de que ele devia estar arrependido do trato: ela era insistente e cobrava-lhe de forma assustadora. Além de não mandar o dinheiro prometido, Ladoux propalou aos quatro ventos, sem ela saber, que não tinha ligação nenhuma com a dançarina-prostituta e que ela era agente independente. Entre eles não havia segredos compartilhados.

Como se fosse um segredo que as outras não podiam saber, Alice se aproximou de meu ouvido e falou: Adorei seu livro. Eu sorri, agradecida, em meio à balbúrdia da festa. Por que o segredo? Porque já havia tramado seu crime e ninguém deveria saber que existia um livro, que ela o havia lido e estava com ele. Que amiga, hem?

Eu olhava o semblante tristonho e perplexo de minha amiga, e não continha o sentimento de pesar. Exalava dela com nitidez aquela ingenuidade que costuma levar suas vítimas mansamente aos reveses da sorte. Perguntava, a mim mesmo, o que estava fazendo aquela mulher vaidosa e tola no âmago de intrigas internacionais. Em que se metera a simplória Margaretha Geertruida Zelle? E um misto de mal-estar e temor perpassou-me a espinha à visão da *débâcle*, da extinção do fascínio daquela mulher, provocada e acelerada pela guerra com seus mil dentes afiados e famintos.

Mata Hari ficou sem o dinheiro prometido e com dívidas a saldar. O barão Capellen não se negava a sustentá-la, porém o contato entre os dois era difícil: ele temia abalar seu casamento e ela não tinha permissão para viajar onde quisesse. Sem dinheiro e longe de Vadime, exasperava-se.

    Não era de surpreender que a holandesa ou javanesa Mata Hari fosse suspeita onde quer que estivesse. Creio ser conveniente destacar aos leitores que, desde o início da guerra, em todos os países envolvidos, qualquer estrangeiro era visto como suspeito de espionar para o lado inimigo. Principalmente na Inglaterra. A agência MI5 mantinha os estrangeiros sob vigilância. Mais de 200 mil suspeitos! Dentre eles, Mata Hari. Em certa ocasião, numa viagem a caminho da Holanda, foi detida na Inglaterra. O oficial da Scotland Yard achou que ela era Clara Benedix, agente alemã. Havia alguma semelhança entre a holandesa e a foto da espiã, mas esta era um pouco mais gorda e muito mais baixa. Mesmo após o esclarecimento de que se tratava de pessoas distintas, perdurava a suspeita anterior: mulher independente, cosmopolita e amante de homens poderosos tanto no campo aliado como no inimigo. E, assim, os interrogatórios se sucederam e prolongaram, e a papelada se avolumou. Mata Hari, aturdida, embaralhava dados, confundia datas e lugares, desdizia-se. Habituada a desdenhar a realidade em prol da fantasia, vangloriou-se de que se apresentava no La Scala, na Itália, quando a guerra começou, e ela estava na Holanda. Valorizar-se, realçar sua vida, promover-se nas entrevistas à imprensa tornara-se um vício, o qual se repetia nos ouvidos dos inquisidores. Essas anotações conflitantes se superpunham às suspeitas que, embora infundadas não eram eliminadas. Os detalhes tolos e inconseqüentes se amontoavam e imbricavam, tornando mais difícil a verificação dos fatos e o descarte das dúvidas. Mesmo com a prova de que ela não era Clara Benedix, os ingleses não descartavam a hipótese de que era espiã. A conclusão mais fácil e cômoda era mantê-la na lista dos principais suspeitos. Seu passaporte chegou a ser retido, com a alegação de ser falso. Para se livrar do imbróglio, Mata Hari disse a Basil Thomson, da Scotland Yard, que ela realmente era espiã, mas a serviço da França. Bastava ele perguntar a seu colega em Paris, o capitão Georges Ladoux. Thomson comunicou a Ladoux a suspeita do MI5 de que Mata Hari era agente alemã e seu código era AF44 e, em contato com a legação holandesa, soube que Ladoux negara, ao cônsul em Paris, haver contratado Mata Hari para servir como espiã. As suspeitas aumentaram: se ela não trabalhava para os franceses, trabalhava para os alemães. Ficou mal aos olhos dos ingleses e dos franceses, sem ser Clara Benedix, sem ter passaporte falso, sem prova de ser espiã; apenas porque dia-a-dia simplesmente se tornava... mais suspeita.

Quando os rumores de que Mata Hari era espiã a serviço dos alemães chegaram à embaixada russa em Paris, Vadime foi alertado para se afastar dela. O isolamento evoluía a pleno vapor.

Embora eu não quisesse atormentá-la, mais do que já estava, com análises das contingências que a cercavam, sem que ela as visse ou compreendesse, porquanto sempre estivera concentrada em si mesma, minha consciência me obrigava a tentar abrir-lhe os olhos. Expliquei-lhe que ela não se apercebia dos perigos ou negava-se a dar a devida importância ao fato de que o tempo dos gritos chegara para sepultar o dos risos, o dos lutos para abafar o das ovações, o do fogo para queimar o das danças, o dos corpos lacerados para substituir a pele perfumada e sedosa. Chegara o tempo em que medo, ódio, inveja e sede de vingança, esses monstros que dormem à sombra em nosso âmago, saíam a andar pelas ruas, às claras. Era a vez de o proscênio ser ocupado pela mulher decente, pela esposa dedicada que se sacrifica por marido e filhos, pela população às voltas com falta de carvão e alimentos, preços elevados, medo, ferimentos e mortes. E a imagem dela, minha amiga, era oposta àquela: mulher livre, independente, vestindo-se e agindo como bem entendia, seduzindo jovens e velhos, solteiros e casados, satisfazendo seus desejos extravagantes — explícitos ou dissimulados —, mais até do que um homem seria capaz. Essa imagem era justamente a do arquétipo da espiã, da *femme fatale*, descrita na literatura de espionagem da época e por todos concebida. Estava viva na mente das pessoas. Assim como fora profícua a imaginação de Mata Hari, com mais competência fervilhava a dos escritores de histórias de espionagem, nas quais os alemães instruíam e preparavam enfermeiras, babás, arrumadeiras, garçonetes, jovens estudantes e concubinas para o exercício das artimanhas sigilosas em favor da pátria. Aos olhos sugestionados da população, Mata Hari era a encarnação da literária Mulher Fatal do Oriente: perigosa, falsa, ardilosa, cruel, gananciosa, livre, sensual, enigmática e inteligente. Outros adjetivos me ocorriam: erótica, irresistível, volúvel, egocêntrica, vaidosa. E tola. Minha franqueza atingia a impiedade, mas julguei necessária. E pensei, com bastante otimismo, que haveria de despertá-la para a realidade que a envolvia e devorava, a tempo de permitir salvar-se, sair de cena até que tudo se acalmasse. Falei-lhe dos preconceitos e paranóias que grassavam pela Europa e Estados Unidos da América, da caça às bruxas semelhante à de séculos passados. Involuntariamente, a literatura voltada a dramas de espionagem ajudou a instigar velhos preconceitos e a paranóia geral. Se toda estrangeira era suspeita, o que estariam pensando dela, uma *grande horizontale* que as pessoas não sabiam ao certo de onde viera e por onde andara? Por outro lado, qualquer cidadão se via compelido a virar herói e patriota da noite para o dia, descobrindo e delatando espiões. As tristezas acumuladas abatiam o moral dos cidadãos e até de soldados, que de vez em quando se amotinavam. Encontrar e apontar bodes expiatórios era uma estratégia política urgente e eficaz, mesmo que provisória. Culpar traidores e espiões desviava a atenção das desditas para abjetos responsáveis, pouco importando a escassez de provas contra eles. Levantavam-se suspeitas sobre adolescentes semi-analfabetas de operar dispositivos complexos e fantásticos; governantas alemãs que, com inaudita competência, conseguiam esconder carregamentos de bombas feitos por caminhões; donas-de-casa que penduravam nos varais roupas maiores e menores, de cores variadas, num arremedo do código Morse, com seus sinais curtos e longos. Na Inglaterra, Vernon Kell, diretor do MI5, declarara que recebia cerca de 300 denúncias por dia de casos e atitudes suspeitas. No lado inimigo a paranóia também se espalhara. A lista de espiãs de Feliz Gross, agente do serviço secreto alemão, era longa. Só na de russas havia cientistas, embaixadores, duas grã-duquesas, esposas de ministros, dezessete condessas e catorze princesas. Pelo que eu sabia, ao menos na França e Inglaterra as mulheres em geral, quando loquazes, eram suspeitas pela inteligência e argúcia; quando caladas, pelo mistério e ocultação de segredos. Se a qualquer dos dois tipos se associasse a beleza, quase não restaria mais dúvida. A paranóia da suspeição era intensa e vasta. Se o sêmen era um dos maiores suspeitos de servir como tinta invisível, o que haveria de escapar à cisma dos acusadores? E os preconceitos alimentavam as insânias. Enquanto os aliados eram virtuosos, tementes a Deus e devotados a família, os alemães eram devassos. As alemãs eram naturalmente espiãs sedutoras, moralmente pervertidas, hábeis hipnotizadoras. Se Mata Hari optara pela vida livre e dissoluta, ao invés da de esposa recatada, possuía o perfil da inimiga. E que prostituta mereceria confiança? Mata Hari era uma parasita que, graças a seu corpo lascivo e bem cuidado, tirava vantagens da guerra, se nutria e enriquecia com o sofrimento do povo.

Os jornalistas tínhamos parte da culpa nesse desvairamento. Grande parte. Jornais publicavam matérias sobre a guerra, ilustrando a página com fotos de jovens soldados feridos e, ao lado, foto da lasciva Mata Hari. Noutra ocasião, a foto da sedutora dançarina-prostituta, como uma Dalila dos tempos atuais, hábil nos ardis para cativar incautos patriotas e fazê-los revelar segredos de combate, fora estampada ao lado de foto de irmã-enfermeira, no seu uniforme imaculadamente branco, tratando de feridos com abnegação.

A história mostrou que foi vã minha esperança de salvá-la por meio de sensatas advertências. Teimosa, permaneceu em Paris.

Pode-se escapar de quase tudo. Hoje, pelas cirurgias plásticas, até da anatomia. Do passado, porém, jamais. Roberto discorda. Se soubesse de minha mentira e vileza talvez mudasse de opinião. Como nunca saberá, persistirá afirmando que sempre se pôde escapar do passado, pela fuga e mudança de identidade. Quantos somem de repente, ele falou; o que diz vou ali e já volto; ou o que aproveita grande desastre ou catástrofe para fugir e ser considerado uma das vítimas não resgatadas ou identificadas.

Se eu conseguisse concordar com ele, teria uma boa opção: acordar, voltar à vida e depois sumir, deixar tudo para trás, faculdade, Alice, namorado, estudos, livro, o diabo. Consigo? Preciso pensar.

Nunca mais revi minha amiga. Durante sua prisão e julgamento, nada soube dela. Nem eu, nem ninguém, pois tudo foi conduzido a portas fechadas. Somente após o fim da guerra vieram a público, se não todos os detalhes, diversas partes do processo. Hoje, passados quase nove anos de sua morte, sabemos bastante do que aconteceu.

Quando o Deuxième Bureau recebeu a informação dos ingleses de que suspeitavam ser Mata Hari a agente AF44, razão pela qual chegaram a negar-lhe visto para embarcar, a despeito de a legação francesa tê-lo concedido, designou os inspetores Tarlet e Monier para segui-la. Eles apresentaram ao capitão Georges Ladoux, chefe do departamento de espionagem, relatórios desde 18 de junho de 1916 a 13 de janeiro de 1917. Cada passo da dançarina-prostituta foi observado e descrito. Nesse ínterim, Ladoux passou a evitá-la. Em janeiro de 1917 disse ao capitão Pierre Bouchardon, investigador-chefe do tribunal militar, que Mata Hari era a agente AF44, segundo suspeitas da Scotland Yard.

No dia 13 de fevereiro de 1917, às 9 horas, quando despertava no quarto 131 do Hotel Elysée Palace, Mata Hari foi presa. Ao ler seu mandado de prisão ela se declarou inocente, peça de jogo nas mãos de alguém mal-intencionado, pois, ao contrário do que alegavam, ela servia à contra-espionagem francesa.

No século passado, Saint-Lazare fora hospital-prisão para encarcerar e tratar prostitutas. Transformado em prisão de mulheres, resumia tudo que a *grande cocotte* detestava, além da óbvia privação da liberdade: fama de depravação e falta de banheiro limpo, roupas lavadas e cheirosas, cremes e perfumes. O chão era coberto de palha. Não havia janela, apenas pequena seteira por onde penetrava parco feixe de luz. Uma frincha na porta permitia aos carcereiros observar a prisioneira quando quisessem, a despeito da supervisão das freiras. As detentas eram obrigadas a costurar sacolas de carteiros durante mais de dez horas por dia. Pouco depois, Mata Hari foi transferida para a Ménagerie, uma seção melhor, com colchão de palha e cobertor, embora os ratos coabitassem com as prisioneiras. Os maledicentes são tão inventivos — e cruéis — que se espalhou na França o boato de que a dançarina-prostituta vivia na prisão em meio a flores, deliciando-se com chocolates e banhos de leite, indiferente à fome de milhões.

Não podia enviar nem receber cartas. Negaram-lhe permissão até para escrever a Hijmans, seu advogado em Haia. A única visita permitida foi Edouard Clunet, de 74 anos, antigo amante e advogado especialista em direito empresarial. Todo dia uma freira comparecia à cela para ler trechos da Bíblia.

Seria parcialismo calar sobre alguns indícios que pesavam contra Mata Hari, afora contingências desafortunadas, preconceitos e paranóias. Viagens e amantes incontáveis, de variadas nacionalidades, eram fatos inegáveis, e muitos achavam, com certa razão, que, com algumas carícias, ela poderia levar à derrota um exército inteiro. A imagem criada, motivo de sucesso na *belle époque*, agora se tornava seu carrasco. Suas declarações contraditórias, embora se ativessem a assuntos somenos, expunham-na como mentirosa. Outra suspeita emergira de sua relação com o major Arnold Kalle e com Karl Cramer, cônsul alemão em Amsterdã. Durante os interrogatórios, realizados sem a presença do advogado de defesa, ela afirmou que, quando não recebeu resposta à carta enviada a Ladoux pedindo instruções, resolveu agir por sua intuição. Localizou o major e, no escritório dele, tratou de seduzi-lo para tentar colher informações que haveriam de interessar aos aliados. Passou a Kalle, como informes sigilosos, fuxicos de conhecimento público em Paris: o moral baixo das tropas e a falta de suprimentos em toda parte. Tiveram relações sexuais e Kalle lhe pagou 3.500 pesetas; para ela, por favores sexuais; para os investigadores, por serviço de espionagem. Quanto ao cônsul alemão, ela confessou tê-lo recebido em sua casa, em Haia. Karl Cramer propôs-lhe pagar 20 mil francos por informações que ela poderia obter na próxima viagem à França. Ela deveria escrever-lhe com tinta invisível e identificar-se como agente H21 (H de Holanda). "Aceitei a oferta", ela disse. Afinal, bem merecia aquele dinheiro, pois compensaria o confisco de seus casacos de pele sofrido na Alemanha em 1914. Ficou com os francos, jogou fora os frascos de tinta e, jurou, nunca se correspondeu com o alemão. Quanto a 300 mil marcos recebidos de outro alemão, Kiepert, foram cinco a seis anos antes da guerra, por favores amorosos.

Sem acreditar que pudesse ser considerada culpada de qualquer crime, mostrara-se segura de si. Entretanto, aos olhos dos acusadores, sua segurança sugeria requintado disfarce e embuste muito bem treinado.

Mata Hari tentou se defender. Expôs a Bouchardon, o investigador-chefe, que em 1914, quando a guerra começou, congelaram sua conta bancária e confiscaram seus pertences em Berlim, porque ela fora vista como inimiga. Seu advogado em Amsterdã, Eduard Phillips, poderia confirmar sua declaração.

O advogado de defesa Clunet, que só obteve permissão de presenciar o último interrogatório, também não podia convocar testemunhas civis. Se pudesse, o barão van der Capellen haveria de jurar, segundo Mata Hari, que fora ele quem dera os cinco mil francos a ela, em 4 de novembro de 1916, em Paris. O barão tentou ajudar como podia. Solicitou intervenção do ministro das Relações Exteriores da Holanda Jonkheer Loudon, e este escreveu ao chefe da legação holandesa em Paris, Otto D. E. Bunge, para fazer o possível pela compatriota, mas nada foi conseguido.

Dos 53 cartões de visita recolhidos nos pertences de Mata Hari, nenhum dos entrevistados disse que ela fizera perguntas sobre a guerra, além das corriqueiras, feitas por todos em toda parte. O general Adolphe-Pierre Messimy enviou carta à promotoria inocentando a ex-amante. Outros ex-amantes também declararam a inocência dela quanto às acusações de espionagem, como Henry de Marguérie, que decifrava códigos para o Ministério das Relações Exteriores, e Jules Cambon, secretário-geral do mesmo ministério.

As declarações da espiã aliada Marthé Richard, se pudessem ser admitidas no julgamento, também haveriam de servir à defesa da ré. Marthé era amante do barão von Krohn, adido naval alemão em Madri. Certo dia, jornais parisienses noticiaram que Mata Hari era amante de Krohn, quando deveriam ter escrito Kalle. Ao ler a notícia, Marthé exigiu dele provas de que não era. O barão franqueou-lhe seu arquivo de agentes e lá não havia, entre tantos documentos e fotos, nada de Mata Hari. Marthé também expressou sua opinião de que Mata Hari carecia de atributos indispensáveis à espionagem, como coragem e inteligência suficientes.

Mata Hari garantiu que muitas outras pessoas influentes testemunhariam sua inocência. Chegou a fazer uma lista delas, na qual constavam nomes de barões, marqueses, militares, médicos, artistas, chefes de polícia e, inclusive, Georges Ladoux, do serviço secreto francês. Fora bastante otimista: primeiro, porque os testemunhos não seriam aceitos; segundo, porque, naquele momento, muitos achavam temerário interceder por ela, pois poderia ser interpretado como ato impatriótico e altamente suspeito.

A quatro dias do início do julgamento, Mata Hari foi levada para a Conciergerie, local mais próximo do salão do Palais de Justice onde a corte marcial se realizaria. Duas religiosas faziam-lhe companhia: a irmã Léonide durante o dia e a irmã Claudia à noite. Mas ela haveria de retornar a Saint-Lazare. Depois de ser julgada, foi conduzida à famigerada cela 12, reservada às condenadas.

O julgamento transcorreu em clima de serenidade, sem a presença de público e jornalistas. A sessão, depois se soube, foi uma comédia, exceto pelo desfecho trágico. Nomes de pessoas referidas no processo foram citados incorrectamente, cargos foram confundidos, uma total demonstração de desleixo e impropriedade, mesmo levando-se em conta que nada seria capaz de alterar o final. Os juízes militares levaram 45 minutos para chegar ao veredicto de culpada e à sentença de morte. Tanto o pedido de perdão como o apelo para redução da pena de morte à de confinamento, encaminhados pela embaixada holandesa em Paris, foram negados. Uma tentativa derradeira ainda foi feita por Loudon. Instruiu sua embaixada a apelar por clemência ao presidente francês Poincaré. Em vão. Na fria manhã de 15 de outubro de 1917, em Château Vincennes, Mata Hari foi executada.

Não posso morrer agora. Deixar livre a traidora? Nunca!

Sem se entrar no debate sobre culpa ou inocência de Mata Hari, poder-se-ia, agora, conjeturar sobre a glória ou ruína das espiãs, segundo o ponto de vista prevalente, o dos vencedores: se espiona para eles, a glória é merecida; se para os vencidos, desonra e morte. A execução da enfermeira Edith Cavell pelos alemães causou horror e repulsa, como disse o prefeito de Londres em 1917. Ela era nobre e santa, foi uma mártir, digna dos monumentos erguidos em sua homenagem. Entretanto, realmente, e insistentemente, cometeu os atos pelos quais foi julgada e condenada. Na Alemanha, a enfermeira Cavell fora advertida várias vezes para que não se valesse de seu uniforme da Cruz Vermelha e de suas funções na assistência aos feridos para atuar como espiã. Ela desatendeu aos avisos, foi presa e executada. A Mata Hari, dançarina-prostituta, cuja culpa era no mínimo duvidosa, jamais foi dado qualquer aviso ou ensejo de escapar.

Se na guerra não há vencedores, se todos perdem, alguns perdem bem mais que outros. Mata Hari perdeu bastante. Todavia, de certo modo também ganhou, se analisarmos bem o transcurso dos acontecimentos durante sua prisão, julgamento e execução.

Sua defesa foi, sem dúvida, amordaçada. Vários argumentos da promotoria foram descabidos. Ao invés de se enriquecer com a venda de informações ao inimigo, como afirmava a acusação, o que se constatou foi um grande rol de dívidas dela em hotéis e restaurantes parisienses. O relatório do inspetor Priolet não comprovou outros recebimentos por parte dela, além dos confessados e explicados cinco mil francos. Os dois detetives designados por Ladoux para seguir os passos de Mata Hari e vasculhar seus aposentos não descobriram patavina após meses de trabalho. Ladoux precisava justificar tanta perda de tempo e esforço aos chefes de seu departamento e pôs a imaginação para funcionar. De acordo com Marthé Richard, a agente dupla francesa agraciada com a Legião de Honra, Ladoux era bom nisso: gostava de enfeitar e aumentar os casos sob sua responsabilidade, para se valorizar. Faux-Pas Bidet, comissário de polícia e colega de trabalho de Ladoux, contou sobre a tendência dele de se enredar em tramas complicadas levado pela imaginação. O processo montado por Pierre Bouchardon, investigador-chefe do tribunal militar, sustentava-se, portanto, no lodaçal inconsistente dos informes distorcidos de Ladoux. Uma das acusações mais pesadas contra Mata Hari, a da captação de mensagem alemã que a tornava suspeita de ser agente a serviço deles, teve a iniqüidade de Ladoux na história: ele escondeu de Bouchardon que as mensagens foram transmitidas em código decifrado, havia muito tempo, pelos franceses — e os alemães sabiam disso —, com o intuito deliberado de ser captadas. O imbróglio não passava de um jogo de mal disfarçados lances.

André Mornet, advogado de acusação, em 1917 declarou: "O mal que esta mulher causou é inacreditável. Esta talvez seja a maior espiã do século." Anos depois, várias pessoas juravam ter ouvido o mesmo Mornet afirmar *ipsis litteris* que durante o julgamento de 1917 não havia provas suficientes para chicotear um gato.

Se o herói se engrandece justamente quando cai, as circunstâncias forjaram uma trajetória de heroísmo para Mata Hari. Não faltou sequer a sucessão de eventos contaminados de ironia como costuma acontecer em tais percursos. Imune à paixão durante toda sua vida livre e poderosa, sucumbe a ela aos 40 anos, quando seus passos são reprimidos e seu prestígio, vilipendiado. O amor, que poderia dar profundidade a sua vida fútil, floresce quando a terra apodrece sob todos, e tudo rui. Os dotes usados para encantar os homens e elevá-la nos círculos sociais — beleza e sensualidade — são os primeiros elementos para as suspeições e desventuras. Mesmo agora, anos após sua morte, a seqüência de ironias perdura. Tornou-se o protótipo da espiã. É a musa inspiradora dos escritores, embora tudo indique jamais haver espionado coisa alguma.

A queda começou com a guerra e se aprofundou com ela. A decadência de Mata Hari, gradual até o início de 1917 pelas dificuldades financeiras e de locomoção numa Europa até então aberta a suas idas e vindas, agravou-se a partir de sua prisão. Seu estado físico e mental se abateu. Gritava de medo. Chorava. Envelhecia. Ansiava pela intervenção do governo holandês. Confiava na comprovação de sua inocência, na iminente libertação e no reencontro com seu amado Vadime, insciente das maldições e dos entulhos de crendices fabricadas por invejosos, ingênuos, jornalistas e tantos outros, que se amontoavam sobre a biografia fantasiosa criada um dia por ela própria. Com o passar do tempo, o desalento cresceu, a amargura vingou.

Quando Mata Hari entrou no salão do tribunal, com passos firmes, corpo ereto, cabeça erguida e sorriso nos lábios, iniciou sua ascensão. Personificava-se o herói: ser vulgar quando é áurea sua vida e majestoso quando a adversidade o aniquila. Durante a sessão, a promotoria começou a ler cartas enviadas a Mata Hari por ex-amantes, recolhidas nas diversas incursões dos detetives. Nelas não havia nada comprometedor, apenas assuntos íntimos. Lê-las aos juízes e funcionários da corte somente serviria para manchar a reputação de eminentes figuras públicas. Uma única voz ressoou com nobreza no recinto, a da ré: "Por favor, não revele o nome do autor", clamou Mata Hari, sem contudo conseguir evitar que os papéis corressem de mão em mão, provocando ares de espanto e risos disfarçados. A revelação daqueles nomes talvez pudesse beneficiá-la, tamanho era o peso das posições sociais e políticas de seus proprietários. Mas a ela importou, acima de sua defesa, resguardar o relacionamento familiar de seus amantes e o conceito gozado na comunidade. Conforme mais tarde comentou o *News of the World*, muitas pessoas suspiraram aliviadas quando a morte de Mata Hari foi divulgada.

No dia marcado para a execução, o advogado Clunet tentou uma última cartada. Disse ao coronel Somprou que sua cliente não poderia ser executada, pois estava grávida. Nessa condição, só poderia ser morta após dar à luz o bebê. Quando a afirmativa foi questionada, porquanto nenhum homem tivera acesso à prisioneira nos últimos meses, o velho advogado rebateu: "Eu tive." O estratagema foi levado ao conhecimento de Mata Hari, que de pronto se recusou a usá-lo. A irmã Léonide começou a chorar e a condenada foi consolá-la, assegurando não haver nada a temer e prometendo não fraquejar no momento fatal. Escreveu as três cartas que nunca foram recebidas pelos destinatários, uma delas a sua filha Non, penteou os cabelos encanecidos no cativeiro, pôs um chapéu e cobriu-se com um casaco. Empurrou a mão do guarda que fez menção de segurar-lhe o braço, ergueu o corpo, deu as mãos às irmãs Marie e Léonide e seguiu os juízes, o reverendo Jules Arboux e Edouard Clunet. A adolescente ingênua e tola, a dançarina-prostituta vaidosa, fútil e egoísta caminhava para a glória. Sempre de mãos dadas às freiras, seguiu o sargento até o poste de execução. Recusou ser amarrada e ter os olhos vendados. De pé, segura e séria, ouviu o comentário do sargento dirigido a todos os presentes: "Esta senhora sabe como morrer."

Eu também deveria saber.

Ela agradeceu as palavras e se despediu do advogado e do reverendo com apertos de mão, e das irmãs, beijando-lhes as faces molhadas. Quando os amigos se afastaram, lançou beijos com as pontas dos dedos a eles e aos doze soldados alinhados e com as armas apontadas para ela. Acenou para as freiras que oravam ajoelhadas e encarou a morte.

Onze tiros derrubaram Margaretha, deixando aos olhos dos presentes apenas a imagem de uma pilha de anáguas, como declarou um deles. Um tenente se aproximou do corpo e detonou, na têmpora, o *coup de grâce*, o disparo de misericórdia, ou de garantia.

Chorando, a irmã Marie se debruçou e retirou a aliança do dedo de Margaretha. Sem ninguém a reclamar o corpo, ele foi enviado à Faculdade de Medicina da Universidade de Paris, enquanto a imprensa e o povo celebravam a vitória contra a traição.

Os boatos perseguiram Mata Hari até depois de sua morte. Quantas sandices! Que não morrera. Que sua sepultura estava vazia. Que morrera por apenas uma bala, pois onze dos doze soldados erraram o alvo de propósito. Que, segundos antes dos disparos, ela deslumbrara todos ao abrir o casaco e mostrar a nudez de seu corpo magnífico. Que ela escapara na garupa de um cavalo, conduzido a galope por antigo e fiel amante apaixonado.

Em meio a tanta mentira, uma verdade. Os diletos leitores sabem quem foi preso quatro dias após a execução de Mata Hari? O capitão Georges Ladoux, chefe do departamento francês de espionagem. Sabem de que foi acusado? Espionagem. Obviamente, não foi executado nem sequer permaneceu preso por muito tempo. Foi só demitido do Deuxième Bureau. Em janeiro de 1919 — por coincidência, o mês da morte de Non —, seu caso foi arquivado. Para finalizar, outra informação interessante: até hoje o Departamento de Justiça não cogitou questionar o processo e as acusações sofridas por Mata Hari, mesmo após a descoberta de fatos desabonadores sobre condutas de Ladoux.

— Começou em 1914 — assegurou o homem de barba espessa e negra, última pessoa na extensa fila para prestar a derradeira homenagem à poeta Anna Akhmátova, cujo corpo descansava na Catedral de São Nicolau.

— Pensei que houvesse sido antes — disse a mulher, penúltima da fila, com um discreto tom de contestação.

— Bem, ela escrevia desde os dezesseis anos e publicou *Noite*, seu primeiro livro, em 1912, aos 23. Mas sua fama começou mesmo em 1914 com a publicação de *Rosário*.

— Desculpe importunar — interrompeu o homem recém-chegado, de mãos dadas com uma menina. — Esta é a fila para ver a poeta falecida?

— Sim — responderam os outros dois.

— Nossa mãe! Será que chegaremos lá ainda hoje?

— É muita gente, não é? — falou o homem barbado, fazendo coro ao espanto do recém-chegado. — O senhor é de onde?

— Do Brasil. O meu russo é muito ruim? Bastante? — Os três riram. — Sou do Rio de Janeiro.

— Rio?! — atalhou a mulher. — Dizem que é uma bela cidade.

— Quem mora aqui em São Petersburgo, gozando a paisagem dessas maravilhosas ilhas formadas pelo rio Neva, não tem do que se queixar — retribuiu o brasileiro.

— Está a passeio? — indagou o homem.

— Um passeio forçado, podemos dizer. A situação não anda nada boa por lá. Saí com mulher e filha antes que me prendessem.

— Ah, o golpe militar de 64 — compreendeu a mulher.

— É. Vai fazer dois anos daqui a umas três semanas e a cada dia aumenta o número de prisões dos que eles chamam subversivos.

— Pai — lamuriou-se a menina. — Tô com frio.

"Nicole, esse quarto está muito frio!"

"Ih, dona Solange, acho que esse ar refrigerado está com defeito. Eu boto na mesma temperatura dos aparelhos dos outros quartos e esse aqui de repente esfria demais."

"Então desligue ele um pouco e verifique a temperatura da Cláudia de hora em hora. Olha só, ela está gelada! Ponha um cobertor nela enquanto chamo alguém da manutenção para dar uma olhada nesse aparelho."

Chovia e fazia frio quando o carro bateu, matando minha família.

— Feche a gola do casaco e ponha as mãos dentro dele — disse o pai à filha.

— Coitadinha — apiedou-se a mulher. — Nunca deve ter passado por um frio assim, não é? Como ela se chama?

— Diga à moça o seu nome, filha — traduziu o pai.

— Emma.

— Emma? Lindo nome — disse a mulher no tom de voz meigo com que se costuma falar às crianças. — E quantos anos você tem?

— Diga a ela quantos anos você tem, filha.

— Sete — respondeu a menina, mostrando os cinco dedos de uma mão e dois da outra.

— Nikolai — apresentou-se o homem, estendendo a mão à menina e ao brasileiro. — E esta é minha amiga Irina.

— Muito prazer. Eu sou Tércio Cravo — disse o pai de Emma, cumprimentando o casal. — Vocês devem se orgulhar muito de Anna Akhmátova, não é? Um amigo meu acha que ela é o maior poeta soviético do século, ao lado de Óssip Mandelshtam.

— Concordo com ele.

— Eu também — declarou Nikolai, apoiando a amiga. — Só acho que, em respeito a Anna, não devemos falar em poetas soviéticos. Ela fazia questão de ser uma poeta russa: detestava a preferência de se referir à União das Repúblicas Socialistas Soviéticas em lugar da Rússia.

— Era intransigente em quase tudo — assentiu Irina, com sorriso nostálgico. — Tinha suas opiniões e não arredava pé delas. Sofreu muito por isso. Punha a arte acima de tudo, o que desagradava o filho Liev, que a culpava pelas perseguições e prisões que a família acabava tendo de suportar por causa de seus poemas.

— Sua poesia não se conformava ao cânone estabelecido pelo regime de Stalin — explicou Nikolai, em tom professoral, com nítido propósito de esclarecer ao estrangeiro as palavras de Irina.

— Ela abominava o chamado realismo socialista, o único movimento admitido pela crítica estatal. Sua linguagem simples e seu lirismo sensual, mas sem floreios, sem metáforas, repousavam e cantavam alicerçados na perfeição formal dos poemas, revelando o respeito e a admiração devotada aos antigos mestres, especialmente Aleksandr Pushkin. Os críticos oficiais, de início, rotularam de burguês o seu individualismo, e sua poesia foi vilipendiada como "relíquia de um passado a ser superado". O que era uma completa e cruel tolice, sem falar na maldade por detrás da análise literária paupérrima. Anna foi uma espécie de ponte entre a tradição e o futuro, um elo essencial como as pontes em geral. A ponte constata a separação das partes, ao mesmo tempo em que realiza o contato e a transmigração.

— E ela não fazia concessões, a despeito da doença e da pobreza — assegurou a mulher com explícito e orgulhoso propósito de mostrar ao estrangeiro a grandeza de sua conterrânea, sentindo que Nikolai nutria a mesma intenção. — Nas décadas de 1920 e 1930, Anna foi perseguida e seus livros, censurados. Depois, seus detratores passaram às ofensas, chamavam-na de puta. Não tiveram consideração sequer com sua tuberculose. Ela piorou muito, não sei como sobreviveu.

— À custa de uns trocados por ensaios escritos sobre Pushkin, seu ídolo — informou Nikolai —, porém sempre se recusando a engajar sua arte aos propósitos do Estado e de ideais políticos, como fez a turma de Vladímir Maiakovski.

— Ela se viu abandonada por essa turma e até pelos familiares. Dos três maridos que teve, nenhum soube conviver com sua sede de autonomia. Tentavam, sem êxito, subjugá-la. Invejavam seu talento. Gumiliov e Púnin, seu primeiro e terceiro marido, além disso eram infiéis. Se Anna teve alguns amantes, tinha lá suas razões. Dizem que teve um caso com Modigliani em Paris. Passeavam e declamavam versos um para o outro no Jardim de Luxemburgo. Foi quando ele pintou seu retrato. Aliás, o desenho que fez de Anna desnuda é uma obra-prima: em poucos traços exibe tanto a mulher como a poesia dela, uma imagem ao mesmo tempo sensual e concisa, simples e bela. Não sei se foram amantes, mas não se pode negar que ela os teve. Daí a chamá-la de puta é um descalabro próprio de quem quer desmerecê-la moralmente por não conseguir fazê-lo no campo literário. O segundo marido, Shileiko, tuberculoso como ela, era um pobre coitado desequilibrado. Separaram-se em 1921, mas de vez em quando se encontravam, e quando ele morreu de doença e pobreza, aos 39 anos, em agosto de 1929, era Anna quem estava a seu lado, cuidando dele.

— Com Púnin ela também passou por maus pedaços — disse o russo. — Durante algum tempo tiveram de viver na mesma casa com a ex-mulher e a filha de Púnin, e com Liev, filho de Anna com o primeiro marido.

— Desagregação e ruptura ocorreram em poucos anos em cada um dos três casamentos — prosseguiu Irina, cada vez mais empolgada com a oportunidade de enaltecer sua poeta preferida. — Apenas o grupo de amigos que comungavam o mesmo anseio artístico louvava seus versos e constituía fonte de estímulo. Mas esse grupo se via sob o mesmo peso da censura e das privações.

— Você está se referindo — perguntou Tércio Cravo — a Mandelshtam e seus amigos?

— E ao engajamento político do grupo de Maiakovski — respondeu Nikolai sem dar tempo a sua amiga. — Aquiescer com o pensamento único, aquietar-se na apatia, na neutralidade? Jamais. Esses frutos envenenados eram intragáveis para Anna. No seu individualismo, isolamento consciente, não se permitia a indiferença ao que ocorria a sua volta. Percebia com agudeza o descompasso entre os avanços industriais e tecnológicos, de um lado, e o pensamento filosófico e humanista, de outro. Estavam desvirtuando o desejo humano dos prazeres naturais, espontâneos e simples para ambições artificiais, coletivas e materiais. E ela não se conformava. Acima de tudo, não admitia a submissão, fosse a idéias ou a pessoas.

Ao menos, a autonomia. Mais: ela, só, já basta. Eu começo em mim e em mim termino. Ou assim desejo: ser princípio e fim de mim mesma, sem ninguém a me preceder nem suceder. Ser. Se não puder, não ser? Ou ser uma mulher de dez mil anos de idade, forjada por dez mil mulheres, agora pronta para voar e fazer do sangue de todas nós o mel vermelho da loucura? E da vingança. Você não ficará impune, Alice. Hei de despertar as Medéias, Clitemnestras e Teodoras que me habitam e imperarei o reino da Justiça. Depois, me despedirei das irmãs e inaugurarei a Cláudia liberta e pura, solta no vácuo da existência, apta a seguir pelos caminhos que inventar.

— Pagou caro por isso — afirmou Irina.
— Ela e todos os outros — lembrou Nikolai. E acentuou: — Todos, até o próprio Maiakovski, que acabou se matando em 1930, desencantado. Mandelshtam foi preso em 1934, em seu apartamento, sob as vistas da mulher e de Anna, que estavam presentes. Pasternak fez tudo para libertá-lo, sem conseguir: Óssip foi deportado e depois aprisionado em campo de concentração, onde morreu quatro anos depois sem que se saiba de quê. Marina Tsvietáieva suicidou-se em 1941. Isaac Bábel e outros sumiram na década de 1930, em meio às perseguições e prisões. Pasternak ficou isolado até morrer em 1960. Os ex-maridos Gumiliov e Púnin e o filho Liev foram encarcerados sem motivos evidentes, exceto a ligação deles com a poeta censurada. Gumiliov foi acusado de conspirar contra o governo e, mesmo sem provas, foi executado em 1921. Púnin morreu num campo de concentração na Sibéria em 1953. Liev foi solto durante a Segunda Guerra, graças ao curto período em que sua mãe se viu livre da censura, e até exaltada pela oficialidade, por seus versos nacionalistas, verdadeiros libelos patrióticos, inspirados pela repulsa às incursões nazistas na França, na Inglaterra e posteriormente aqui, poemas que serviam aos interesses do Estado e portanto mereciam ser divulgados e louvados. Entretanto, com o fim da guerra,

o sucesso e o prestígio de Anna começaram a incomodar Stalin. Seu nome era celebrado pelo povo e pelos intelectuais. As autoridades se assustaram quando a viram se apresentando em recital poético junto a Pasternak e sendo elogiada por Isaiah Berlin quando este esteve aqui. Logo após a visita, Anna foi expulsa da União dos Escritores e seu filho Liev foi preso e enviado a um campo de concentração. Pouco depois ela descobriu que no seu apartamento haviam instalado microfones de escuta. Em 1948, novamente desencadearam-se censuras e provações sobre ela e seus parentes e amigos. Mais uma fase de penúria, fome, doença, emagrecimento. Passou a fazer traduções em troca de parcos proventos. O responsável pelas diretrizes do único movimento artístico permitido, o oficial, chamou Anna de "mistura de freira e prostituta" e expôs as razões da censura a suas obras: fugiam aos interesses do povo soviético, pois eram eróticas, místicas e indiferentes à política.

— Que calamidade, hem? — exclamou Tércio, sorrindo.

— O homem é feroz por natureza — desabafou Irina — e para satisfazer seus apetites bárbaros usa de todos os recursos: armas, dinheiro, força, religião, política, calúnias. O poder não é expediente para o bem, mas salvo-conduto para a prática impune do mal.

— O que vocês contam me dá a impressão de que maldita não era Anna Akhmátova, mas a Poesia em si — ponderou Tércio.

— Sim — anuiu Nikolai —, não era *apenas* Anna — frisou. — A verdadeira Arte atemorizava e por isso era amaldiçoada.

— Pai — interrompeu Emma —, o que é que vocês falam tanto?

— Estamos conversando sobre a poetisa morta, filha.

— Mas o quê?

— Muita coisa. Em casa eu conto, está bem?

— É naquela igreja lá longe que ela está?

— É.

— É muito longe. Estou com frio.

— Entra aqui debaixo de meu casaco, vem. Assim... Está igual a um cobertor? — A menina fez que sim com a cabeça e o pai voltou a falar com o casal: — De qualquer modo, Anna conseguiu sobreviver.

— Padeceu muito as próprias desditas e a dos que amava — disse Irina. — Cada golpe recebido dilacerava mais ainda seu peito mortificado. Todavia, resistiu, por amor à vida, à terra natal e à poesia. E aprendeu, e sua perseverança nos ensinou, a sobrepujar o medo.

O segredo é desviar os olhos para coisas boas, como dizia minha avó. Ou fechá-los. O olho aduba o medo. A velhinha tinha razão. Agora sei, por experiência própria.

— Poderia ter saído daqui — asseverou Nikolai. — Vários amigos aconselharam-na a fugir. Um deles, o mosaísta Borís Anrep, que conheceu quando o casamento com Gumiliov ruía, e com quem manteve relação afetuosa permanente, insistia com freqüência para que fosse morar com ele em Paris. Em vão. Escapar era algo inadmissível para ela.

Você pode desistir, Alice: não escapará!

— Abandonar a Rússia — prosseguiu Nikolai —, a sua terra triste e sombria, como ela dizia, jamais! Poesia e Rússia eram os dois amantes a quem ela devotava sua vida, a despeito dos martírios decorrentes.

— A Arte é uma amante egoísta e ciumenta — sentenciou Irina. — Liev recriminava a paixão da mãe. Tanto sofrimento, e de tanta gente, inclusive ele, por uma obsessão. Seu ressentimento era patente ("Entre seres que estão próximos, existe uma fronteira sagrada", ela diria): a mãe parecia não acordar para a realidade que os cercava.

"*Creio que daqui a pouco vai acordar.*"

"*Verdade, doutor?! Que maravilha!*"

"*Está vendo esse monitor? Ele mostra o nível de consciência, que varia de zero a cem. Zero é igual a morte, cem é a consciência plena, a pessoa acordada. Veja só, professor, o nível de consciência da Cláudia. Vinha variando entre 40 e 90, mantendo-a a maior parte do tempo em um nível como de sonho. Agora está quase em cem, está vendo?*"

"*Foi só falar e ele começou a baixar, doutor.*"

"*Aumente o oxigênio, Nicole.*"

"*Será que ela está fazendo isso de propósito, doutor? Olha, ela parou de respirar. Parece até que gosta de ficar em coma. Foge da vida.*"

E não é para fugir? Talvez sejamos sempre prisioneiros. Mudam apenas o cárcere e o carcereiro: a arte, a rebeldia, a indignação, a lida pela própria liberdade, a necessária vigilância permanente, o passado, principalmente o passado, tudo nos sujeita de alguma forma.

"*Aperte mais a máscara, Nicole.*"

"*Sim senhor, doutor. Vamos, Cláudia, respire, isso, mais, assim é pouco, mais fundo, ajude a si mesma, é o melhor pra você.*"

É o melhor? Talvez. Tirar a máscara de Alice. É melhor viver. Preciso!

"*Isso, Cláudia, muito bem.*"

Não, não preciso. Leonardo vai desmascará-la por mim. Alice, você está fodida! Quando Leonardo vir o capítulo sobre Mata Hari saberá que o livro é meu, pois foi justamente ele, um aficionado por histórias de espionagem, quem me falou sobre ela. Até me emprestou o livro de Julie Wheelwright. Quem, além de nós dois, iria se lembrar de Mata Hari?

Mas como morrer sem ver o crime revelado, a infâmia denunciada, a cara de espanto, corada de vergonha?

"*Fico intrigado com essas crises da Cláudia, doutor.*"

"*Eu também, professor. Sou obrigado a confessar.*"

— Algumas coisas me intrigam em Anna Akhmátova — disse Tércio em voz alta, com indisfarçável intenção de pôr fim aos relatos carregados de dissabores. Irina e Nikolai, curiosos, permaneceram estáticos, sem darem conta da fila que se desgarrava à frente deles. Às costas de Tércio e Emma, imóvel, a fila era um cordão de pessoas cujo fim não se distinguia. Com um gesto, o brasileiro chamou a atenção dos outros para a necessidade de caminharem e retomou o assunto. — A aparência dela, por exemplo. Vocês não acham intrigante? O nariz aquilino, imponente, não combina com a suave sensualidade dos lábios e a tristeza no brilho dos olhos cheios de lucidez e dor.

Tristeza ocorre quando alguém perde algo valioso para sua vida; melancolia é o vazio deixado pela perda do próprio eu. Sou vítima das duas.

Ah, como posso vagar o meu tormento em meio a tantas agruras alheias? Fui em busca de alívio, consolo e justificativas e, ao invés, me atolei mais ainda no pântano tenebroso. Por que não dar as mãos a essas irmãs amaldiçoadas e com elas afundar de vez no eterno limbo? O que seria necessário para essas maldições exumadas me confortarem em vez de avivarem meus martírios?

— Determinação e suavidade — assentiu Irina.
— E essa insólita mescla nos traços do rosto — continuou Tércio — é a mesma que compõe sua personalidade. E ela não se inibia com aquele nariz. Ao contrário, parece que gostava de exibir a agressividade austera e digna que ele lhe conferia, pois, sempre que podia, posava de perfil às lentes dos fotógrafos.
— Sem abrir mão do xale escuro sobre os ombros — acrescentou Irina.

— Outra característica, além de intrigante, impressionante para mim — revelou o brasileiro — era sua memória. Dizem que ela só punha os versos no papel depois de ter completado e burilado todo o poema na cabeça. Nunca ouvi falar de outro poeta assim. Os escritores costumam agir de maneira oposta: procuram botar a idéia no papel, com toda a presteza, tão logo ela brote, com receio de perdê-la no saco sem fundo do esquecimento.

— Anna tinha memória excelente — afirmou Nikolai — e não gostava de escrever. Achava cansativo, talvez por temperamento ou por fraqueza física agravada pela doença. Quem sabe?

— Ela morreu da tuberculose? — perguntou Tércio.

— Não. Suportou três infartos e foi vencida pelo quarto. O que nos consola, a nós, seus admiradores, é ela ter sido consagrada ainda em vida. Quando Nikita Kruschev, em 1956, derrubou o stalinismo, reiniciou-se, para não mais terminar, a libertação e ascensão da voz lírica, independente, clara, direta de Anna Akhmátova. Seus livros voltaram às livrarias. Ela pôde viajar. Em 1960 foi a Catânia receber o prêmio Etna-Taormina e, em 1965, a Oxford, receber o título de doutora *honoris causa* concedido pela Universidade. Em Paris, reencontrou-se com o velho amigo Borís Anrep. Ganhou o direito de viver longos períodos em uma dacha em Komarovo, onde será sepultada.

— Espero que inscrevam na lápide seu nome adotado e não o de batismo — disse Irina.

— Nome adotado? — surpreendeu-se Tércio. — Anna Akhmátova é pseudônimo?

— O sobrenome, sim — confirmou Irina. — Em 1909, quando ela publicou seus primeiros poemas, na revista *Apollon*, com seu nome verdadeiro completo, o pai, avesso à inclinação da filha pelo desprezível ofício da poesia, ordenou que ao menos não envergonhasse o nome dele. Ela então substituiu seu sobrenome pelo da avó materna e fez nascer a poeta Anna Akhmátova.

— Qual era o nome do pai? — indagou Tércio.

— Não me lembro — respondeu Irina. — Você se lembra, Nikolai?

Ele também não se lembrava.

Lembro como se fosse hoje, e eu tinha apenas sete anos: a fila para se homenagear uma poeta morta era interminável. Quando meu pai e eu chegamos, víamos muito distante a catedral onde estava o corpo de Anna Akhmátova.

Pouco depois, atrás de nós, outra multidão se organizou em fila cujo final eu não conseguia ver. Era março de 1966. A quase totalidade dos presentes nesta aula inaugural, cuja honra me coube pelo gentil convite de nosso reitor, nem sequer havia nascido.

Mas estou me adiantando. Suspeito que escolheram a pessoa errada para dar esta palestra. Melhor é me controlar e seguir um roteiro bem ordenado. Os organizadores deste evento me sugeriram um ritual e tentarei obedecer. Será penoso. Poeta é pessoa inadaptada à realidade, é gente que vive no mundo da lua, qualquer criança sabe, lunático na acepção da palavra. E como uma pessoa assim poderia se comportar com decoro, obedecer a um ritual bem ordenado se, para ela, todos os rituais, por mais belos e solenes que sejam, têm uma face grotesca e hilariante, como, aliás, quase tudo nesse mundo, inclusive o amor?

Entretanto, se aqui estou, por engano do reitor e imprudência minha, tentarei me desembaraçar da empreitada sem torturá-los demais.

O ritual a mim sugerido se inicia com a apresentação da palestrante. Para os que não me conhecem, sou Emma Cravo, poetisa sem importância, se assim se pode dizer sem incorrer em redundância.

Emma Cravo. Como é aquele poema dela de que gosto? Vou lembrar. Calma, Cláudia, concentre-se.
No escuro o sono espera
a vida volátil...
Não, esse é bom, mas o que eu queria era outro. Ah, sim.
Entre mim e o sonho,
você.
Não como obstáculo,
mas túnel essencial.

Disseram-me que eu poderia falar o que quisesse. São lunáticos também? Fale o que quiser, disseram, porém seria bom tocar em alguns tópicos, como a arte, sua experiência como poeta, a missão do artista, a mulher na sociedade. Por fim me pediram que não esquecesse de dar, se não conselhos aos jovens, ao menos umas palavras orientadoras.

Deliciosa recomendação. Que maravilha! A crítica adora ridicularizar sem piedade o escritor que disserta sobre vários temas, oferecendo respostas a questões aflitivas à humanidade. A obra é logo rotulada de subliteratura ou coisa pior. Bom livro é o que não dá respostas, apenas traz à luz as angústias da gente. "O autor não se propõe dar soluções ou emitir opiniões", exaltam os especialistas, "portanto, é digno de ser lido e admirado." E eu sou surpreendida aqui na Universidade com a sugestão de dar respostas, mostrar caminhos. Isso me deleita. As contradições me deliciam como calda de caramelo. Aplaudo a iniciativa, tanto pela incongruência como pela afinidade com meu ponto de vista, porque esgotei minha paciência com os tais livros de perguntas sem respostas, os que desenterram dúvidas e exibem enigmas de dez mil anos de idade, com o maior descaramento, como se fossem originais, sem se atreverem a arriscar um mero palpite, a abrir uma janela e mostrar a cara, em vez de fugir e se esconder no porão. Os que se atrevem são em geral massacrados, chamados de superficiais e panfletários. Alguns até são, concordo, mas nem todos. Originais e profundos, segundo o conceito vigente, são uns que repetem, com palavras e estilos modernosos, as indagações e inquietações do homem da caverna. É cômodo e fácil não se comprometer com opiniões próprias, especialmente as embaraçosas. É cômodo e fácil adular a crítica com o artifício das eternas interrogações. Estou farta disso. Não agüento mais os livros de perguntas. Quero livros de respostas. E elas são quase sempre tão simples e óbvias que de fato parecem tolas e superficiais.

Eu também quero respostas.

Me perco em divagações. É vergonhoso. Sou a primeira a admitir a sensatez de quem elaborou uma pequena lista de temas a me servir de roteiro nesta aula inaugural. Quem fez sabia com quem estava lidando. Vou me esforçar para ser objetiva.

Começo falando do ofício de poeta. Fiquem tranqüilos. Não cometerei o disparate de aconselhar esse caminho torto e sem fim a vocês. E não o faço por dois motivos: não sou tão cruel e ser poeta independe de vontade.

Este é o momento em que cabem minhas palavras iniciais. Enganou-se quem precipitadamente imaginou que me devoto aos poemas porque, há exatos quarenta anos, me impressionou a homenagem prestada a uma poeta. Não me impressionou a homenagem e sim o frio, que era inimaginável, capaz de congelar qualquer desejo ou pretensão de versejar. Quem nunca esteve em São Petersburgo no inverno não pode fazer idéia do que padeci. Se fosse levar em conta minha experiência na Rússia, o resultado seria inverso: a poesia me causaria repulsa e eu me afastaria dessa arte e de todos os malucos que se dedicam a ela.

Não conheço ninguém que seja bom poeta porque escolheu a poesia como carreira. Ser poeta é vocação. Ou maldição. Anomalia congênita. Desvio. Não quero dizer que poeta nasce feito. Precisa ler muito, é claro, estudar os mestres, suar, essas coisas todas que vocês estão cansados de ouvir sobre qualquer profissão. Mas quanto ao poeta, se não nasce feito, já nasce amaldiçoado. E aqui convém falar de missão, ou melhor, declarar de pronto que poeta não tem missão nenhuma.

Pior é acreditar haver nascido para uma grande missão e jamais descobrir que missão é essa. Eu tenho uma missão? É preciso ter uma para viver? Ou para morrer? Ou bastam os aromas da selva, o mar, o firmamento?

Missão exige devoção. Escraviza. A escolha espontânea de caminhos e prazeres, ao contrário, nasce da liberdade. Será possível a convivência da missão com a liberdade? Ou aromas e mar e firmamento e... meu tempo... a vida... mesmo um tempo acrescido fraudulentamente, mesmo uma vida imerecida... são mais importantes que qualquer mis-

são? Quem sabe? Talvez ninguém. Talvez esta seja uma daquelas perguntas para as quais não há respostas.

Poeta faz poesia porque é obrigado. É uma sina inexplicável e desditosa. Irrompe no infeliz um enjôo que só passa após expelir o poema, não para ajudar alguém, amenizar amarguras alheias, elevar espiritualmente a sociedade, mas, pelo menos a princípio, para aliviar a si mesmo da serpente ou pássaro germinado no seu âmago, até a erupção e o parto de nova crise.

Aos que estão condenados a esse caminho, vejo-me impelida a proferir algumas palavras.

Para a sociedade e a história, o sucesso rápido de uma obra pode se mostrar imerecido e não perdurar. O que importa é a obra de arte verdadeira. Será perene, a partir do momento de sua descoberta. Que poderá ser póstuma. O autor, sua vida e suas dificuldades não contam. Para o autor, ao contrário, pouco deveria importar a perenidade de seu nome e sua obra, pois a morte é o fim, o início do nada, isto é, do "nada mais importa", do "nada mais tem valor".

Nem ao autor nem a ninguém deveriam importar as lembranças dos que ficam. Não será, portanto, um livro que me animará a viver.

Mas o grande escritor nasceu sob a maldição de se imolar à obra. É seu escravo e a ama acima de si mesmo. Almeja a perenidade dela. Sabe que tudo aquilo é tolice, mas não consegue se livrar. Tonto, crê no próprio talento, a despeito do anonimato ou da crítica adversa, e muitos se conformam em viver de migalhas, alimentando-se mais do sonho do reconhecimento póstumo que de arroz e feijão. Delírio perverso. Melhor, e justo, seria o sucesso já em vida, com todo o dinheiro que dele advenha, e que nunca é muito. Sucesso raro e árduo. Tem pedra no caminho, advertiu o grande. As barreiras são altas e várias: público minguado, governos que não estão nem aí para educar um povo de poucos leitores, editoras cautelosas, economia de mercado e poetastros invejosos e irascíveis contra a imaginada concorrência. Além da ordem do dia, decretada por grupelhos que conferem a si mesmos a propriedade da arte. Essa grotesca elite de poder dita as regras do jogo e ai do cordeiro desobediente. Falo por experiência própria. Sofri na carne os açoites dessa turba por não ser uma rocha estática a ecoar o palavrório tolo e vazio de seu cânone. Sou garganta solitária, como deve ser todo poeta, a gemer ou gritar, rouca que seja, mas com sua voz. O cânone da patota só consagra a marginalidade da violência e da vulgaridade. Amaldiçoam todas as vozes destoantes da deles. Chegamos a isto: antes, malditos eram os artistas marginais, transgressores geniais. Mas a transgressão, agora, escandaliza pouco ou nada. E o pior é o número enorme de pretensos marginais que se repetem incessantemente em obras sem conteúdo e com a originalidade de levar às gargalhadas um Eliot e um Faulkner. A arte se abriu a todas as tendências e idiossincrasias. Exceto aos medíocres, ineptos para qualquer forma e conteúdo, por mais que esperneiem e bradem na pretensa marginalidade.

Estou hoje entre os amaldiçoados porque não são malditos, porque não aceitam a arte provisória, descartável. Sou maldita por não ser maldita. Antigamente, a maldição tinha alvo e motivo claros. Madalena foi amaldiçoada durante praticamente dois mil anos porque era prostituta. Em 1969 a Igreja Católica reconheceu que não, confessou a *pequena* falha. A obra de Safo foi queimada publicamente em Roma e Constantinopla em 1073. Seus poemas malditos eram incompatíveis com a moral. Os nove volumes de poesias, doze mil versos, transformaram-se em formidáveis fogueiras. De toda a obra nos chegaram indiretamente cerca de duzentos fragmentos e uma ode completa, graças a citações de retóricos, gramáticos e autores antigos, e, especialmente, a diminutos e raros pedaços de papiros encontrados em múmias egípcias, guardados por pessoas que desejaram levar consigo, para sempre, junto ao corpo, a bela poesia. Que exemplo admirável! E que presente inestimável nos legaram! Os mortos às vezes guardam tesouros melhor que os vivos. Como a luz da estrela morta, fenômeno estranho e perturbador, ao qual podemos comparar o grande artista e sua obra.

Sim, eu lembro:
Não me importa se a estrela é morta,
basta o brilho que ainda me chega
e enternece.

Até pouco tempo atrás, as mulheres todas, filhas de Eva, eram naturalmente malditas, porquanto nossa beleza e sensualidade fomentam transgressões. Quanta barbaridade sofrida! Não é de admirar o altíssimo percentual de frígidas após séculos de repressão sexual das mulheres, com torturas e morte. Ainda se vê o espanto que o orgasmo feminino provoca aos olhos de muita gente, como eventualidade exótica e inconveniente. Queriam que eu falasse das mulheres? Pois bem: nenhuma criatura é tão frágil e nenhuma, tão forte; nenhuma é tão tola e nenhuma, tão sagaz. E tudo à custa de muita bordoada. Amaciávamos o ninho do amor e da descendência enquanto os homens destroçavam terras e desafetos. Buscávamos a Explicação nas dobras — telúricas e cósmicas, quentes e negras — da paixão, enquanto os homens a buscavam nos mármores e cátedras gelados das pesquisas racionais, lógicas e abstratas. E mulheres e homens, no fim das contas, por caminhos diversos, agora se encontram. Num beco sem saída, mas se encontram. Cada qual com sua anatomia e sua essência, ambos indispensáveis. A vida e as circunstâncias nos exigem às vezes força, às vezes carinho. O segredo está na contingência e na direção das pancadas e das carícias.

Carícias... Não sei se quero morrer. Que sensação estranha, o poder de decidir com frieza e calma sobre ser ou não ser. Bem sei como agir para morrer e minha morte seria natural aos olhos de parentes e amigos. Um suicídio secreto, crime perfeito contra mim mesma. Ninguém a julgar meu ato, me rotular de covarde. Morte limpa. Digna.

Se viver, publicarei o livro e sonharei com sua boa aceitação. Há também as carícias, o mar, o firmamento, além dos banhos tépidos de banheira...

Se morrer, morro satisfeita de saber do desmascaramento de Alice e tudo que daí decorrerá. Vacilo entre o êxito profissional e editorial, seguido de inveja alheia, e a vergonha de Alice, fruto azedo de minha vingança. Difícil escolha. Mas, afinal, tudo é precário. Eu não devia me angustiar com nada.

Angustia-me a precariedade e inconsistência das coisas hoje em dia. E a velocidade. Não nos dão mais tempo para pensar, questionar, duvidar. Menos ainda para contemplar. Nada permanece, nada importa, sequer por um tempo razoável. Até a arte? Querem que assim seja. Não será. Assim como não será com a paixão, que se renova incessantemente. Paixão e arte escapam da futilidade e superficialidade da vida imposta a nós pelo celebrado progresso. No mais, a terra devastada, para lembrarmos Eliot, o mestre. Nada como a consciência da realidade e da verdade para nos deprimir. E esse pão alimenta muitos queridos poetas.

O que me espanta é o pequeno número de deprimidos e suicidas. Em outras palavras, a capacidade do ser humano de resistir a infortúnios, dor, tédio, falta de sentido da vida, e ir a estádios, praças, trabalho, bares, sofás, como se tudo fosse ótimo. Será que ainda existe alguém que acredita em uma vida depois dessa? Será que alguém ainda acredita em paraíso?

Os poetas recusamos a realidade. Esquivamo-nos dela, pois nos é insuportável. A vocês, não? Do alto, junto à lua, endoidecidos, descortinamos um mundo sem fronteiras entre terras e homens. Onde fé em Deus e na imortalidade da alma é lenitivo aos temores e ansiedades de muitos, porém nunca sementes venenosas de dogmas, livros sagrados e instituições religiosas, nascedouros de discórdias perenes e insensatas, rancores intermináveis, câmaras de sevícias, tanques nas ruas, bombas em casas, escolas e hospitais, atentados e guerras pelos tempos afora. Lunáticos, desgarrados da realidade, nos deslumbramos com um mundo livre da disputa sangrenta entre os que crêem que o messias já veio, os que crêem que ainda virá e os que não crêem em messias. Os religiosos fanáticos, que aqui me apavoram com seus deuses raivosos e egoístas, no meu devaneio alucinado se tornam pacíficos como os ateus, ao lado dos quais sempre me senti segura.

Distantes da realidade, os poetas se aprazem na ilusão do convívio harmônico das civilizações e das individualidades dentro das diversidades, da invenção açulada pela tradição, da prevalência dos valores essenciais do ser humano, do cadinho para aproximação, diálogo e integração de culturas.

Embora soe estranho a muitas pessoas, há entre nós, os loucos, quem se pergunta: de que serve um deus que, se existe e se interessa por nós, se oculta em mistérios insondáveis? De que serve um deus impotente ou indiferente? Moral e justiça são atributos humanos. Nenhum outro ser os possui. Simplesmente viver, eis a resposta que todos os livros de perguntas deveriam dar, às claras, com o risco de serem rotulados de pueris. Simplesmente viver, há quem diga e repita.

Mas como é difícil.

Houve um tempo em que eu culpava as grandes religiões monoteístas pela desgraça humana. Cada qual com seus dogmas, prepotências e intolerâncias, vem alternando genocídios entre si há séculos. Entretanto, convenci-me de que estava enganada. A verdade é ainda pior. A causa principal da miséria humana reside no próprio ser humano, em qualquer de nós. Não matamos apenas em nome de nosso deus, o único verdadeiro. Estraçalhamos o corpo de nosso irmão em nome da liberdade, do mercado, da democracia, do decoro, da honra, da justiça, dos direitos humanos, do amor. Matamos até em nome da vida. Qualquer causa sublime, humanitária, é motivo de despertar o demônio que em nós habita e incitá-lo contra o outro. E quando se comete violência à sombra de uma dessas bandeiras, ela é louvada e abençoada.

A humanidade se vê diante de duas opções. A grande maioria se acomoda a uma rendição silenciosa à dominação. Uns poucos, até com certo desconforto e acanhamento, acalentam utopia ridicularizada como anseio ingênuo e risível.

Existe uma área qualquer em nosso cérebro cuja função é negar evidências. Se houver aqui presente algum médico ou neurofisiologista, talvez pretenda refutar essa afirmação, o que, para mim, apenas significaria que aquela sua área cerebral foi estimulada. Não posso provar sua existência nem onde se localiza, mas sei que existe. A vantagem de ser poeta é esta: podemos falar tudo e não precisamos provar nada. Essa pequena região do cérebro é responsável por grande parte da insanidade e tolice que imperam no mundo. Por causa dela, apenas uma minoria da humanidade detecta o óbvio de nossa vida: que sua razão é o prazer da arte, da magia, da paixão e dos sentidos e que o universo não está nem aí para nós, a despeito da presunção megalômana da maioria, que não pára de fantasiar à custa da atividade do referido núcleo de neurônios, sorvedouro e esconderijo de evidências.

Aprendi a me proteger. Criei meu labirinto onde, arquiteta e minotauro, habito. Protejo-me da tirania e fúria das crenças e máquinas inventadas para nos escravizar e submeter aos desígnios do pensamento único, e que nos lançam na viagem vertiginosa e cega desde o nascimento até a morte.

Muitos poetas — inclusive eu — não se detêm nos enigmas dos teólogos, não perdem tempo com eles. Os enigmas que os interessam são os do jogo literário, fantasias da arte, enigmas dos sentimentos humanos, das ações desvairadas ou doces, dos encontros e desencontros, dos acasos e armadilhas, das infâmias e dos amores, da beleza e dos horrores. Mas não vêem enigmas na vida nem na morte em si. Tudo lhes é claro e simples. Não há mistérios. A vida se resume a ela mesma, apenas, e a morte é seu fim inapelável. Só. O resto é vã quimera ou temor. Aos que afirmam ser a arte um dom divino eles contestam, com toda reverência possível, que Deus, assim como moral e justiça, é invenção humana para seu uso exclusivo. E não lhes venham com "mas vocês não acham?...", "então como vocês explicam?...", "então tudo isso?...". Eles balançarão a cabeça, recomendarão o cultivo do pensamento crítico e da imaginação criativa, sorrirão e declamarão versos sublimes de exaltação à vida.

Vou lhes confidenciar um de meus inúmeros arrependimentos. E falar em arrependimento já por si é uma temeridade, pois, vocês sabem, existe um preconceito contra ele. Como todo preconceito, é insensato, inexplicável e abominável. Mas vocês já devem ter notado que toda vez que alguém pergunta "você se arrepende de alguma coisa em sua vida?", a resposta infalível é "eu não me arrependo de nada que fiz". Confessar-se arrependido de algo, por bobo e remoto que seja, parece a exposição de um fracasso ignominioso. Vangloriar-se de não se arrepender de nada é demonstração de solidez de caráter, integridade, personalidade. Quanta bobagem! Quanta bazófia! Estou certa de que não são raros os que se arrependem, entre eles eu, nessa vida repleta de acasos e perplexidades geradores de acontecimentos grandes e pequenos a nos impelir para ações vexatórias, indignas, condenáveis, inadequadas ou equivocadas. Me arrependo de muita coisa. Uma delas é de ter sido sincera, declarando em público — quando alguém me perguntou se a arte é um dom divino — que não acreditava em Deus. Confessar-se atéia é criar e atiçar imediata antipatia. Às vezes, ódio. Se eu houvesse dito creio em Deus, estaria tudo bem. Isso tranquiliza as pessoas e não custa nada. Nem significa nada, pois esse deus pode ser o universo, a energia cósmica, o átomo ou elétron ou éter ou o que seja e que está em todas as coisas, sem nenhum sentido, razão, compromisso, um deus crível por qualquer ateu que se preza. Mas fui imbecil e hoje amargo o rancor e a rejeição de inúmeros fundamentalistas enrustidos. Se me expus, o jeito agora é enfrentar. Sou dos que acham Deus a maior invenção do homem para seu próprio consolo e defesa. E Jeová, diga-se de passagem, é o mais absurdo de todos os deuses. Cria e se surpreende com o que criou. Depois se arrepende e quer destruir suas criaturas. Acaba convencido do contrário, por uma delas. Que deus seria esse, hem, não fosse apenas fruto da cabeça de algum humano meio desmiolado?

Vou tocar noutro assunto inapropriado a essa aula e esse público, jovem em sua maioria: a efemeridade da vida. Pois é, meus caros, a vida acaba. Não só o amor acaba, como advertiu Paulo Mendes Campos, como tudo acaba, inclusive a vida. Daqui a pouco cada um de nós ouvirá, surpreso, da própria boca: mas já? Então tomo a liberdade de externar um ponto de vista: precisamos aprender, quanto antes, a fundir nossos desejos mais íntimos aos esplendores do mundo, num incêndio orgástico formidável, pois a riqueza da vida é ser síntese de amor místico e lascivo, terno e ardente. Que jamais seja o indefensável acúmulo selvagem de bens. A felicidade advém da conquista, após voluptuosa busca, de prazeres naturais, para satisfação de desejos humanos espontâneos. Correr à caça de alvos artificiais, criados por espertalhões e constantemente renovados para serem propositadamente insaciáveis, é desperdiçar a vida para o enriquecimento alheio. Gozemos a luz e os prazeres de cada dia despertado.

"Bom dia, Roberto."
"Alice! Bom dia. Como você vai?"
"Bem, obrigada. E a nossa amiga?"
Amiga?! Cínica. Descarada. Eu estou viva, está vendo?
"Melhorou um pouco. Quer dizer, continua em... meio desligada, mas os exames mostram melhora e indicam breve recuperação."
"Que bom. Deduzi isso assim que soube que as visitas estavam liberadas, desde que rápidas e poucas. Então tratei de vir logo."

Vá embora, víbora. Suma daqui.

"Agradeço por ela, Alice."

Roberto, você é muito bobo.

"Assim que ela acordar, você me faz um favor?"

"Claro."

"Entregue a ela esta pasta, sim?"

"Pois não. São documentos?"

"Não. É o livro dela. Deixou comigo para eu dar uma olhada. Achei maravilhoso. Acho que é a hora e a vez dela. Vai ser um sucesso, não vai?"

"Claro que sim. Afirmo no escuro, porque eu mesmo ainda não li. Ela não quis me mostrar. Nem sei do que se trata. Disse que só me mostraria se algum editor resolvesse publicá-lo."

"Coisas da Cláudia, não é? Mas acho que você já pode ler, pois é certo que irão publicá-lo. Você diz a ela que eu adorei? Pus aí dentro um bilhete, mas falando é sempre melhor, não é?"

Víbora. Ainda não morri. Talvez viva por muito tempo. Agora que você viu seu plano degringolar, vem aqui dar uma de melhor amiga, companheira fiel e grande admiradora. Vá embora, Alice. Suma daqui. Suma! Suma!

"O que é isso, Roberto?"

"O monitor está bipando. Nicole, Solange, acudam aqui."

"Por favor, fiquem lá fora."

"O que é que houve, Solange?"

"Taquicardia grave, professor. Esperem lá fora, está bem?"

"Vamos, Alice."

"Nicole, pegue o material de intubação e o desfibrilador. Rápido."

Não, isso não. Me deixem morrer em paz. Por favor. Melhor aproveitar e morrer agora. Roberto, não permita que dêem de novo essas patadas do demônio no meu peito. Piedade. Não deixe, meu amor. Não... Meu amor? Meu amor... Roberto...

"Diminuiu, dona Solange. Ela está melhorando. Olha só: 140 batimentos por minuto."

"É, vamos esperar. Fique de olho e, por via das dúvidas, deixe esse material aí perto da cama. Quando a pulsação se normalizar, chame de volta o professor para ficar com ela. Mas não agora, ainda é cedo. Me empreste uma lanterna."

Roberto... Meu amor... Meu amor. Não é possível. Mas é. Puta que me pariu, eu amo esse homem! Por que diabos saio da amnésia para lembrar dessa desgraça? Passei a vida toda me evadindo do amor, porque sei que subjuga, escraviza e...

"Toma, dona Solange. Botei pilha nova."

"Está boa mesmo. Quero ver o reflexo pupilar da Cláudia."

Brilho.

Uma estrela...

Estrelas. Céu estrelado. Luzes?

Uma estrela nova de vez em quando aparece. Em 1989, em homenagem ao centenário de nascimento de Anna Akhmátova, foi dado seu nome a uma estrela recém-descoberta. Lá do alto, ela tenta nos iluminar, com a suavidade e determinação de Anna. Que sua luz me ilumine agora, quando almejo sintetizar em poucas frases minhas digressões sobre os temas que me sugeriram: o ofício do poeta, a arte, a situação das mulheres no mundo artístico e algumas palavras de orientação ou incentivo aos jovens.

O artista verdadeiro, embora necessite estudo e dedicação intensos e assíduos, não se faz por capricho: é fruto maldito da natureza.

Mulheres e homens, com suas personalidades e atributos físicos distintos, juntos, sob todos os aspectos, podem alçar vôos aonde vagam os delírios mais altos.

Cabe perguntar: é preciso acumular riquezas incalculáveis? É preciso subjugar e excluir multidões para ser feliz? Vejo em seus rostos ternos e em seus olhos úmidos a resposta óbvia.

Missão é estrada para beato. A meu ver, a vida deve ser renovação freqüente para granjear deleites sem prejudicar os outros nem o planeta, procurando, ao contrário, ajudá-los ao máximo. Devotar-se ao sagrado é dar sentido à vida. Quem quiser — ou puder — acreditar em Deus e na imortalidade da alma, que acredite, com fé e esperança, amém. Amém! Precisa mais que isso? Precisa ser fanático? Precisa impor sua fé? Precisa ser violento e imbecil?

Sagrado, devo alertar, é o que merece *sacrifício*, porque dá significado a nossa vida. Para mim, sagrados são a arte, os prazeres dos sentidos, a paixão e o amor. Acham pouco? Querem mais? Não seria abusar da sorte?

> Vivo de gozar auroras e rios,
> *brilhos e líquidos,*
> poemas, chuvas e concertos de Rachmaninov,
> *noturnos de Chopin e estrelas,*
> vinhos e quadros de Iberê,
> *filmes e mares,*
> enseada de Botafogo e praças ajardinadas,
> *outonos e primaveras,*
> e a paixão.
> Paixão?
> As paixões sucessivas, pois talvez a vida...

A vida? A morte? Preciso morrer. Pronta ou não, pouco importa. Até parece que sou resoluta. Alguém, em sã consciência, em algum momento, esteve ou estará pronto para morrer? As razões para viver são maiores que a simples negação? É jogar cara ou coroa?

Talvez a vida supere a morte na arte, na soma de prazeres, no amor e na paixão desenfreada. Para isso, haja coragem para se entregar, mergulhar no oceano de meandros e mistérios, não os metafísicos e teológicos, mas os telúricos e humanos.

Não tenho essa coragem. Encolho-me. E o pior é não ter a quem culpar.

Num mundo sórdido, nesse planeta moribundo, em meio à pandemia de passividade, o que nos resta é abrir caminho às braçadas, cravar unhas e dedos em garra nas paixões possíveis e puxá-las com ímpeto para nós, com determinação e furor. Ao mergulharmos na paixão, que ela seja feroz e insuportável.

Insuportável brilho de luz, dentro de mim, é esse que desperta lembranças na mente brumosa. Reflexos de prata. Claridade lancinante. E os graves e agudos da música altíssima. Aguardo a chegada de Roberto. Fito repetidamente a entrada do salão, para além da pista de dança. Risos, feixes de luzes coloridas, nós cinco alegres, só eu sóbria, como sempre. Verônica me provoca, quer que eu beba, que cheire um pouco. Está bêbada e drogada. E mais linda que nunca. Me oferece seu uísque. Afasto a bebida. Boba, ela diz, a palavra abafada pelos alto-falantes. Boba, ela repete. Não ouço, mas leio seus lábios. Ela põe o copo na mesa, sorrindo com malícia e zombando de minha racionalidade e distanciamento. Fala alguma coisa, imersa na estridência do som alucinado. Teima em se comunicar. Pega a caneta e escreve no guardanapo de papel.

Beleza e prazer, vivemos para isso.
Razão e liberdade são acidentes de percurso no processo evolutivo, artifícios e contentamentos menores. Apague o cérebro e se abandone.
Feche os olhos ao mistério e se deixe escravizar à minha volúpia.

Verônica põe as mãos nos meus ombros. Seu corpo oscila e ameaça desabar. Eu a seguro e ela se agarra à minha cintura. Rimos. Ela me abraça, forte. Era assim que devia abraçar Roberto quando namoravam, eu penso, e a imagem de Roberto me ocupa a mente, seus olhos castanhos, sua pele morena, Roberto, meu amor, me dou conta de quan-

to amo o homem que Verônica um dia abraçou como me abraça agora, e ela me fita com seus olhos verdes, inclementes, e sorri o sorriso que sabe irresistível. Relaxe, Cláudia, ela grita em meu ouvido. E aperta seu corpo de encontro ao meu, uma coxa entre as minhas, e me beija na boca, não com ternura, mas com força, comprimindo seus lábios nos meus, e quer enfiar a língua, mas cerro os dentes e ela insiste, tento empurrá-la, mas Verônica balança e de novo ameaça cair, sou obrigada a abraçá-la para não cairmos as duas, enquanto seus dedos apertam os lados de minha mandíbula e me fazem abrir a boca, um pouco, porém o bastante para a lascívia de sua língua quente e doce deslizar com luxúria sobre a minha língua e contorná-la e escorregar nos dentes, no palato, revolvendo-se dentro de mim como se quisesse saborear todas as minhas profundezas, sugando-me o ar, a respiração, e não há nada mais importante que a respiração, por isso sou levada a inferir que as coisas mais importantes na vida são as que nos tiram a respiração, dentre as quais a de maior poder satânico é sem dúvida o beijo dessa mulher, sua língua com gosto de orgasmo, que raiva!, e a raiva me entontece mais ainda já que poucos afrodisíacos são tão eficazes e fantásticos como o ódio. E devia haver cocaína na boca de Verônica para eu ficar tão inebriada. Não sei quanto durou o beijo. Sei apenas que, quando Verônica se afastou, com o mesmo sorriso e olhar safado, tudo estava claro para mim, terrivelmente claro: nenhum homem, beijado daquele jeito, jamais esqueceria. Eu cuidara tanto de não me apaixonar, pois a dor da perda me seria insuportável, e acabei vitimada justamente por um homem que teve nos braços aquela mulher, que teve na boca aqueles lábios e a dança lúbrica daquela língua. Tive a desventura de soçobrar no torvelinho de uma paixão não apenas arriscada, mas praticamente falida. Maldição! Um lânguido olhar de Verônica, um discreto gesto convidativo, e Roberto haverá de correr a seus braços. Sei que é inevitável. Que dor dilacerante! Minhas amigas, de pé, mexem os corpos ao ritmo da música, riem, fitando os que dançam na pista do salão. Resolvem ir para lá, me puxam, recuso, não estou a fim. Vão as quatro, rindo e dançando. O som não pára, emenda o fim de uma música ao *início de outra, compondo uma só música infindável. Divido Roberto tentando passar por minhas amigas. Ele me vê e sorri, mas elas o cercam, dançam em volta dele, rebolam, provocantes, de braços levantados, ao ritmo da música. Roberto ensaia alguns passos, meio sem graça, tenta passar, elas riem, impedem, e Verônica põe à sua frente aquele corpo voluptuoso e sem um grama de gordura a mais ou a menos, ágil, firme, ondulante, um corpo inigualável a uma mulher como eu, comum. Nada de lamúrias. Não vou chorar. Idiota! Eu sabia que o amor faz a pessoa de idiota. Bebo o que resta de vinho na garrafa. As luzes coloridas, em feixes rápidos e sucessivos, dão aos corpos de Verônica e Roberto movimentos entrecortados e os sons da música altíssima golpeiam meu peito num compasso apressado e ferino. Baixo os olhos. Não vou chorar. Bebo as sobras de uísque nos copos da mesa. Náusea. Receio vomitar aquela mixórdia. Respiro fundo. Olho a bolsa aberta de Verônica e descubro um envelope de cocaína. Pego depressa. Procuro outros, mas não acho. Contento-me. Para mim, que nunca cheirei, um decerto bastará. Vou ao banheiro e aspiro todo o pó, todo, sem desperdiçar nada. Saio e vou me esgueirando até a porta dos fundos sem olhar para a pista de dança, onde eles devem estar se esbaldando. Fora, o ar frio da noite é santo remédio: a náusea desaparece por completo e em seu lugar aflora o gosto da boca de Verônica na minha língua. Depois de tudo que tomei e cheirei... é demoníaco. Trôpega, procuro o carro no estacionamento. Custo a abrir a porta. Enfim consigo. Meu corpo flutua, os ouvidos zumbem, porém no fundo de mim permanece acesa a necessidade de fugir de um vago infortúnio que se avoluma e que já me estava reservado. Afasto-me da cidade. Dirijo por uma estrada desconhecida. Apuro a visão enevoada e descortino uma placa: Devagar. Curva Perigosa. Haverá um caminhão enguiçado depois dela? Firmo o volante. Com atraso, prestarei contas ao destino. Acelero. Vou reto. Mergulho.*

O mergulho na paixão feroz e insuportável deverá se valer dos enlevos da arte, da brandura do amor, dos encantos da magia e dos êxtases de todos os sentidos, sem medo dos percursos nem da entrega absoluta. O cerne da vida está na confluência desses bens sagrados.

Hoje o infortúnio culminou na confluência de todos os males: a descoberta do temido amor, a certeza da perda, o ciúme, o sentimento de inferioridade, a perspectiva do abandono e a vergonha da desconfiança e ingratidão. (Ah, Alice, como pude pensar o que pensei? Minha infâmia é imperdoável. Quanta burrice! Burrice não, loucura. Só ela é capaz de explicar tanta maldade. E o descalabro, pois ninguém mata ninguém por uma besteira como a que imaginei. E você, Alice, jamais me feriria por nada nesse mundo.)

Admito que se possa superar cada uma dessas desditas isoladamente. Mas o conjunto delas, de uma só vez e de súbito e numa só pessoa, é devastador. Não me sinto capaz de sobreviver a tal tormenta.

Depois, a paz. O céu estrelado na enseada de Botafogo,
a brisa do mar?
Deleite...
"Pode entrar, professor. Ela está bem, agora."
"Graças a Deus. Obrigado a vocês duas."
sinfonias e sonatas,
Emily Dickinson e Fernando Pessoa,
narrativas do Rosa,
taça de vinho, carícias,
arrepios,
pele perfumada,
banhos de banheira, torta de chocolate,
a paixão,
as paixões sucessivas?

as paixões sucessivas,

nunca o amor!

mesmo o amor.

Que coragem!

Não vacilem.

Amanhã decido.

A vida é breve.

Estou esgotada.

Não se deve desdenhar o tempo nem o corpo.

À deriva, meu corpo voga no tempo.

São o barco que temos e a aventura que podemos.

Meu barco cambaleia em águas turvas e revoltas.

Estamos todos no mesmo barco.

Navegar é preciso ou são palavras vãs, devaneios de poeta?

Partamos para a aventura da vida.

Mesmo em mar tenebroso?

Aproveitemos o dia, e cada dia.

Mas o passado...

É hora de acabar.

Com martelos e bigornas.

Já anoitece.

Amanhece.

Obrigada a todos.

A todas.

*Bibliografia preliminar**

AKHMÁTOVA, ANNA. *Poesia: 1912-1964*. Sel., trad. e notas de Lauro Machado Coelho. Porto Alegre: L&PM, 1991.

BAUDRILLARD, JEAN. *As estratégias fatais*. Trad. Ana Maria Scherer. Rio de Janeiro: Rocco, 1996.

BAUMAN, ZYGMUNT. *Modernidade líquida*. Trad. Plínio Dentzien. Rio de Janeiro: Jorge Zahar Editor, 2001.

BAUMAN, ZYGMUNT. *Vida líquida*. Trad. Carlos Alberto Medeiros. Rio de Janeiro: Jorge Zahar Editor, 2007.

BÍBLIA SAGRADA. Trad. Pe. Antônio Pereira de Figueiredo. Rio de Janeiro: Edição Ecumênica, 1983.

BÍBLIA SAGRADA. Trad. Pe. Matos Soares. 11ª ed. São Paulo: Edições Paulinas, 1960.

BOORSTIN, DANIEL J. *Os criadores*. Trad. José J. Veiga. Rio de Janeiro: Civilização Brasileira, 1995.

BRUNEL, PIERRE (org.). *Dicionário de mitos literários*. Trad. Carlos Sussekind, Jorge Laclette, Maria Thereza Rezende Costa, Vera Whately. Rio de Janeiro: Editora Universidade de Brasília e José Olympio, 1997.

CAMARGO-MORO, FERNANDA DE. Arqueologia de Madalena. 2ª ed. Rio de Janeiro: Record, 2005.

CAVALCANTE, RODRIGO. "Jesus antes de Cristo". *Aventuras na História*, nº 40: dez. 2006.

CHAUVEAU, SOPHIE. *Memórias de Helena de Tróia*. Trad. Dau Bastos. 2ª ed. Rio de Janeiro: Rosa dos Tempos, 1991.

ENCICLOPÉDIA MIRADOR INTERNACIONAL. São Paulo: Encyclopedia Britannica do Brasil, 1987.

ÉSQUILO. *Oréstia*. 2ª ed. Trad. Joaquim Alves de Souza. Braga: Livraria Cruz, 1960.

ÉSQUILO. *Os sete contra Tebas*. Trad. Donaldo Schüler. Porto Alegre: L&PM, 2007.

EURÍPEDES. *As fenícias*. Trad. Donaldo Schüler. Porto Alegre: L&PM, 2005.

EURÍPEDES. *As troianas*. Trad. Mário da Gama Kury. Rio de Janeiro: Civilização Brasileira, 1965.

Do livro *Vibrações da bigorna — Vozes de mulheres amaldiçoadas*, de Cláudia Vellozo Passos

Eurípedes. *Medéia.* Trad. Miroel Silveira e Junia Silveira Gonçalves. São Paulo: Editora Abril Cultural, 1976.

Eurípedes. *Medéia.* Trad. Millôr Fernandes. Rio de Janeiro: Civilização Brasileira, 2004.

Fuentes, Carlos. *Este é meu credo.* Trad. Ebréia de Castro Alves. Rio de Janeiro: Rocco, 2006.

Homero. *Ilíada.* Trad. Carlos Alberto Nunes. 2ª ed. Rio de Janeiro: Ediouro, 2002.

Hughes-Hallett, Lucy. *Cleópatra — Histórias, sonhos e distorções.* Trad. Luiz Antonio Aguiar. Rio de Janeiro: Record, 2005.

Jameson, Fredric. In: *Contragolpes* (sel. artigos da *New Left Review*). Emir Sader (org.). São Paulo: Boitempo Editorial, 2006.

Nueda, Luis. *Mil libros.* 5ª ed. Madrid: Editora Aguilar, 1956.

Paes, José Paulo (sel., trad. e notas). *Poesia erótica.* São Paulo: Companhia de Bolso, 2006.

Pignatari, Décio (sel., trad. e notas). *31 poetas, 214 poemas.* São Paulo: Companhia das Letras, 1996.

Racine, Jean. *Andrômaca.* Trad. Jenny Klabin Segall. Rio de Janeiro: Edições de Ouro, 1966.

Ramos, Péricles Eugênio da Silva (sel., trad. e notas). *Poesia grega e latina.* São Paulo: Cultrix, 1964.

Sabato, Ernesto. *El escritor y sus fantasmas.* Barcelona: Seix Barral Biblioteca Breve, 1993.

Safo de Lesbos. *Poemas e fragmentos.* Trad. Joaquim Brasil Fontes. São Paulo: Iluminuras, 2003.

Sartre, Jean-Paul. *As troianas.* Trad. Rolando Roque da Silva. São Paulo: Difusão Européia do Livro, 1966.

Shakespeare, William. *Antônio e Cleópatra.* Trad. Bárbara Heliodora. Rio de Janeiro: Nova Aguilar, 2001.

Sófocles. *Antígona.* Trad. Donaldo Schüler. Porto Alegre: L&PM, 1999.

Sófocles. *Electra.* Trad. Mário da Gama Kury. Rio de Janeiro: Civilização Brasileira, 1965.

Sófocles. *Tragédias do ciclo tebano — Rei Édipo. Édipo em Colono. Antígona.* Trad. Pe. Dias Palmeira. Lisboa: Livraria Sá da Costa, 1957.

Souza, Cláudio Mello E. *Helena de Tróia.* Rio de Janeiro: Lacerda Editores, 2001.

Voltaire. *Dicionário filosófico.* Trad. Pietro Nassetti. São Paulo: Martin Claret, 2003.

Wheelwright, Julie. *Mata Hari, a amante fatal.* Trad. Sylvio Gonçalves. Rio de Janeiro: Editora Rosa dos Tempos, 1997.

markgraph

Rua Aguiar Moreira, 386 - Bonsucesso
Tel.: (21) 3868-5802   Fax: (21) 2270-9656
e-mail: markgraph@domain.com.br
Rio de Janeiro - RJ